U0928603

我把青春献给您

基层最美党员风采

林琳 —— 主编

中国文联出版社

图书在版编目（CIP）数据

我把青春献给您：基层最美党员风采 / 林琳主编
. -- 北京：中国文联出版社，2017.9（2024.6 重印）
ISBN 978-7-5190-3139-8

Ⅰ.①我… Ⅱ.①林… Ⅲ.①中国文学—当代文学—作品综合集 Ⅳ.①I217.1

中国版本图书馆 CIP 数据核字（2017）第 239759 号

主　　编　林　琳
责任编辑　郭　锋
责任校对　茹爱秀
装帧设计　中联华文

出版发行　中国文联出版社有限公司
地　　址　北京市朝阳区农展馆南里 10 号　　邮编　100125
电　　话　010-85923025（发行部）　　85923091（总编室）
经　　销　全国新华书店等
印　　刷　三河市华东印刷有限公司

开　　本　880 毫米×1230 毫米　1/32
印　　张　10
字　　数　285 千字
版　　次　2024 年 6 月第 1 版第 2 次印刷
定　　价　68.00 元

序

更完整更生动展示榜样的力量

翁小庆

由中共汕头市直属机关工作委员会主办、特区青年报社承办的“我把青春献给您——寻找基层最美党员（共产党员先锋岗）”主题活动历时 8 个月，在各相关单位的支持和配合下，成功圆满落下帷幕。共评选出基层最美党员 10 个、“共产党员先锋岗”10 个。日前，主办单位为这些优秀的个人与集体举行了隆重的表彰、颁奖仪式。

这个活动于 2016 年年初发起，目的是为纪念中国共产党成立 95 周年，在全体党员中开展“学党章党规、学系列讲话，做合格党员”学习教育，全力推动机关党建与中心工作的深度融合、同频共振，进一步加强汕头市基层党组织的先进性和纯洁性建设，凝聚大美汕头正能量。在活动开展过程中，特区青年报记者深入基层，以手中的笔和镜头，记录下一个个基层共产党员生动感人的事迹，为读者讲述了一个个“汕头好故事”，在党员、干部、职工和青少年学生中掀起了“听党话、跟党走，弘扬最美、学习最美”的热潮，在社会上营造了欣赏“最美”、学习“最美”的实干担当、奋勇争先的氛围。活动在社会上取得了强烈反响，不仅得到了各市直单位的踊跃参与，还得到了全社会的广泛关注，其创新模式和社会效应更是受到了汕头市领导的高度肯定和点赞。

由于活动规则的制定和优中选优的严格要求，本次受表彰的单位与个人数量有限，客观上看，他们当之无愧成为这个优秀群体的杰出代表，却尚未充分展示这个优秀群体丰富多彩的事迹魅力与先进性。为免遗珠之憾，今特编辑出版该书，全面收录特区青年报记者8个月间辛勤寻访、精心采写的近百位优秀共产党员（共产党员先锋岗）的事迹通讯，以求全方位展示这次活动的成果，为广大党员干部学优争先提供更完整、更生动的榜样力量。

海滨骄阳，金凤花开；最美光芒，典型带动。“最美”不一定是英雄的称号，却是平凡劳动者的荣耀。这些作品中记录的，既有救死扶伤的白衣天使，也有教书育人的老师园丁；既有守护一方平安的人民警察，又有美化市容环境的城市建设者；既有为民办实事的机关干部，也有宣扬正能量的媒体记者……一个个“平民英雄”“草根英雄”鲜活感人的形象跃然纸上，这些爱岗敬业、平凡却坚韧的共产党员的真实故事感人至深。

榜样的力量是无穷的，在推动汕头全面振兴发展的关键时期，全市上下正在形成实干担当奋勇争先的氛围，一大批优秀基层党员，以自己的敬业奉献为汕头美好的明天奋力拼搏，也为我们树立起比学赶超的标杆。

我们期盼，广大读者从这些接地气暖人心的故事中，学习基层优秀共产党员胸怀理想、对党忠诚的政治品格；立足本职、锐意进取的精神追求；心系群众、无私奉献的为民情怀；真抓实干、艰苦奋斗的优良作风；克己奉公、淡泊名利的高尚情操，把“最美”精神贯穿于创文强管的实践过程中，勤奋敬业，勇于担当，进取奉献，为实现汕头全面振兴发展而努力奋斗！

2017年2月

（本文作者为汕头市直属机关工作委员会书记）

目　录

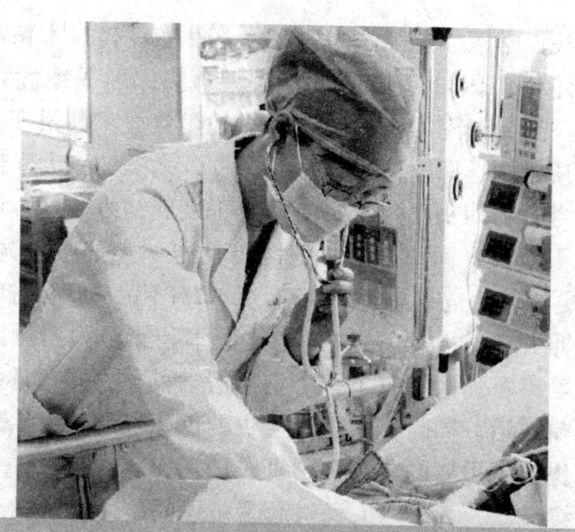

戴建伟：创造生命奇迹的天使

又是一个不眠之夜。汕头大学医学院第二附属医院重症医学科（ICU）监护室里灯火通明，监护仪警报器“嘟嘟——”的嘶鸣犹如生命的呼喊，各种医疗器械环绕周围严阵以待，抢救人员忙碌而不慌乱。主任医师戴建伟和她带领的（重症医学科）团队正又一次和死神进行正面交锋，战斗胶着……“患者的生命高于一切！”正是这份对生命的坚守，戴建伟一次又一次竭尽全力，带领团队将垂危的病患从鬼门关拉了回来。不知过了多久，看着病人渐趋平稳的生命指标，她才擦了擦额上的汗珠，疲惫地坐在监护台旁的椅子上。

粤东重症医学科开创者

重症医学科（ICU）收治的患者或是严重创伤、中毒，或是重症感染、器官功能衰竭，或是手术后需加强监护治疗。当患者进入 ICU 的那一刻，ICU 的大门便将患者和家属隔离开。对于家属而言，这扇门是一种恐惧，因为它离死亡很近；对于病人而言，这扇门又是一种希望，因为它离重生不远。守护这扇生死之门的，是这里的医生和护士，而在汕头大学医学院第二附属医院ICU有一位医术精湛的“掌门人”——戴建伟，1983年毕业于苏州医学院，因成绩优秀被留在苏州医学院第一附属医院工作。1998年，她毅然放弃苏州安定的生活，离开技术力量雄厚、医疗体系成熟的母校，来到汕头大学医学院第二附属医院。当时的汕头医疗水平尚且处于发展初级阶段，许多设备、诊疗措施尚不完善，而整个粤东地区更是连一个重症医学科（ICU）都没有。为更好救治危重患者，共产党员戴建伟一马当先扛下了重担，克服种种困难，于1999年成立了汕大医学院第二附属医院重症医学科。这标志着粤东地区拥有了首个重症医学科，许多危重病人再也不需要远赴广州救治。同时，戴建伟宝贵的创建经验，也给粤东地区其他兄弟医院提供了重要的参考和帮助。随后，粤东地区一个个重症医学科陆陆续续成立，为粤东人民筑起了坚强的生命保障线。

全力与死神对抗的天使

前不久，一个平常的深夜，安静的病区里突然响起了急促的电话声，值班的苏医生已然有种不祥的预感。电话那头：“急会诊！大出血抢救！”消化内科大夫上气不接下气地说道，原来是消化内科收治了一位肝硬化、食管胃底静脉曲张的青壮年患者，夜间出现消化道大出血、失血性休克，血压骤然下降至42/30mmHg，而误吸导致的呼吸困难使脉搏血氧饱和度下降至70%，生命体征极不平稳，外科大夫不敢贸然手术，病情极凶险，患者随时有生命危险。此时，戴建伟不顾疲累迅速赶到医院组织了全院大抢救，建立人工气道，呼吸机辅助呼吸，吸净气道内误吸的积血，紧急联系血库配血输血，应用升压药维持患者脏器基本灌注，急诊胃镜检查……抢救工作争分夺秒地进行着，有了戴建伟麾下的ICU作为坚强后盾，胃镜大夫心里也踏实了几分。然而，患者出血的程度超乎预想，胃镜检查胃腔里满是积血、血块，根本找不见出血血管，胃管仍有大量的暗红色血液流出，只能应用止血药、制酸药等一切内科可行的治疗方法。经过一系列强有力的抢救，胃镜下患者胃腔里的积血终于不再增多，患者活动性出血暂时止住了。接着，戴建伟又组织了外科、内镜室、介入科大会诊……经过几天几夜的奋战，患者终于脱离了生命危险，顺利转出ICU。当患者与家属握住戴建伟那纤细的双手，激动地流下两行热泪时，戴主任报以微笑说了句：“这是我们的天职”！

尽职尽责的引路人

“她不但是一个敢于担当、兢兢业业的管理者，也是我们的良师益友。”同事们都这样评价戴建伟。重症医学科（ICU）作为高医疗风险、高技术难度、高劳动强度的代表性医疗领域，令多少七尺男儿望而却步，但戴建伟却坚守在重症医学救治一线近20载，带领团队打造生命救治的坚强后盾和重症患者脱离危险的港湾。她一步一个脚印、脚踏实地地扎根临床，10余年过去了，她精心带出了一批批出色的重症医学医师，也培养了一批批重症医学研究生，服务于省内外各大医院，救治了一批批危重病人。在工作中，她精益求精，充分发挥专业学术带头人的作用，运用本专业的新知识和前沿进展，开展一系列新技术和新项目的临床应用。为尽快提高团队抢救技能，她定期组织全科室医护人员开展业务学习和病例讨论，互相交流，集思广益，不断总结临床经验，提高业务水平，更好地服务患者。

（蔡维驹　爪泽建　孙鹏／文　图片由受访者提供）

刘思佳：以勤勉书写青春

80后在世人心目中多为“自我的一代”，而80后的刘思佳却用实干勤勉、服务众人的态度恪尽职守，出色地完成各项工作任务，从一位初涉世事的学生成长为一名业务精深的工商干部。一直以来，她始终牢记党的宗旨，遵守党的纪律，严格要求自己，以实际行动发挥着一名共产党员的先锋模范作用。

工作勤勉，任劳任怨展本色

身为一名共产党员，刘思佳从未在工作上放松自己。在汕头工商系统工作的15年里，从区局的办公室、人事监察股，到市局的商标广告科，无论是做行政还是做业务，外表文静、清秀的她做起事来一点也不含糊，她始终怀着强烈的工作责任感，认真履行岗位职责，严格按规章制度办事。

2003年，随着汕头市行政区划调整，原来的升平区、金园区合并为金平区，原来的两区工商分局相应合并成立为金平区工商局。就在这一年，她来到了区局人事监察股，从此在人事部门一干就是10

年之久。金平区工商局在全市工商系统中下设机构最多，人员最多，人事工作之重可想而知，加班加点自然成了常事。面对繁重的工作，她主动放弃休息休假时间，与同事们齐心协力出色完成了机构改革、工商所升格、竞争上岗、公务员身份确认、公务员登记等各项工作，年度考核连年被评为优秀。刘思佳说："不管是作为一名共产党员，还是一名公务员，我认为最基本的就是要立足岗位，做好服务，只有这样才能起到表率作用。"10年的组织工作干部生涯，培养了她严谨细致、认真负责、扎实肯干的工作作风。

服务企业，实干之中显价值

2013年，刘思佳被调到市工商局商标广告科工作。她迅速转变角色，从服务内部、服务基层向服务企业、服务群众转变，积极调整工作状态，从零开始，主动学习工商行政管理法律法规，尤其是商标、广告监管方面的业务知识，积极向领导和骨干同事学习，不断提高自身的业务水平和履职能力。通过参与打击侵犯知识产权和假冒伪劣商品专项行动，传达贯彻、组织协调和统计等信息收集、整理工作；处理商标侵权投诉案件，宣传、引导驰名商标、广东省著名商标等品牌创建工作；指导商标协会工作等。刘思佳逐渐炼成能够独当一面的业务精英。

新广告法实施之后，指导企业做好著名商标申报材料的准备和申报工作成了商标广告科工作任务的重中之重。一般情况下，企业著名商标的申报材料需要公司直接送到商标广告科，但某知名动漫公司由于在运营过程中公司总部迁到了外地，相关负责人一时没办法将材料当面送达。得知对方的难处，刘思佳和同事李镇宇让公司用邮寄的方法将材料发过来，并通过网络和电话交流等方式指导公司著名商标申报工作的具体步骤，在给予企业方便的同时，以更快的效率办妥此事。她的表现也得到了领导和同事们的充分肯定，商标广告科副科长肖亮鹏说："我们同事之间对刘思佳同志为人处事的评价就是'为政非常廉；做人非常诚；说话非常信；办事非常实'。"2015年，她被市工商局直属机关党委授予"优秀共产党员"光荣称号。

提升自我，以身作则树清风

在做好本职工作之余，刘思佳还积极参加各种活动，多次代表单位参加省工商局、市纪委、区直工委等部门举办的各类廉政教育、纪念建党等方面的演讲、朗诵、知识竞赛等比赛并取得优异成绩，在单位举办的各种演讲比赛、知识竞赛、文艺会演的舞台上，经常活跃着她担任主持人的身影。

2015年，她这个“老选手”和两名90后的年轻同事代表汕头市工商局参加市直工委举办的“学党章守规矩，践行三严三实”知识竞赛。三十出头的她面对赛场上其他年轻朝气的选手不免感觉到了些许压力。但她不甘人后，为了取得好成绩，在那段日子里，她白天工作，晚上回家后便一头埋进各种学习资料里，认真研读，反复背诵，给年轻的同事树立榜样。经过初赛、复赛、决赛的层层考验，他们过五关斩六将，在26支市直代表队78名参赛选手中脱颖而出，最终获得第二名的好成绩。

没有轰轰烈烈的事迹，她是极为普通的一名公务员。但正如商标广告科科长陈永华所说的，正是有着像刘思佳这样的共产党员，在平凡的岗位上兢兢业业，时刻保持艰苦奋斗、清正廉洁的优良作风，于细微点滴之处彰显出共产党人无私奉献的优良本色。

（姚之翰　文/摄）

档案

刘思佳，1981年9月出生，籍贯广东揭阳，2000年6月加入中国共产党，现任汕头市工商行政管理局商标广告科科员。

搭起心与心之间的桥梁

——访汕头市信访局接访科

他们，是群众与政府之间的桥梁；他们，更是感性与理性之间的桥梁，他们，只有区区5个人，却用一次次的动之以情晓之以理，化戾气为祥和。近日，记者走进了这个处于信访维稳工作第一线的汕头市信访局接访科。

每一次接访都是一次挑战

在百度的词条定义中，信访是指公民、法人或者其他组织采用书信、电子邮件、传真、电话、走访等形式，向各级人民政府、县级以上人民政府工作部门反映情况，提出建议、意见或者投诉请求，依法由有关行政机关处理的活动。

看似平常的文字解释，实际操作起来却是困难重重，汕头市信访局接访科科长郑利辉讲起了他们接访的一个案例——

2016年春节前夕，正是万家团圆的时刻，由湖北省枣阳市来汕头打工的张某龙却突遭不幸。2016年1月26日下午，他在濠江区一采石场遭遇车祸身亡。由于事发地点在采石场内，交警部门在安全生产事故及交通事故间难以定性。对于一个外来工家庭来说，一个正值英年的劳动力瞬间逝去给这个家庭造成了沉重打击，而因为事故难以定性，赔偿难以落实，无疑更是雪上加霜。

全科出动耐心说服终解决问题

郑利辉说："与大多数外来工来上访一样，出了这样的悲剧，本就情绪难以平静，再加上淡薄的法律意识，聚众上访就成了他们唯一的路子。2016 年 1 月 28 日下午，张某龙的母亲乔某带着 34 名亲戚朋友在汕头市政府大门口聚集，随后被工作人员引导到了汕头市人民来访接待中心。乔某的要求很简单，逝者已矣，就是要尽快拿到赔偿。可是当我们召集采石场方及肇事司机进行调解时，情况却让我们十分头疼，采石场方不认为他们有责任，肇事司机家有患绝症老父亲，经济困难，协调无果。"

初步协调无果在接访科处理过的案例中比比皆是，而接下来发生的往往就是他们最难处理的。乔某等人情绪更加激动，2016 年 1 月 29 日、2016 年 2 月 1 日及 2 月 2 日，他们来到人民来访接待中心。哭、闹、下跪，甚至在 2 月 1 日至 2 月 2 日之间滞留长达 29 小时 40 分。

郑利辉说："确实挺难处理的，但本着为人民服务，尽可能保障他们的利益为出发点，上访人不走，我们就陪着加班。动之以情，天气冷我们就给他们递开水、他们伤心我们就陪他们唠家常，表达我们对他们的同情；晓之以理，跟他们普及国家的法律，让他们知道索赔即使不通过到法院起诉也得走一定的程序，我们一定会尽力帮助他们。另一方面，我们另一组工作人员对采石场方及肇事司机方也做着细致入微的工作，一方面明确他们在事件中的责任，另一方面也将死者的家境告知他们，让他们尽可能在春节前给予赔偿。"

终于，在接访科全科努力下，各方达成一致，张某龙的家属拿到赔偿款 72 万元。

郑利辉说："我们所有的工作人员几乎都是没日没夜地工作，大家总觉得，只要事情能圆满解决，再累都值得。"

据了解，在接访科接到的案例中，有不少如张某龙的案例一样。

这些案例给科里的每个工作人员带来的都是体力和精神的双重考验，可是他们从未退缩，因为他们知道，信访维稳，是党和人民交给他们一份沉甸甸的责任。

老党员言传身教带年轻人成长

接访科里虽然人数少、工作忙，然而记者还是看到老党员对新党员“传、帮、带”的感人事例。

年轻党员林景便直言在接访科成长不少，他说：“在这里，你要去面对的是形形色色的上访者，他们带着诉求而来，部分还会带着激烈的情绪，说真的，要从容面对他们，对于一个年轻人来说真的不容易。”

而这时科里的老党员便起了带头作用，林景说：“科里的领导们从来没有一点架子，由于科里人少，他们几乎参与了每一次接访，案子越是困难，他们越是冲在前头，这样子就有了一个言传身教的效应。也正是因为这样，来接访科工作的这段时间，我越来越懂得和上访者打交道，这不仅帮助我更好地适应这份工作，甚至还帮到了我日常的人际交往。”正是有了老党员的示范作用，科里的年轻科员在每一场接访中也往往能独当一面，贡献更多的力量。

采访临近结束，郑利辉告诉记者：“说我们是群众与政府之间的桥梁，说我们是理性与感性之间的桥梁，其实，我们更愿意搭起心与心之间的桥梁，发挥党员的作用，拉近政府与群众之间的距离。”

（蔡维驹 / 文　图片由受访者提供）

档案

汕头市信访局接访科：现有干部职工 5 人，其中党员 4 人，45 岁以下党员 2 人，党员占比 80%。

永不停息的使命

——访汕头海关驻机场办事处行李物品监管科

在揭阳潮汕机场，有这样一群人，365天全年无休，他们迎来送往，却又肩负着保卫国门安全的重任，他们是汕头海关驻机场办事处行李物品监管科，一群使命永不停息的青年人。

"我们从不关手机"

清晨，当城市还未苏醒，当第一缕阳光还未显现之时，也许公务繁忙的你正一边抱怨、一边赶往搭乘"红眼航班"的路上，但此时开始工作，对于即将迎接你的机场旅检人员来说却是再平常不过。

"7X24"值班和科长带班制度、不间断的航班，每天络绎不绝的旅客和行李……让汕头海关驻机场办事处行李物品监管科里的每一个人都养成了这样一种习惯：24小时不关手机，不调静音，随时待命……

"半夜带班科长的电话一响，不管多累，爬起来穿上制服，一分钟内紧急集合完毕。"

"有时候在睡梦中都会梦见电话铃响了，然后突然惊醒，醒来的刹那也分不清白天还是黑夜。”

这只是记者听到的一个小片段，由于旅检工作的特殊性，他们常常日夜颠倒，作息、生活不规律，常常早晨来不及吃早饭，晚上到了饭点仍然坚守岗位等待全部旅客通关完毕才吃上饭，碰上航班延误甚至得等上好几个小时……“都习惯了，实在太饿时吃个方便面就完事了。”一位在行李物品监管科干了好几年的老党员淡然地说。

“节假日，我们和同事一起过”

万家团圆的时候，恰是行李物品监管科的海关关员最忙的时候。

2016年2月7日，农历除夕。这一天的揭阳潮汕机场喜庆而喧闹，大厅张灯结彩，远处市区的流光溢彩依稀可见，归家的人群虽行色匆匆，脸上却洋溢着掩盖不住的喜悦。然而这一天的行李物品监管科较之平日，却更加紧张而沉默，因为依法把关所以紧张，因为工作忙碌所以沉默。没有节日的新衣，没有欢叙畅谈，没有合家团聚，春节在这里仿佛失去了应有的魔力，因为对于他们来说，这个日子只是普通的一天，只是一年365天中的平常一天。

那么这一天，他们究竟是怎么过的呢？

科里的年轻党员沈绵菁告诉记者：“因为假日里旅客增多、人手不足，年三十还在医院打吊针的陈诚，初一就主动要求回到了工作岗位上；刚刚新婚的晓喆也主动放弃蜜月假期，坚持要与同事们并肩作战……在合家团圆的时候，旅检关员通常都是和同事一块儿，凌晨5点起床，一直奋战到第二天的凌晨4点，不间断的航班，使我们甚至没时间坐上一小会儿，喝上一口水，连吃个饭都得争分夺秒。但是看到旅客们或满怀欣喜地回家，或携家带口幸福出游，我们的心是滚烫的、欣慰的，因为我们深刻理解奉献的价值与意义，所以我们乐意坚守岗位，乐意奉献。”

“我们让犯罪行为无所遁形”

工作时间长任务重，且国门安全不容半丝松懈。近年来，随着进出境航班和旅客的逐年增多，空港面临的走私风险也逐渐增加，与此同时，粤东地区制贩毒情况依然不容乐观。

某日下午，曼谷飞往揭阳的航班如期抵达，进境旅客陆陆续续走过安检，一件件行李通过 X 光机接受检查。突然，一件行李引起了模范党员房华的注意，通过 X 光机图像并不能确定里面的物品是什么，但对于存疑物品他没有半分犹豫，选择了开箱查验。“旅客你好，请把箱子拿到查验台接受检查。”房华拦住了那位男子。发现被拦，男子的眼神变得有些凶狠，声音也带着几分戾气：“干什么！想私扣我东西？走开！我要去投诉！”房华没有挪开身体，反而立正，敬礼，提高声音又重复了一遍：“旅客，请接收检查！”男子被房华的举动吓了一跳，反而胆怯下来，磨磨蹭蹭地跟着到了查验台，箱子一打开，全是一袋一袋五颜六色的小药丸。“旅客，这是什么？”房华严厉地询问。“这个……我也……也不太清楚，是别人托我带的。”男子见已开箱，开始支支吾吾。后来，经反复清点检测，共查出 16820 颗含 MDMA 和 LSD 的精神类药品。

“面对走私违法行为，我们决不手软。”房华道出了一个共产党员坚定的信念。

除重点打击毒品犯罪外，机场办行李物品监管科不断强化监管，严厉打击各种形式的走私违法活动。近年来累计查获各类走私违规案件 260 多宗，案值 2100 多万元人民币，为守护粤东地区百姓的平安和维护地方经济稳步发展做出了杰出贡献。

目前，广东省委省政府已将揭阳空港经济区定位为广东重要空港经济区、粤东国际化前沿平台、汕潮揭同城化先行区等，同时，厦汕高铁，潮惠、揭惠高速的建设，更为空港打通了交通动脉。可以预见，在未来十年，随着汕头华侨经济文化合作试验区建设的深入推进，打造 21 世纪海上丝绸之路重要门户的脚步不断前行，潮汕空港将发挥越来越不可替代的作用。汕头海关机场办旅检关员说，他们将秉承共产党员的优良传统，牢记职责、不辱使命，将这份坚持、奉献与真情传递下去，发展下去，永不停息……

（蔡维驹沈绵菁 / 文图片由受访者提供）

档案

汕头海关驻机场办事处行李物品监管科：现有干部职工 20 人，其中党员 16 人，全数在 45 岁以下，党员占比 80%。

“女神”站在三尺岗台上

——访汕头市公安局交警支队龙湖大队二中队女子岗

刚劲有力的指挥手势，挺拔的身姿……无论是炎炎夏日，还是三九寒冬，每天早上 8 点整，汕头市公安局交警支队龙湖大队二中队的“五朵金花"都准时出现在汕头市区两大主干道黄河路与嵩山路交界处岗亭上，轮流站岗指挥交通。

自黄河一嵩山女子岗 2013 年 7 月成立以来，1000 多个日夜里，指导员黄丽玲发挥党员先锋模范作用，率先垂范，和队员一起用青春和汗水书写了女警的精彩本色，共查处各类交通违法行为 13244 起，查扣违法车辆 1020 辆，拘留 1 人。她们以共产党员的高度责任感在平凡的工作岗位上谱写出一曲警民和谐的华美乐章。

巾帼卫士岗台竞风流

“右手迅速抬起”——个标准动作，几排车辆整齐地停在了白线之后，岗台上身着警服的女警身姿挺拔，气定神闲，脸颊被晒得通红却不忘微笑，以标准优美的手势指挥着川流不息的车辆行人。寒来暑往，四季更替，汕头市公安局交警支队龙湖大队二中队女子岗的 5 名女警全年无休，在每天的早晚高峰期轮流站岗。

女子岗队员翁燕锦告诉记者，遇上下大雨，黄河一嵩山岗亭所处的路段常常会淹水，导致红绿灯无法正常使用，所以一到上下班高峰期，她们更是一刻也不敢松懈。有时车辆因为浸水而无法启动，她们还要站在道路中间疏导车流，确保交通的畅通。“一岗站下来，衣服裤子从里到外就没有一处不湿。但这是工作赋予我们的使命，穿上警服，这份责任感就驱使我们要排除万难，确保群众出行安全。”女子岗指导员黄丽玲说。

巾帼不输须眉，三尺岗台有时也充满着未知的危险。翁燕锦回忆，有一次轮到她站岗，一辆私家车在过红绿灯时违规变道，一下子撞向了岗台，岗台被撞出一段距离，所幸有惊无险。翁燕锦说：“当时被吓得脑袋一片空白，但又很快回过神来，因为我知道自己正在履行职责，必须以最佳状态回到岗位上指挥交通。”铅华洗尽方显女警本性，顶着烈日，经受风吹雨打，冒着生命危险，她们忠于职守，成为城市一道亮丽的风景线。

身怀六甲仍坚持站岗

“谁说女警不如男，男警能过的关，我们女警照样能过。”黄丽玲说，这是她和队员们时常用于自勉的一句话。

身为女警，她们不仅肩负着与男性同样的职责，更是在关键时刻“舍小家顾大家”。去年年底，女子岗的三名年轻队员接连怀孕。由于人员紧缺，怀孕初期她们仍然克服各种不适，在寒风中肩负起站岗的使命，保证黄河一嵩山女子示范岗的正常运作，为群众的安全出行保驾护航。黄丽玲说：“怀孕退居二线负责后勤工作本是人之常情，但大家却主动请缨坚守岗台，冒着严寒，每天 8 点准时来到自己的岗位，一次也没有落下，直到穿不下警服了才退居二线。”

为道路畅通忍“辱”受“屈”

除了要在高峰时站岗，平峰时她们还要参与巡逻、纠违等交通专项整治行动，外表看起来英姿飒爽，在许多市民心目中她们犹如确保道路畅通的“女神”，但“女神”也有难受的时候，上路执法时，常有部分司机冷嘲热讽，口出脏言，甚至是威胁。“一部分人看到是女警，就有意刁难，‘你等着’‘走着瞧’‘你以为你是谁’这样的话不知听了多少遍，我们常常感到很委屈，有时憋得眼圈都红了，但这是工作，无论多大委屈都得忍着。”队员黄素丽说。

翁燕锦告诉记者，有一次她们上路执勤，看到有违章停放的车辆便上前劝导，但车主为示威突然猛踩油门向她们的警车冲过来，幸好及时刹车才没有酿成大祸。

作为指导员的黄丽玲，看到年轻的姑娘们受到委屈，心里也很不是滋味，但她总是轻轻拍着她们的肩膀说：“对群众要多一点耐心，学会换位思考，如果我们的努力能换来群众出行安全，自己受这点委屈又算什么。”对待违章车主，她们始终面带微笑、不卑不亢，用宽容、坚韧为群众的出行安全“保驾护航”。

铁血柔情树文明执法楷模

在女子岗队员参与的一次清查后三轮车统一行动中，有一名违法人员所驾驶的非法后三轮被依法查扣后声泪俱下，诉说自己家中尚有年迈的母亲和年幼的孩子需要供养，生活拮据。她们知悉该情况后，凑了500元塞到这位违法人员手中，并留下了联系电话，告诉他：“有困难回头再告诉我们，我们尽力帮助你解决”，现场事态终得到初步解决。过后女警们群策群力，通过多方联系，把这名违法人员介绍到一家工厂当起了保安员，妥善解决了他的后顾之忧。正是凭借着这份甘于奉献，勇于吃苦，想群众之所想，急群众之所急的精神，汕头市公安局交警支队龙湖大队二中队女子岗先后获得“青年示范警岗”“巾帼文明岗”等荣誉称号，成为展示汕头交警形象的窗口和平台。

（张琪 / 文　图片由受访者提供）

档案

汕头市公安局交警支队龙湖大队二中队女子岗，民警5名，其中3名党员，2名入党积极分子。

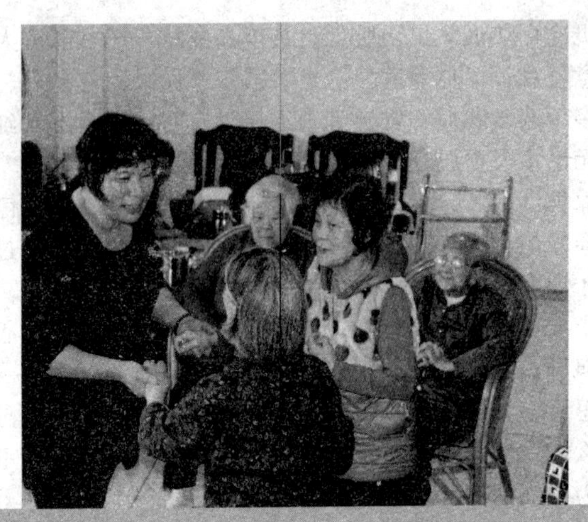

刘惠龄：福利院老人们的好“闺女”

在汕头市福利院，提到刘惠龄，无人不知，特别是住在这儿的老人，有些还打趣地跟记者说“你是来找我女儿啊”“我闺女在那边呢”。循着老人们的指引，记者找到了他们的“闺女”——刘惠龄。

勤奋务实悉心照料成众人“闺女”

眼前的刘惠龄亲切和善，护理起老人来丝毫不含糊。2004年12月，她随军被安排到汕头市福利院工作。她以勤奋务实的态度对待自己的工作，初到福利院，便主动承担起又脏又累又苦的清洁护理工作。而刘惠龄最为人津津乐道的还是她与院里这些长者的故事。

“你总会看到刘惠龄与院里老人其乐融融的画面。”一位与刘共事多年的同事告诉记者。平时，刘惠龄不仅自己每周会为院子里的老人们熬鸡汤，更时常发动同事们一起给老人们包包子、煮饺子。"这没什么，就是为人民服务嘛，何况煮点饺子、熬点鸡汤本就是举手之劳，看着老人们吃得开心，我心中那份身为党员的自豪感也会油然而生。”刘惠龄这么对记者说。

前几年，院里来了一位老人，早年丧偶，育有两个儿子，一个在美国工作生活，一个在本地经商，因为工作繁忙无法照料老人的生活，就把她送到福利院居住。刘惠龄回忆道："当初老人觉得自己含辛茹苦把孩子养大，老了却被他们抛弃，心里很难过。"于是老人家将难过变成了对护理人员的抵触情绪，不接受护理，也不想搭理人。

勤拉家常解开心结让老人安心

刘惠龄想，老人家的心结得一点点打开。于是，在工作期间，她每天总会留出更多时间陪老人谈谈心、拉家常，"您辛苦了一辈子，为了家庭，为了社会都付出很多，现在孩子们长大了，有了自己的事业和家庭，我们应该感到高兴。孩子们肯定都希望能一家人住在一起生活。您住在这里，生活有保障，要是有什么需要尽管和我们提，有什么不开心的事尽管跟我们说，我们就当您的'儿女'，会好好孝顺您"。在刘惠龄三番五次的悉心劝说下，老人慢慢变得愿意沟通、又从愿意沟通变成了接受，情绪好转，精神面貌也比刚进福利院时好了很多。

还有一位90多岁的老人，因为年纪大，精神和意识上有些混乱。老人平时对什么都不感兴趣，唯独把刘惠龄当成自己年轻时的好朋友，每次看到刘惠龄都开心地拉着她的手说个不停，说到开心处还哈哈大笑起来。有时老人把一件往事翻来覆去地讲，刘惠龄就不厌其烦地一遍又一遍地听，与他如亲人般融洽相处。

"看着老人家们在这里生活得开心，我也就安心了"，刘惠龄身上，时刻体现着一名党员在基层主动作为的责任感。

照顾好别人却难顾自家孩子

福利院里的老人们都把刘惠龄当成了闺女，刘惠龄也把福利院当成了家，然而，这个家里其乐融融，刘惠龄对自己真正的家却存有愧疚。

刘惠龄回忆起了一场让她十分自责的经历，"有一次，我值夜班，在信访部门工作的丈夫在家照顾年幼的孩子，深夜3点多，丈夫突然来电告诉我，单位遇到群访事件，他必须立即赶到单位处理，无奈只得把孩子独自留在家中。我当时真的心里十分着急，一边是院里的老人需要时时刻刻有人照看着，一边是年幼夜晚独自在家的孩子”。权衡之下，刘惠龄还是选择坚守岗位，“都说孩子是父母的心头肉，当天亮回到家中见到了不知哭了多久的孩子时，你真的会懂得什么叫切身之痛”。

这些年来，刘惠龄深知对家庭、对孩子亏欠太多，但为了汕头市福利事业的长足发展，她的家人也默默地给以莫大的支持。

如今，来福利院工作已经 12 年，刘惠龄依旧恪守初心，甚至对每个老人的护理工作做得更加细致，她说，自己是一名共产党员，有责任有义务支撑着福利院给每位“家人”一个幸福的晚年。

（蔡维驹林旭辉 / 文　图片由受访者提供）

档案

刘惠龄，1969 年出生，现任汕头市福利院社工股临时负责人。1992 年 6 月加入中国共产党。

廖映丹：学生心目中“最酷的老师”

她叫廖映丹，被学生们称为“丹丹”“丹姐”的“金中最酷的老师”“金中最好的历史老师”“金中最可爱最热情最负责最漂亮最好最温柔最最最……的老师”。她与学生情同姐弟姐妹，深得他们的信赖。而年纪轻轻的她还被家长们亲切地称为“廖妈”……

学生们心目中“最酷的老师”

2003 年 5 月，还在读大学的廖映丹就光荣地加入中国共产党。同年，廖映丹到汕头金山中学工作。现在是高三年级级长、党支部书记的廖映丹还担任着一个毕业班的班主任。

廖映丹在学生中的威信很高。记者注意到“蓝色河畔”网站的一个社区论坛上与廖映丹有关的两条信息：一条是有关“金中最酷的老师”的讨论，有很多金中学生认为金中最酷的老师就是——廖映丹，亲切地称呼她为“丹丹”“丹姐”“映丹姐”，有一个学生更认为廖映丹是“金中最可爱最热情最负责最漂亮最好最温柔最最最……的老师”；还有一条是有关“金中的历史班”的讨论，很多学生认为金中现在的历史老师中，廖映丹是最好的。

作为班主任，廖映丹会经常组织开展各种活动，对学生进行正向引导和鼓励；对出现青春期苦恼、焦虑的学生，廖映丹会细心观察、悉心引导，像朋友一样给予信任；有时，学生学习进步了、比赛获奖了、生日了或者有其他什么喜事，廖映丹会在学生桌上偷偷放上小礼物给予鼓励。

廖映丹的付出，让她收获了丰厚的回报，她带过的四届毕业班，所任教的班级高考平均分居全省第一名，多名学生考入清华、北大等名牌高校。如今深得学生和家长信赖的廖映丹，被学生和家长亲切地称为“廖妈”。

一起高喊“丹丹我爱你”

当记者请廖映丹讲讲她对学生做过的印象最深的感人故事时，廖映丹谦虚地说：“我在脑海里搜寻许久，都想不起我对学生做了什么感人的事情，而学生们对我的好却清晰地涌现出来！”

廖映丹告诉记者，她第一次当班主任是在 2004 年，那时年轻没经验但充满激情，仅 3 天就记住了每个学生的名字。她全身心地扑在工作上，把心交给学生，每天陪着学生一起哭一起笑，一起全力以赴地参加学校举办的创造节等活动。2005 年高二级文理分班时，由廖映丹点点滴滴凝聚起来的班级感情，在这一瞬间迸发出来，全班同学都哭得稀里哗啦的，一起喊着“丹丹我爱你”！

虽然已经过去 10 多年了，但每每想起当时这个场面，廖映丹仍然难掩激动之情。她告诉记者：“2005 年分班后，那些分到理科班的学生还会时不时地来找我谈心；每年学校里的桑葚熟了，他们会偷偷摘几串送给我；我生日的时候，大家会不约而同地穿上原来的班服，还录制了小视频表达对我的想念；知道我要结婚了，学生们利用课后的时间，用筷子和牙签做了一个精致的小城堡送给我。”

2006 年，廖映丹怀孕了，那段时间，每天去上课的时候，她讲台上的水杯里的内容总是变着花样，或牛奶或豆浆或果汁。看来，学生们为“廖妈”能好好怀孕也是操碎了心啊！

廖映丹告诉记者：“不是我感动了别人，是身边爱我的人感动了我。爱是相互的！”

“我对家庭是愧疚的”

在金中工作当老师，遇到的最大生活问题是不能每天都回家，必须在学校住宿。这对单身的老师来说不成问题，但对已经成家的老师来说，确确实实是个大问题：顾得了学生、学校，又顾不了家人、家庭；顾得了家人、家庭，又顾不了学生、学校。

正确处理好工作与家庭的关系，这是已经成家的廖映丹必须解决好的一道必答题。廖映丹告诉记者：“我自认为自己并没有处理好这个问题。当班主任的时候，时间大部分都放在学校，我对家庭是愧疚的。"为了全力支持廖映丹的工作，家里人把原本应由廖映丹分担的家务进行分解，分工分担：公公婆婆帮忙照顾小孩的日常起居及上下学接送；丈夫负责两个孩子的作业检查；爸爸妈妈周六过来帮忙送孩子上兴趣班……

“我很感激家人，现在能做的，只是尽量不将工作情绪带回家！”廖映丹说。作为母亲，廖映丹自认对孩子的陪伴时间很不够，只能争取陪伴质量。偶尔有回家的晚上，就抓紧机会跟孩子聊聊天，听他们分享学校的趣事和天马行空的想法。周末跟孩子们一起自制食物、做做手工、玩玩游戏，或一起走向大自然。廖映丹还特别准备了一本薄薄的笔记本，作为她和老大的“秘密”，时不时在里面给他写封信，表扬他最近的进步，并告诉他妈妈爱他、相信他。

（林巧光 / 文　图片由受访者提供）

档案

廖映丹，女，广东汕头人，1980 年 11 月出生，2003 年 5 月入党，现为汕头金山中学党委第二支部支部书记、高三年级级长。

郑瑞龙：为民服务的“首席代表”

从警20载，练就了郑瑞龙坚毅果敢的汉子性情。凭着对公安工作的执着与热爱，他身获荣誉无数：“广东省优秀人民警察”、个人三等功奖章、“优秀公务员”……如今已过不惑之年的他工作起来依然如同刚入警时一样目光炯炯，步履轻快，时时履行着一个人民警察应尽的职责，践行着一个共产党员的信念。

用“激情”推动党务工作

2014年7月，受汕头市公安局纪委的派遣，郑瑞龙主动承担起市行政服务中心“公安专区”的首席代表工作，积极协调出入境、治巡、科信、交警车管等业务部门做好进驻后的日常管理，负责各业务窗口部门服务质量的优化。2015年，一些违法人员借用他人名义，顶替驾驶者接受违章处罚和记分，并从中谋取利益的行为十分猖獗。作为公安机关执纪监督部门代表的他，主动作为，坚决打击买卖驾驶证计分有偿服务的违法现象。2015年11月5日，郑瑞龙通过敏锐的直觉及丰富的工作经验，“揪出”一名有偿代办交通违法自助处理业务的社会人员张某荣，并让其交代出犯罪同伙，移交办案部门一举查处违法人员三人。

作为“首席代表”，郑瑞龙同时肩负起“公安专区”临时党支部书记的重任，他坚持以党建工作为核心，调动和激发“公安专区”全体党员的工作积极性，充分发挥党员在工作中的先锋模范作用。在他的带动下，窗口民警的作风得到持续改善，服务质量显著提升，其工作成效也得到了市行政服务中心领导和人民群众的高度赞扬。“公安专区”连续两年荣获市行政服务中心“优秀窗口”和2015年度“文明窗口”称号，他本人也被评为2014、2015年度“政务服务先进个人”，2015年度“优秀党务工作者”。

用“热情”加强窗口建设

市公安局派驻行政服务中心窗口的民警，担负着我市人民群众出入境、户政管理和交通管理所需证件办理与发放工作，每天都要面对上百名来办事的群众，工作繁重且枯燥，郑瑞龙却甘之如饴。他总对周围的同事说：“人要学会换位思考，老百姓办事不容易，要让他们满意地离开。”他经常总结思考，抱着提速增效、服务群众的原则，始终把优化窗口服务质量作为工作的努力方向。他从规范硬件入手，向市局领导报告要求支持，对窗口进行升级改造，打造了全新的“公安专区”，统一外观标志标识，各类办事表格的填写式样一目了然。

如何方便办事群众，简化办事流程，是郑瑞龙一直想要解决的课题。“公安专区”按照上级的统一部署及时将便民惠民措施在窗口推开，让老百姓尽量少跑腿。以前，“好易通”交通违法自助缴款机只能处理本市号牌车辆在全省范围内出现的闯红灯、乱停车、超速等电子监控系统拍摄到的交通违法行为，从2015年起，这个范围扩大到了全国，市民在省外交通违章200元罚款扣6分以下的处罚也可以在这里办理了。为方便群众办理出入境证照、换补二代身份证和机动车驾驶证所需的照片，方便群众在2分钟内拍照并取得照片回执办理公安业务，郑瑞龙主动向领导报告，进驻一台自助“拍照易”设备让市民可以自助拍照，自由挑选自己最满意的照片，既节省办证时间，提高群众的满意度，又提高工作人员的工作效率。在他担任“首席代表”的近两年时间里，窗口民警确保了所受理的业务都在规定期限内办结，服务投诉零查实，群众回访满意度百分之百。

用“温情”赢取群众满意

每天，来处理交通违章等事项的群众络绎不绝，交通违法自助缴费机前也排起了长龙，看到队伍越排越长，郑瑞龙便走上前为大家提供指引。“您好，有什么需要帮忙吗？”身着警服的郑瑞龙微笑着询问道。“请问这个要怎么操作？”一位站在缴费机前的中年人指着屏幕问道。在郑瑞龙的耐心讲解下，中年人很快就了解了具体的操作步骤。事实上，在市行政服务中心“公安专区”工作近两年时间，这样的温馨场景每天都在上演，郑瑞龙热情而细心的服务赢得了群众一声声称赞。

公安机关是政府行政职能部门之一，由于郑瑞龙对公安行政审批业务比较内行，2015 年 6 月，还借调参加了市编办权责清单小组的清理工作。在短短的 5 个月时间，他和另两名同事加班加点对照上级有关规定，理清出便于公安干警工作指南的权责清单来，圆满完成任务，受到市编办领导的表扬。“公安专区”是我市目前唯一一个“一门式”办理多种公安业务的服务窗口。窗口工作直接面向广大群众，每天要和大量群众打交道。为了给群众提供快捷便利的服务，郑瑞龙发挥自身业务娴熟的有利条件，经常为前台同事及时解决疑难问题，同时也节省群众来回折腾的时间，有时忙起来，甚至连喝口水的时间都忘了。公安业务不断简化办事条件，他坚持利用空余时间学习专业知识、各种业务流程及相关文件，以不断提升自身的业务水平。每当群众前来办理业务时，他都能够运用过硬的专业知识，给予满意的解答、提供高效的服务。“为群众服务就是我们的工作，群众的满意就是对我们的肯定。”这就是郑瑞龙作为一名普通党员的座右铭。

（姚之翰　文 / 摄）

档案

郑瑞龙，男，广东潮阳人，1973 年 1 月出生，2000 年加人中国共产党，现任市公安局纪委科员、市行政服务中心“公安专区”首席代表。

李远慧：与大海相伴的青春最美

白色衬衣配深蓝色长裤，一身海事制服的青年共产党员李远慧，身材瘦小，脚步却十分轻快，精神焕发。这一次，她要赶往揭阳市惠来县靖海镇的石碑山。自从 2003 年大学毕业后，她便开始了这段与大海相伴的缘分，今年已经是她在海事航标这个行业工作的第 13 个年头了。

锐意进取显巾帼本色

早上 8 点半，记者随李远慧一起赶往石碑山，一路上，她一边给主管领导汇报工作情况，一边电话联系其他一线的同事布置任务，一个小时的车程，她几乎没有空闲。李远慧告诉记者，每年到这时候，粤东地区都会迎来新一轮的雷暴雨天气，加上今年厄尔尼诺现象严重，极端天气较往年可能会更加频繁，交通运输部南海航海保障中心汕头航标处必须赶在恶劣天气来临之前，完成所有管辖海域地区灯塔的大保养，为过往船只保驾护航，所以这段时间特别忙碌。

不管是在平时还是紧急时刻，她对自己的工作都不敢有丝毫的放松和懈怠，“我们的工作主要是防患于未然，每个工作基站都要全部检修一遍，有些项目在平时就必须做好，比如天线加固涂油漆，检查接收信号是否正常、地下链条会不会有磨损等，否则一旦等到特殊天气到来，就容易发生危险”。作为服务航海用户的载体，航标从设置到维护都是极为严谨的过程，囊括了航海、气象、天文、地理、光电等多个学科的知识。但对通信工程专业毕业的李远慧来说并不对口，并且，在海事航标行业里，因为工作强度大，涉及专业知识多，一般都以男性为主导，她是队伍里少有的几名女性之一。

“既然选择了这个行业，我就要努力干。”李远慧凭借一股不服输的韧劲，自学航海、光电及灯器等知识，克服专业不对口带来的挑战。

巾帼不让须眉，李远慧渐渐在男性为主的航标处脱颖而出，获得了广东海事局“十佳青年岗位标兵”、广东省直属机关“青年岗位能手”等多个荣誉称号，并获得国际航标协会优秀论文奖、国家发明专利、实用新型专利、中国航海科技进步奖等多个行业奖项，成为海事航标行业里一颗闪闪发光的“螺丝钉”。

最美青春献给海事

从汕头海滨路到揭阳石碑山，需要一个多小时的车程。刚下车，眼前只有几间低矮的平房，靠近海边的灯塔，孤零零地听着海浪冲击岸边的声音。“平常我们的同事会在这边留守，每周轮一次岗，这里什么都没有，一般人很难忍受得住这种孤独和寂寞。”她向记者解释道。

石碑山灯塔曾经以近 70 米的高度占据亚洲第一高的灯塔榜首，站在灯塔门口，几乎要将脖子拉成 180 度才能看见塔顶。李远慧准备开始执行今天的工作任务，去塔顶检查设备和灯光。整个塔身面积十分狭窄，台阶长度不足一米，考虑到安全，基本只能容一人通过，如果不是经常锻炼的人，爬几层马上就发晕喘不过气来了，可是她登上塔顶只用了不到 4 分钟，脚步轻快，呼吸依然很平稳。

站在塔顶，海风在耳边吹得呼呼作响，湿润的空气打湿了栏杆，爬上围栏的时候需要格外小心。她要检查灯光是否可以正常发光，以及其他设备是否正常运转。在海风的侵蚀之下，塔顶的门有些生锈了，挪动起来十分费力，她一边用膝盖用力顶着门，一手反向用力，才能勉强打开。整个工作完成花了十几分钟，“这些工作虽然不是很复杂，但是却十分重要”。对于每一个细节，她都严格把控。

如今，许多年轻人两三年就要换一次工作，相比之下，李远慧已经在这个行业 13 年，从一名年轻的科员到现在汕头航标处航标管理科副科长，会不会对工作产生倦怠呢？她莞尔一笑：“我对这个行业依旧热爱，这里还有许多值得我学习的东西。”

感恩家人和同事

李远慧是广西人，大学在上海读书，毕业之后进入广州航标处，之后随家人一起来到汕头。从刚来时一句都听不懂到现在说得一口地道的潮汕话，连土生土长的本地人也惊叹她的潮汕话说得利落。她声音不大，谈吐却十分清晰，语气温和，普通话潮汕话之间转化毫不费力。

家里人十分理解和支持她的事业。她开玩笑说，要从现在起，培养孩子的认知，免得长大以后不支持她的工作。

“平时在单位的时间比较长，同事们对我都很照顾。”李远慧回忆起刚入职场时，也曾有过一段职业迷茫期，幸亏前辈的指导和经验，让她找到了方向并且坚持下来。她将自己学到的技能分享给大家，共促进步。她利用自身工作优势，开设小课堂、自编详细教程、举办技能竞赛等，提高周围同事们的积极性和学习热情，成为每年航标业务培训的固定授课人，被同事们亲切地称为“小李老师”。

在与大海和灯塔相伴的日子，这个青年党员把最美的青春奉献给了海事航标事业，将一腔热忱付与澎湃的大海，灯塔成为她生命中一道独特记忆，她对于未来寄予了更多的期待，“希望灯塔的造型不再是千篇一律的了，每一座灯塔都是一道独特、唯美的风景线，成为汕头特色的景点，我也希望在这个行业好好做下去”。

（郭腾　刘洁　文 / 摄）

档案

李远慧，女，广西人，1982 年 9 月生，2008 年加入共产党，现任汕头航标处航标管理科副科长。

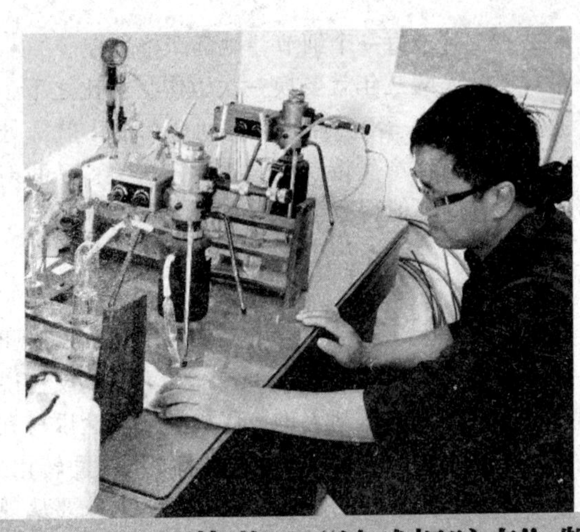

翁钊强：十七载谱写“地球把脉者”赞歌

38 岁的翁钊强看起来比他的实际年龄要老成很多。黝黑，壮实的他更像一个常在太阳底下劳作的老农，这一形象跟记者此前想象的儒雅有学识的专业技术人员颇有落差，以致握手的一刻脑子里有点“跑神”。

自从 1999 年到汕头地震台工作以来，翁钊强已经干着给地球“把脉”的活儿 17 载，17 载如一日兢兢业业坚守岗位，将美好的青春挥洒在地震台日常工作上，这位汕头地震台副台长、党支部组织委员履行着一位共产党员的责任与使命。

风雨无阻，按时完成地下流体检测

1999 年，大学毕业的翁钊强到汕头地震台工作之后，就承担起到潮州东山湖观测点取水化验的任务，春夏秋冬风雨无阻。为了确保提取到的地下水能准确捕捉到地下水微量元素的变化，保证数据分析的有效性。每天早晨 8 点钟，他就背上装满化验瓶的袋子，骑上摩托车，赶往观测点。40 多公里的路程，泥沙滚滚的土路、坑坑洼洼的泥路，近一个小时的颠簸常常使他筋疲力尽，不时发生意外在所难免，翁钊强指着手臂上、手背上的疤痕说："道路长年失修，一不留神就会从摩托车上摔下来，这些都是以前受伤留下的疤痕。"

由于交通条件恶劣，摩托车一旦在中途出故障，就是对翁钊强体力的考验。赶上夏天，他就不得不冒着30多摄氏度的气温推着摩托车走上一个多小时的路程去找修车店。"汗如雨下是常有的事。"他说。常年的风里来雨里去，如今才38岁的翁钊强，膝关节时不时就会隐隐作痛，严重时甚至连爬楼梯都困难。

翁钊强告诉记者："取水的过程除了自然条件的限制，还有人为因素的干扰。很多时候就是一次历险体验。"由于取水所在的片区被私人承包了，出水口被高高的铁门围了起来，并上了锁。门口还有两条狗。每次到东山湖取水之前，翁钊强和他的同事都会准备好骨头。那里的门锁三天两头就随着负责人的更换而换掉，负责人又常联系不上，为了确保能在规定的时间内取到水，他们往往要采取"非常手段"。他说："我们现在练就了翻墙的好身手。"一旦铁门锁打不开就翻墙进入，为确保自身的安全，便会用事先准备好的骨头喂狗，防止被咬伤。

"无论难度有多大，地下流体的监测都是我们每天必须完成的任务，不容闪失。"翁钊强说。

恪尽职守，负责后勤维护办公环境

凭借着扎实的专业技术能力和吃苦耐劳、无私奉献的工作精神，2013年，翁钊强被评为中共汕头市科技局直属机关党委"优秀党务工作者"，并连续多年被评为中共汕头市科技局直属机关党委"优秀党员"。如今，由于台里人手不够，担任副台长的他还承担着台里的后勤工作。

他坦言："干技术活不累，都是自己擅长的工作，累的是处理台里的日常事务和人际沟通。"2008年，一个棘手的问题摆在了他的面前。一个长期在地震台附近安身的流浪汉到离地震台不远处的一座小山丘"安营扎寨"，白天在上面睡觉，夜晚外出收垃圾并堆在山上，垃圾发出的恶臭严重影响了地震台的办公环境和卫生条件。

一开始，翁钊强“动之以情，晓之以理”，但苦口婆心的劝说并没有让其感动，流浪汉依然我行我素。眼见地震台周围的环境一天比一天恶劣。翁钊强甚至接连几夜通宵在地震台附近坚守，看到流浪汉载着垃圾回来就上前阻止。结果不仅收效甚微，翁钊强还遭到了恐吓。他说：“担心过，害怕自己的家人受到影响，但这也是我的本职工作，既然负责台里的后勤工作，我就得让同事们没有后顾之忧，安心投入研究工作。”

就这样日复一日，翁钊强和流浪汉展开了6年的“拉锯战”，直到2014年流浪汉答应搬走，问题才得到了解决。

以台为家，家人的支持是最大动力

“以台为家、克己奉公、无私奉献”，这是同事周坤隆对翁钊强的评价。为确保有突发状况时自己能及时到位，也为能节省更多的时间投入研究工作，他在单位附近租了房子。而他的妻子是汕头市潮阳区一所学校的老师，夫妻俩常常处于异地分居的状态，照顾孩子的重任也落在了他身上。

由于工作时间长，翁钊强和孩子常常缺乏交流，但孩子却非常理解他。有时因为工作原因出远门，妻子每天下班还要从潮阳赶过来照顾孩子，她也从无怨言。翁钊强说：“我的工作离不开家人的支持，是他们的理解，让我可以没有负担地投入工作。”

平日里，翁钊强带着同事，每日盯着电脑屏幕、仪器表盘，注意地表的波纹变化，记录分析数据。“虽然目前的地震预测还是一个世界性难题，但这些数据积累都会成为资料，供后来者研究，总有一天，这个难题会被攻克。”翁钊强信心满满地说。

（张琪 / 文　蔡维驹 / 摄）

档案

翁钊强，男，广东潮阳人，1978年6月出生，2002年加入中国共产党，现任汕头市地震台副台长、党支部委员。

为爱护航，托起幼儿幸福梦

——中共汕头市委机关幼儿园争创“共产党员先锋岗”纪事

中共汕头市委机关幼儿园（以下简称“市委园”）创办于1949年，为中国共产党在潮汕地区创设的第一所幼儿园。建园67年来，市委园在历届园党支部的带领和全体教职工的不懈追求和共同努力下，以“培养身心健康、富有个性的儿童，为孩子的终身发展奠定良好基础”为理念，在幼教这片热土上，为爱护航，为爱奉献，为爱引领，为幼儿托起明天的幸福梦。

护航：关爱幼儿帮扶济困见真情

在市委园采访，记者感受最深的是这里浓浓的爱心氛围，在党支部书记、园长林丽芳的带领和倡导下，市委园党员教师积极开展帮扶贫困、奉献爱心活动，用爱为幼儿的健康成长护航。

2014年6月，党支部书记林丽芳得知市外马二小汤老师的儿子因肾病病情严重，入住汕大第一附属医院，ICU每天费用高达1万元，于是以党支部的名义，倡导、发动全园教职工及幼儿、家长积极捐款，为挽救孩子宝贵的生命奉献爱心。在大家的积极参与下，党支部共筹得爱心捐款 34030 元，为延续孩子的生命尽微薄之力。

红场镇是汕头市的革命老区，那里的基础教育普遍落后。2013 年，市委园党支部组织党员专程走访红场革命老区，接受革命传统教育，为那里的孩子开展图书捐赠、帮扶支教等活动。活动中，园长林丽芳、副园长张妮还与“蓝天义工”一起，携手深入走访当地贫困家庭，捐款捐物，为困难群众送去最贴心的温暖。

陈璟晖是市委园一名优秀的骨干教师，13 年来，无论是刮风下雨，还是天寒地冻，她都风雨无阻地坚持每周五晚无偿在所居住的社区中开展《儿童国学》义教，深受社区民众和孩子们的欢迎。为推动汕头市学前教育的科学发展，加强城乡的研讨与交流，发挥优质幼儿园的示范作用，市委园于 2016 年 4 月与濠江区河浦中心幼儿园开展帮扶结对活动，4 月 28 日，陈璟晖到该园热心支教，向同行传递了优秀的教育教学经验。

奉献：为特殊儿童传播爱与温暖

2014 年，陈倩绚和林琼老师所带的小四班迎来了一位比较特殊的孩子，他叫睿睿，患有轻度的自闭症，语言发育迟缓，不懂得和他人交流。这个“星星的孩子”给带班的陈倩绚和林琼老师的工作带来了很大的困难和压力。因为是小班的第一学期，班里所有孩子都是新生，老师们除了要安抚班里新生的情绪，还要重点做好睿睿的照顾安抚工作。

刚来园时的睿睿，大小便时不懂告知老师，不会说话，也不能控制自己的情绪和行为，点点滴滴都需要老师的照顾。开学第一个星期，睿睿不愿意喝水、不愿意吃饭、不愿意午睡，一到喝水、吃饭这些环节，小家伙就用大喊大叫、大哭大闹来表达他的意愿。刚开始老师们弄不清楚睿睿到底想要表达的是什么意思，于是不厌其烦地通过各种方式，试图了解睿睿的真实意愿，没想到在这过程中，老师们的肢体经常都被睿睿不同程度地抓伤了，但是她们并没有气馁，也没有抱怨，而是用她们的爱心、耐心、细心，坚持从生活中每个环节一点一滴对睿睿进行耐心的引导。

慢慢地，经过一学期的培育，睿睿有了明显的进步，愿意喝水进餐了，在老师的帮助下能够安静入睡了，能用简单的语言和老师进行交流了，在睿睿的脸上能经常看到他可爱的笑容。在第二学期，睿睿也有了不同程度的进步，“星星的孩子”逐渐能与正常孩子一样，融入幼儿园的生活和学习了。

看到睿睿等“星星的孩子”的可喜变化，党支部书记林丽芳深有感触：“我们相信，作为幼教工作者，只要我们多一份关爱，就能让残障的孩子多一份康复的希望。”

引领：发挥省级园示范带头作用

2015 年 3 月，林丽芳园长成为汕头市幼儿园名师工作室成员，市委园成为成员单位，承担着向幼教同行发挥引领示范作用的职责。

在林丽芳的引领下，市委园以建构游戏为依托，着力打造幼儿园的文化特色，成为汕头市仅有的 3 所通过审批的广东省《3—6 岁儿童学习与发展指南》实验园的其中一所。2015 年 11 月 20 日，市委园接受汕头市幼儿园名师工作室专家、同行的观摩诊断，预备党员蔡颖毅老师主动领令旗精心备课，策划组织大班的小朋友建构游戏《天安门大阅兵》，接受工作室专家和同行的现场诊断，活动取得了良好的教学效果，获得了专家和同行们的高度评价和赞赏。她们认为市委园能找准幼儿园自身发展点，以建构游戏为切入，建设幼儿园的园本课程，是一项富有积极意义的研究课题，符合当前国家改革的方向。

采访结束时，党支部书记林丽芳告诉记者：“在汕头市幼儿园名师工作室这个平台上，市委园将积极发挥名园、名园长、名教师的示范、引领和辐射作用，为潮汕地区的幼教工作多做贡献，擦亮市委园作为省级园的牌子。在幼教这片热土上，为爱护航，为爱奉献，为爱引领，为幼儿托起明天的幸福梦！”

（林巧光 / 文　图片由受访者提供）

档案

中共汕头市委机关幼儿园现有干部职工 51 人，其中党员 8 人，45 岁以下党员 7 人。

方璜：以正能量点燃学生的心灵火花

在汕头职业技术学院人文社科和计算机专业一、二级的学生中，只要一提起东墩校区团总支书记、共产党员方璜的名字，大家都会不由自主给予评价：高颜值，够亲切，能力强，有创新！能在当今个性张扬、自主意识强的大专院校学生中获得这样高的评价，这位教师是怎样的一个人呢？

该院东墩校区办副主任孙越向记者介绍："今年五四期间，方璜刚刚获得由共青团汕头市委授予的'岗位能手'称号，这是对方璜出色工作的一个肯定！作为一名年轻女教师，她从参加工作以来，努力上进积累拼搏，成为一名有理想信念、素质过硬、勇于创新的老师，特别是所负责的团工作在短短一年的时间里取得了许多令人瞩目的成绩，成为汕职院团工作的一面旗帜。"

在工作中凸现党员的素质与职业理想

方璜进入汕职院工作之后，能在不长的时间里取得如此业绩，首先是作为一个共产党员，她在思想上做到严于律己，在教学工作及所负责的行政工作中发挥出色，从未因身兼数职而放松对自己的要求。她时常主动向同事学习，积极钻研与工作有关的资料，使自己在短时间内迅速胜任团总支书记这一新岗位，并取得了卓有成效的成绩。2016年，方璜在学院举行的“践行社会主义核心价值观”演讲比赛中荣获一等奖，代表学院参加“广东省第五届高校辅导员职业能力大赛”获三等奖。

在融洽师生关系中推进志愿服务工作

2015年，方璜接手担任东墩校区团总支书记一职。

她针对东墩校区都是刚入学的大学新生这个特点，精心组织开展了多场次的主题班会，就学生的未来定位、专业方向规划及人际关系的处理等问题，对学生们进行正确引导和深入浅出的交流，从而构建起融洽的师生关系。

2016年3月，她带领30名学生志愿者，参加汕头市环保局、汕头蓝天救援队、汕头市爱心志愿者协会等十大社会团体组织联合发起的“人人动手，从我做起——让城乡村居更卫生，让生活水源更洁净”大型环保宣传活动，在梅溪河东侧堤岸进行垃圾清理，并对附近居民进行环保宣传教育。她对学生们说：“只要对社会有益，即使是一点一滴的作用，我们都应该投身其中。”此外，方璜还多次组织校区青年志愿服务队开展义工、义教活动，定期到市图书馆整理书籍，与金平区团委共同开展到存心善堂慰问演出活动和清扫街道活动，受到了社会的好评。

勤力耕耘结成果，方璜负责的团总支获得2015年“广东省五四红旗团支部”称号，指导的学生会获得校际“优秀学生分会”、志愿服务队获院“优秀服务志愿队”和蓝天义工“优秀团队”称号。

以创新思维拓展校园文体活动

在采访中记者了解到，方璜以工作热情和创新思维，为校区学生创造了丰富多彩的展现个性的平台，如校区特有的“女生节”“趣味运动会”“校区辩论赛”“就业知识竞赛”等，她还组建了校区第一支学生模特队，亲自教授并引导模特队步入常规运转，与思政部联合开展了第一届“社会实践论文”大赛。其指导的校区辩论队参加校际“思辨青春·共筑梦想”辩论赛荣获亚军，并产生冠军赛“最佳辩手”一名，其指导的选手参加“垃圾桶环保漫画设计大赛”获二、三等奖，指导的选手参加学院第一届主持人大赛获一等奖，让东墩校区的文化活动富有特色，捷报频传。

针对校园中学生“低头族”日益增多的现象，今年4月，方璜联合思政部在校区发起“无手机课堂”活动，从小范围的试点班级开始抓起，引导学生以“学”为重，尊重课堂，拒绝手瘾，戒掉心瘾。这个活动已让越来越多的学生自愿加入，从无手机课堂开始，进一步营造绿色校园氛围。

（张春华　文／摄）

档案

方璜，女，广东汕头人，1984年11月出生，2012年5月入党，现为汕头职业技术学院东墩校区团总支书记。

陈锐城：一个硕士仲裁员的别样追求

质朴、热情、耐心、高效，这是80后仲裁员陈锐城给记者留下的第一印象。2016年6月12日，当记者走进汕头市调解仲裁管理办公室时，陈锐城正忙于接待一名专程从濠江区赶来求助的青年。在短短10多分钟的时间里，这名自称已在企业工作7年且是无过错情况下被企业要求自动辞职的小伙子，在听完陈锐城全面的分析讲解，懂得如何视不同情况依法维权之后，原本愁眉不展的脸上终于有了笑意……这一幕也让记者零距离见识了一名优秀仲裁员的专业素质和对群众高度负责的态度。

"健身控"原来是个"工作狂"

得知记者是为寻访"基层最美党员"活动而来，陈锐城显得有些腼腆。他说，其实人社部门很多党员同事都很优秀，不少人跟他一样长期在基层跟群众打交道，大家都在任劳任怨地工作，默默地做奉献，自己只是他们中的普通一员。

出人意料的是，面对记者的镜头他又冒出一句：“我的‘颜值’低，不上镜，实在抱歉！”这句看似玩笑的话倒让记者想起采访前在其微信相册里的“发现”——这个有着单眼皮细长眼韩系风格的仲裁员是个“健身控”，曾多次在微信上大方地晒健身照。难道他勤练形体是为了弥补“颜值”的不足？

“从微信里发现你很注重健身，是不是你对形体美有特别的追求？”

陈锐城笑答：“我喜欢健身，但不只是为了练形体，更多的是为了工作。毕竟我们仲裁办的任务很繁重，工作压力也挺大，只有练出强健的体魄才能更好地胜任这份工作！”

说起陈锐城，汕头市仲裁办主任、党支部书记刘建平大加赞许。他告诉记者，陈锐城长期从事调解仲裁工作，还担任综合室主任，经常要开夜车加班加点，是个名副其实的“工作狂”。而且他作为一名有10年党龄的“老党员”，政治上过硬，廉洁自律，坚决抵制人情案，树立了人民公仆的良好形象，很好地发挥了党员的先锋模范作用。

从刘主任提供的一组数据，可一窥陈锐城的工作：自2009年到市仲裁办工作以来，陈锐城共接待群众来访8000多人次，其中集体来访102批2032人次，处理劳动争议案件900余宗，调解率超过80%，法定审限内结案率100%，所审案件没有一宗被法院撤销或改判……这组数字，让人想起一个字可以形容——“牛”！

“非典型80后"仲裁员的成长路

生于1983年的陈锐城，是个"非典型"的80后。在中国，贴着“80后”标签的这一代人，更多地被视为一个不安于现状的群体，但在陈锐城身上，记者看到的是一个做事踏实沉稳、有别于多数同龄人的个体。

2007年6月，陈锐城从广东商学院法学专业毕业，获法学学士学位。2009年他进入汕头市仲裁办，这一干就是7年。2011年，他开始攻读厦门大学公共管理学专业的在职研究生，并在两年后顺利拿到硕士学位，成为市仲裁办唯一一个取得硕士学位的干部。

采访中，陈锐城透露了一个“秘密”，他曾有多次参加市人大常委会、市中级人民法院等其他机关单位遴选的机会，但最终都被他放弃了。“因为我内心始终热爱仲裁这份工作，无法割舍。”他坦言。而在付出了艰辛努力之后，他也从一名大学毕业生逐渐成长为各方面都很突出的优秀仲裁员，从书记员、仲裁员走到了综合室主任的岗位。

在担任综合室主任后，他锐意进取，既抓建立完善各项管理制度，也推一次性告知制度和首问负责制、服务承诺书等便民措施，还力促仲裁办案改革，实行“小额案件快速审，简单案件简易审，复杂案件精细审”机制，突出仲裁办案“快立、快调、快审、快结”优势。这些举措，更好地发挥了仲裁工作服务群众的作用，打造了一个“公正、廉洁、规范、高效”的仲裁优质服务品牌。

他本人也因此多次获嘉奖：2011 年被汕头市人社局评为“优秀党员”；2012 年被省人社厅评为“全省优秀劳动人事争议书记员”；在汕头市人社局最近 4 年的年度考核中，他就有 3 年获评“优秀”等次，还被评为“2011—2013 年汕头市人社系统信息工作先进个人”。

“能帮到群众就是我最大的快乐”

“我觉得劳动人事争议仲裁工作是和谐劳动关系的守护神，能为维护社会稳定出一点力，特别是能为劳动者讨回公道，是一件光荣的事，”陈锐城道出了自己的朴素想法，“劳动者往往处于弱势地位，一般都是与用人单位发生了不可调和的矛盾才到这里来，所以我特别能体会他们的心情和难处，都会想方设法解决他们的难题。每次能为劳动者多争取一点权益、多挽回一点损失，多为群众办一点好事、实事，我内心就会感到很欣慰、很满足，能帮到群众就是我最大的快乐！”

在市仲裁办，陈锐城最为人称道的就是他在调解工作中所表现出来的超出常人的爱心与耐心，这让接受调解、仲裁的当事人都有如沐春风的感觉。

2012 年，江西籍员工刘某在下班途中发生交通事故，但因刘某系工程承包方雇用的员工，公司否认与其存在劳动关系，拒绝支付相关赔偿。后来在案件审理过程中刘某被查出患有绝症，使案件更加棘手。作为仲裁员，陈锐城本着“以人为本、以和为先”的理念，找准切入点，通过耐心细致地开展多回合的疏导调解工作，消除了当事人之间的“心结”，最终双方取得谅解，公司同意从人道主义出发支付赔偿金，双方握手言和，取得“案结、事了、人和”的最好效果。

在无数个日夜的调解仲裁工作中，陈锐城既有为农民工讨薪而收获农民工兄弟“馈赠”两罐凉茶的感动，也有因工伤案件企业不配合而依法缺席裁决引致企业负责人出言相威胁的无奈。但作为一名仲裁员和共产党员，他深知自己肩负着为群众排忧解难的重任，相信自己只要牢记“以人为本，执政为民”的服务理念，时刻把握好心中那杆秤，就一定能通过调解、裁决去真正为群众办好事、办实事，让人民群众满意！

（郑康华文／摄）

档案

陈锐城，男，广东汕头人，1983年9月出生，在职研究生，硕士。2006年6月加入中国共产党，现任汕头市调解仲裁管理办公室综合室主任。

照亮城之夜的光明使者

——记汕头市城市照明管养中心照明万所党支部

夜幕降临时，大街小巷的路灯纷纷亮起，我们行走在由一盏盏灿若星辰的路灯烘托出来的美丽夜景中，不由得感慨这些城市夜晚的"眼睛"如此明亮，离不开广大路灯维修工的悉心养护。

路灯亮了，心里安了

6名职工管养着150多公里长的城区路灯，这样的工作量有多大？记者来到汕头市城市照明管养中心照明三所，他们负责以汕樟路为界（含汕樟路）以西至揭阳、潮州交界（含牛田洋路段）的区域，路程有150多公里，区域内需维护管养的路灯有11000多盏。城区路灯这么多，但照明三所正式职工一共就只有6人。城市照明设施安全是头等大事，人手少，他们只能进行分班，落实班组值班夜巡查、所长巡查的日常制度，坚持每周专项安全巡查。"为了居民们生活更加方便，每天不管刮风下雨，我们都要上路对路灯进行巡查。"照明三所所长、共产党员陈俊松这样对记者说。

一顶安全帽、一件反光服、一双绝缘鞋，这是陈俊松上路巡查的全身装备。今年45岁的他，在电力行业已有27个年头。照明三所负责路段的电缆电线及路灯等设备都曾经过他的双手，哪段的路灯是新换的，哪段的线路容易出问题，他都熟记于心。“干我们这一行的，没有什么具体的假期和工作时间，哪里出现故障，我们都要在最短的时间内赶到现场。越是恶劣天气就越要保证路灯明亮。”陈俊松告诉记者，2013年台风“天兔”来临时，因风力大，雨量多，电力线路多处故障，对照明设施影响很大，但照明三所几名党员在台风面前不畏艰难，冲锋在前，坚持每天不停歇持续抢修，奋战40多天，城区大街小巷又恢复了往日的光亮。他们的工作也得到了上级和群众的肯定，多次获得“先进集体”荣誉称号。

检查、维修、测试，这只是路灯维修工人们每天必做的巡查工作的一个镜头。不管严寒还是酷暑，他们都重复着枯燥乏味的巡查工作，目的只有一个，就是让这座城市的夜晚更加亮丽，让深夜回家的脚步走得更加踏实安稳。

更新技术，首推LED灯倡导绿色照明

随着城市建设的发展，城市照明设施如何更进一步实现节能减排成为照明管养中心一门重要的功课。LED路灯拥有明亮的照明效果和较高的节能功效，为此党支部成员积极学习、了解LED等节能、绿色新材料、新产品的性能特点。2013年，照明三所利用金平区大学路改造契机，对该道路全线原设计的619盏高压钠灯和72盏投光灯全部升级为LED灯，这也是汕头市首条主干道采用LED路灯照明的公路。

所里的魏俊波也是一名党员，他介绍，大学路是汕头市区通往汕头大学、揭阳潮汕国际机场和周边城市的重要交通要道。安装LED灯后将产生光源功率减少、线路损耗减少、变压器损耗减少带来的节电效益，运行维护管理费用等也将相应减少。

群众好口碑，就是最大的奖赏

除了做好本职工作，党员许少辉还代表照明三所参加汕头市市直围棋赛、潮汕三市围棋赛等比赛，获得了优异的成绩，为集体争得

了荣誉。陈俊松及其他党员更是带头献血献爱心，从2009年开始，他们每年都坚持献血，至今已累计达2000ml，他们无私奉献的行为也感染了其他的职工，职工纪炜钊是市红十字会的无偿献血志愿者，多年来参加无偿献血48次，其中在外地献血2次，献全血6次2600ml，机采血小板40次共帮助了70余个患者，他先后获得了国家无偿献血奉献金奖、银奖，省无偿献血奉献奖银奖，省无偿献血促进奖和市无偿献血先进个人等荣誉。2014年7月，当他获知自己的骨髓与国内一名白血病患者初配成功后，捐出造血干细胞挽救了该名患者的生命。

汕头市城市照明管养中心照明三所的共产党员们用兢兢业业的态度在自己的岗位上埋头苦干，用一丝不苟的标准为市民带来光明，带来幸福。所长陈俊松说过这样的话："作为党员，只有高标准严要求，只有踏踏实实去工作，才能得到群众的理解与认可，得到群众的好口碑就是我们最大的满足。"

读着这些铿锵有力的语句，一张耀眼的成绩单展开在眼前：2015年照明三所维修更换电线电缆五千多米，更换维修灯泡二千多盏，维修处理故障560多处，排除安全隐患200多处，亮灯率达到99.6%以上。再次欣赏城市夜晚的灯光美景，你会越发感叹这些光与美，来自坚定的信念，来自平凡的耕耘。

（姚之瀚 / 文　图片由受访者提供）

档案

汕头市城市照明管养中心照明三所现有干部职工6人，其中共产党员3人，45岁以下党员2人。

陈应坤：粤东海域的守护者

他钟情于缉私事业，坚守海上缉私岗位20个春秋，矢志不渝地守护着辽阔的粤东海域和海岸线长达809公里的滩涂，用他的实际行动演绎着“海上蛟龙”的故事；他，既没有驾驭白马的黄金战车，也没有管制大海的三叉矛，却凭借着那艘破旧的“渔船”，犹如一把尖刀一次次刺中海上走私分子的心脏……他，就是汕头海关缉私局情报技术处四科科长陈应坤。

征战，未有休止符

眼前的陈应坤，皮肤健康黝黑、笑容朴实真诚，俨然一个海边土生土长的渔民儿子，但只要细细去品味，就会发现他那坚毅锐利的眼神、冷静淡定的心绪，透射出的是他对潮汕水文海况的了然于胸，以及缉私征程的绚烂多姿。

2011年年初，陈应坤携带着满满的缉私战绩履新情报技术处，在这片广阔的天空施展抱负才干。果不其然，他丰富的经验技能与该处的情报渠道、秘密手段产生了强大的化学效应，“声东击西”“欲擒故纵”的战术应用，基站分析、轨迹研判的科技运用在海上查缉中立竿见影。是年，他带领情报四科 4 名干警查获海上刑事案件 12 宗，占全局刑事案件的五分之三强，缴获走私成品油达 5400 吨之多。

缉私征程波澜起伏。陈应坤回忆起这一年年底的一次查缉行动，他说：“在这次行动中，我带领的情报小分队遭遇暴力抗法，查私行动受阻、走私货物被卸、情报队员遭围、人身安全受到威胁，险象环生！”面对困境，陈应坤沉着镇定、冷静应对，一方面与上级领导保持联系，沟通情况接受指令，另一方面控制现场大局，确保缉私人员的安全，防止事态恶化。他的果敢与淡定，确保了情报人员、缉私快艇和警用枪械的安然无恙，捍卫了海关缉私警察的尊严和威望。

这次行动中，身负轻伤没让陈应坤退缩，他越挫越勇，接连创下佳绩。在反走私形势愈加艰难和复杂的 2015 年，全国海关部署“春雷”行动严打成品油走私活动，作为情报工作船“汕海 618”的掌舵者，他迎难而上、奋勇当先，带领情报先锋们战狂风、斗巨浪、闯迷雾，力克看水一族，勇挫走私分子，成功斩获了当年汕头海关全部 6 宗海上成品油走私自侦刑事案件，缴获走私成品油 1783.71 吨，抓获涉案船员 50 名，案值共 3771.41 万元，涉嫌偷逃税额 1542.68 万元，为“春雷”行动画上一个圆满的句号。

“只要粤东海域的走私活动没有沉寂下来，我就会站好海上缉私这班岗！”朴实无华的话语，却呈现出陈应坤心中那不曾磨灭的缉私信仰和无私奉献的忘我情怀。

坚守，只因心有情怀

在海边出生成长的陈应坤对大海有着说不出的情怀，听海风、踏海浪，儿时的快乐记忆让他毅然决然报考了海上缉私岗位。1996 年 6 月，他满怀对缉私事业美好未来的憧憬和期盼，踏上了汕头海关的缉私艇，这个身材高挑的 23 岁小伙，从最基础的跳帮动作学起，开启了漫漫的缉私征程。

20 年过去，陈应坤将自己磨砺成一份“活生生的粤东海上反走私工作地图”。他告诉记者：“记得 2012 年 6 月，我们的情报工作船前往汕尾对开海域摸查走私线索，突遇数十丈高的海上龙卷风，也就是老百姓俗称的‘龙吸水’，情况危急，只要稍有迟疑，人船将不复存在。倚仗过往的经验，我对洋流做出判断，乘风转舵，终于避过了这一极端天气。”

除了对海上各种恶劣环境应对自如，陈应坤还在岗位上亲身见证着汕头海关缉私船20年来的发展史。自进入海关以来，从3字头的海上“大飞”，到6字头的监管缉私艇，再到重达两三百吨的大块头，甚至是具有草根身份的“汕海618”，他都驾驭自如、游刃有余，3411、611、807、868、869、904……一段段缉私经历如数家珍。有人调侃说：“汕头海关配置的缉私船都给陈应坤开过了！”一句玩笑话，却是陈应坤满腔热血、戎马生涯的真实写照。

传承，精神的延续

“没有过硬的技术和无畏的精神，你将难以胜任海上缉私岗位！"这是陈应坤在海上漂荡20年一直谨记于心的座右铭。

经过时间的沉淀，如今的他具备了丰富的阅历经验、精准的研判技能和得心应手的驾驭能力，在海上查缉中独当一面已不在话下，对于这笔宝贵的财富，他也从不吝惜私藏，而是毫无保留地与科里的同事分享，海图作业、水文环境识别、海上气象分析、航海知识要领倾囊相授，跳帮—登船—控制—搜查—押解的实操演练未曾间断。

2015年，4名新警的到位给情报四科注入了新鲜血液，求贤若渴、惜才有方的陈应坤通过言传身教和手把手的“传、帮、带”，让这些新生力量迅速进入角色，薪火相传艰苦耐劳、迎难而上的情报精神……谈到陈应坤，4名新人无一不对这位老大哥充满钦佩，他给新人们带来了榜样的力量。

如今，陈应坤这位粤东海域的守护者依然在海上缉私岗位践行着心中那不曾磨灭的缉私信仰，以其坚韧不拔、敢为人先的精、气、神渲染着情报人的独特风采，谱写出一部又一部的新时代海关缉私篇章。

（蔡维驹李锋 / 文　图片由受访者提供）

档案

陈应坤，男，广东汕头人，1973年1月出生，1998年9月入党，现任汕头海关缉私局情报技术处四科科长。

郭少玲：用爱呵护一颗颗受折磨的心

提起精神障碍患者，人们的本能反应就是恐惧、回避甚至是歧视。然而，在汕头大学精神卫生中心，有一位护士，21 年来，每天面对的都是这些情感、思维和行为紊乱的患者，她就是郭少玲。21 年坚守精神科临床一线工作，郭少玲和她的护理团队用细心、耐心、精心的护理，照顾着一颗颗受尽折磨的心。

只要患者有好转，这一切都值了

在精神临床科一线工作，时常要面对的是患者的突发状况。郭少玲直面这些困难不曾退缩，她告诉记者："记得曾在一次发药时，一位刚入院不久的患者，自行排队来服药，当我把药物放在他手中时，他竟将拿着的杯中温水泼向我的脸，原来，他幻觉中以为我要加害于他！还有一次，我在与一位康复期患者聊天时，他突然握起拳头往我肩膀狠狠一捶，过后又马上道歉，说刚才是听到一个声音叫他打人的，而且他自己也已忍住很久，最后还是无法控制。"除了这些特殊例子，遭受患者吐口水、辱骂等更是精神科护理人员常碰到的事。

精神科护士，心累甚于体乏，由于是开放性管理，对于患者的康复很有利，而压力就抛给了日夜守护在病房的护士。时刻要防范其自伤、自杀、伤人、毁物、逃跑，治疗护理要靠反复劝说才得以配合，难度非常大。郭少玲已经不知道有多少次被患者辱骂、攻击甚至人身安全受到威胁，而始终保持一颗无怨无悔的心，谈何容易！问及这个，她则是淡淡的一句话："这是必须的，每每看到患者病情好转，或是康复出院，总会觉得这一切都值了。"

21 年既当护士又当保姆，为同事树好榜样

相比起其他科室的护士，精神科护士的工作平凡而琐碎。除了日常处理医疗上的护理需求，督促病人服药、进食、睡眠、洗头、洗澡、穿衣服、理发、剃须、剪指甲、管理衣物、代购点心和日常用品都在工作范畴之内，甚至有时还要协助生理期女患者更换卫生巾，可以说，一名精神科护士既是护士，又是保姆。

郭少玲从业 21 年，资历深，做事却时常身先士卒，对于一些慢性精神退缩、生活懒散的患者，她不怕脏、不怕累，带领其他护士一起帮患者洗头、洗澡、理发等。一位年轻同事回忆起前不久一个"棘手"的女患者，她说："那一天下午，病区接收了这名女患者，因为她在家好几个月没洗澡，刚好又处于月经期，整个病区顿时臭气熏天，可是少玲姐二话没说，立即穿上工作服、戴好口罩帮患者洗头、洗澡，起初患者还不肯配合，她就耐心疏导，一边又让我和其他同事一起配合工作，终于让患者接受了。当看到患者焕然一新的面貌时，我们都感到无比欣慰。作为科室里的大姐，少玲姐常常冲在我们年轻人的前面，不但一点点打消了我们对精神障碍患者的恐惧，更为我们树立了一个榜样。"

用真情温暖患者，不是天使胜似天使

有人说，护士是没有翅膀的天使，因为我们用爱心和微笑去抚平病人所受的痛苦；有人说，护士虽然不一定有很美的容颜，但是一定有一颗温柔善良的心。

郭少玲从来都不认为自己是天使，她觉得这些都是她该做的工作，病人的满意就是她的追求，也是她义不容辞的责任。她说："护理事业是一项崇高而又神圣的事业，我为自己是护士队伍中的一员而自豪。作为一名平凡而又普通的护士，我会用我的爱心来对待每一位病人，让他们感受到不是亲人胜似亲人的温暖。用心去服务，用爱去服务，把感情融入平凡的工作中，把满腔的爱送到每一位病人心中。

（蔡维驹吴锐源 / 文　图片由受访者提供）

档案

郭少玲，女，广东潮州人，1973 年 1 月出生，2006 年 12 月入党，现为汕头大学精神卫生中心护士。

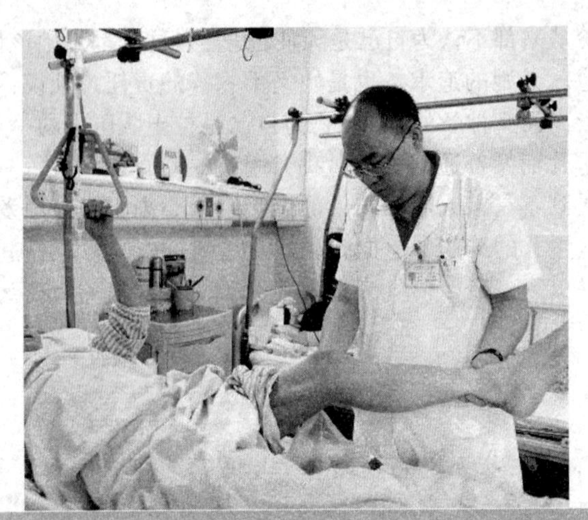

纪少丰：小城医生立志“扬中华骨气”

一个抱着脚“哇哇”叫的小姑娘被人抬进骨伤科门诊部，家里人忙着喊医生快来救，纪少丰大夫走上前，使劲一拽，说声：“好了！”过一会儿，小姑娘自己走了出去……

可能是看到记者的惊讶，他轻描淡写地说：“小儿科，脱臼而已。”又正色说道，“刚才你已见证了中医对骨伤的神奇疗效。”他告诉记者，在10多年求学和工作的过程中，正是无数奇妙的中医疗法疗效令他怦然心动，令他对祖国医学的博大精深充满了向往与求知欲，也令他下定决心要把日渐式微的中医作为自己毕生追求的事业。

2015年2月，33岁的纪少丰通过竞聘成为汕头市第二人民医院中医骨伤科的科主任。该科老主任、党支部书记林永城开心地笑了，他说：“把担子交到小纪手里，我放心。”

林永城是纪少丰的师傅，7年朝夕相处，他亲眼看到这个年轻人的茁壮成长，“一棵好苗，可造之材！”面对前来采访的记者，他毫不掩饰对爱徒的欣赏。他告诉记者：“在推荐‘基层最美党员’时，我们党支部一致推荐小纪，没有异议。因为这是一个有理想、有干劲、有成就、有爱心的好医生！”

“刚接触我就喜欢上这个小伙子”

2009年，毕业于湖南中医药大学骨伤科专业的纪少丰前来医院应聘，当时负责考核的林永城就关注到这个小伙子，“我发现他与其他应聘的大学生不一样，绝口没问也没提待遇问题，只是告诉我，他有机会当一名手术大夫，但有感于中医疗法不受待见的现状，更希望通过自己的努力，为振兴中医做些力所能及的工作，他说，我爱学习，能吃苦。”

林永城告诉记者，纪少丰的应聘材料非常漂亮：“读大学时已经是党员、学生会主席，他的研究生导师是国内知名的中医骨伤科专家，对他的评价也很高。最重要的是，他有对中医事业的热爱与追求，因此，刚接触我就喜欢上这个小伙子。”

记者在采访时也感受到纪少丰对于弘扬中医的热情与执着，在整个访谈过程中，与介绍自己的成绩相比，他似乎更乐于向记者描述中医疗法的奇妙，强调其对于普通百姓的简、便、廉、效，还有他对未来工作的打算、规划。纪少丰写了几个字拿给记者看，上书“传中医理论，扬中华骨气”，他说，这是他至今珍藏着的导师临别赠言，也是他的理想与追求，他希望自己的努力不会令导师失望。

在医院的青年医生中，他是成长最快的

大学毕业6年后，纪少丰获得副主任医师专业技术资格，并成为医院中医骨伤科的领军人物，在医院的青年医生中，他是成长最快的。不管是医院领导、同事还是被他治愈的患者，都说他是“天道酬勤”。

该院党委办公室副主任吴烈华告诉记者，在2015年一年中，纪少丰有361天在医院，仅休了4个周日。从到医院上班的第一天开始，纪少丰就扎根临床、勤于动手，很快就得到医院领导、同事的好评，也迅速获得患者的信赖与称赞，在老主任林永城的悉心栽培下，他大胆开展临床、教学、科研工作，摸索出一系列运用中医汤剂及手法有效治疗骨折、筋伤及退行性病变的经验，并加以推广，为医院取得了良好的社会效益和经济效益。

这个热爱中医的青年医生勤于钻研，通过研究古方外用，独创开

发研制了“中药热奄包”，价格便宜但疗效明显，受到同行和患者的高度好评，目前已申请国家专利。几年来，他发表了专业相关论文6篇，作为第一负责人和第二负责人分别申请的两个市级科研立项一个于2013年结题，一个已顺利立项。

“做一个好医生就是为党争光”

7年来，由纪少丰接手的患者治愈率达到90%以上。

老主任林永城说，纪少丰在上学时勤奋钻研中医经典，打下了很好的从业基础，又勤学好问，工作不久就在患者中有了好口碑，医术好，人品好，许多病人指名找他治疗。“这几年里，少丰经常一个人管着科室里三分之二的患者。”

在担任骨伤科负责人以后，他开始思考骨伤科的新定位，推出了针灸、小针刀及拔罐等传统项目，使骨伤科的治疗手段更加丰富，也使中医骨伤科初具“康复科”的雏形，吸引了大量患者前来就诊，目前，科室病房已扩大1倍床位，但仍经常人满为患。

纪少丰一直追求小处方、大疗效，多运用过硬的望闻问切，少依赖机器检查，想方设法为患者省钱。他很多次为患者垫付医药费，也曾经带领科室青年医护人员承担起一位被亲人遗弃在医院的90岁老人的医疗、护理与生活起居，他和同事自掏腰包购置食物、药品、生活用品，悉心照顾老人近一年，直至老人逝世，让老人在人生不幸的最后一站还能感受到人间的温暖。

谈到一个党员的先锋模范作用，纪少丰说：“我不会说漂亮话，就认一点，提高医术，关爱患者，做一个好医生就是为党争光。”

（周永固／文　张春华／摄）

档案

纪少丰，男，广东汕头人，1982年1月出生。2005年6月15日加入中国共产党，求学8年立下悬壶济世之志。现任汕头市第二人民医院中医骨伤科主任。

方春红：扎根幼教勤勉耕耘二十一载

近日，记者走进位于金平区广厦新城的汕头市葵花幼儿园，看到园内人头攒动、氛围热烈，呈现一派阳光活力的景象，原来，一个全市范围的幼教示范观摩活动正在这里举行。园长方春红带领一群身着浅黄色园服的老师热情地接待前来参加观摩活动的幼教同行，引领参观，介绍园内各具特色的幼教示范区域及教学成果，其开朗的形象、知性的谈吐让同行们交口称赞。

打造与众不同的园所文化

来自全市幼教同行的这份称赞，对于方春红已不是第一次。作为葵花幼儿园的园长和支部书记，她在工作中以积极进取的工作热情、宽容无私的胸怀，影响并激发整个团队的积极性，大力开展师德师风教育、为教职员工的学习、工作和生活营造了公平、和谐的环境，形成了独有的“厚德、智慧、创新、向上”的园所文化，让幼儿园的公众形象、社会美誉度得到了大力提升，将葵花幼儿园打造成在粤东地区具有良好品牌效应的示范幼儿园。

品牌效应的形成是由人文的氛围、优良的师资和特色教学所支撑的。葵花幼儿园针对不同年龄段的幼儿开设了动手能力培养、探索观摩实践、鼓励阅读欣赏及社会行为引导，让幼儿在园内受到全方位的学前教育，得到了众多幼儿家长的赞许。一位姓黄的家长对记者说："有了方园长的领导，葵花幼儿园无论是办学环境还是教学质量每年都在不断提升，孩子在这里都十分开心和快乐，这让我们很放心！"

以人为本是办好教育的根基

从事幼教21年,方春红积累了丰富的工作经验。她经常引用大卫·罗丹的名言"这世界上并不缺少美，缺少的是发现美的眼睛"来要求老师们多发现孩子身上的美，用心地教育幼儿。而她对教职员工也是这样，常用眼睛发现每个教职员工的美，注重发挥每个人的潜能和智慧，经常听取教职员工的意见与建议，及时调整幼儿园发展规划和措施。

方春红说："我认为，无论是在幼儿教育还是园务管理上，以人为本的理念很重要。幼儿教育必须是阳光、快乐和活力的，所以老师首先要有善良、随和与开朗的品性，才能在孩子们心目中树立良好的形象。葵花幼儿园现有的42名教师全为女性，她们大多数担当着工作和生活中的多种角色，如何平衡工作、学习和生活的关系，让她们有一个快乐心境去全心全意地投入幼教工作之中，我们对部分家庭负担较重的老师，在其不影响本职工作的情况下实行弹性工作制，这样让她们做到工作与家庭两兼顾，从而调动工作的热情。"老师们因此认为："在我们心中，她是最贴心、最公正的园长！"

在教学和管理方面，方春红注重发挥教师各自的专长和年龄优势，设立年级长、教研组长，让这些带头人各施所长。建立激励机制消除公办幼儿园教职员工身上的惰怠习性，形成积极进取的工作氛围。成立由园方各部门主管、老师代表、家长代表组成的园务委员会，参与园务管理，学期前商讨教学内容，期末听取总结评价意见，为幼儿园的发展出谋助力。

形成互动教育品牌服务于社会

2013年，方春红担任葵花幼儿园园长之后，带领葵花幼儿园全体教职人员立足社区、拓展思维，充分调动和利用社会资源办好幼儿教育，探索“家、园、社区三位一体”的互动教育品牌模式，积极服务于家庭和社区，初步达到家庭、幼儿园、社区联合，为幼儿创设全方位的教育环境，形成葵花园特有的“走出去、引进来、吸收融合”的教育模式，并由此取得良好的教育效果。

几年前的一天，方春红带领葵花幼儿园的党员到澄海区隆都镇后沟村开展参观活动。她无意中发现了村子里有一所幼儿园，出于职业的习惯，她与其他老师走进幼儿园看个究竟，在与该园的领导、老师交谈中了解到，由于经济原因，这所村办幼儿园的办学设施相当不理想，并且师资队伍质量不高、教学理念非常滞后。回来后，方春红萌生了要结对帮扶这所村办幼儿园的想法，并得到老师们的热情赞同，从此开展了对后沟幼儿园人员资质培训、教学设备上的大力支持。

几年来，有了这种“教育为基层服务”精神的积极弘扬，方春红带领全体党员每学期深入到潮阳南阳村幼儿园、潮南健乐幼儿园、澄海和华乐幼儿园等开展支教活动，提高农村幼儿园园长管理能力和教育质量；“六一”节组织全园幼儿家长和老师慰问帮扶结对子农村幼儿园儿童，为农村孩子捐书捐玩具，让农村儿童与城市儿童手拉手；指导金平区第九片区幼儿园开展管理和教学研讨，为广东省骨干教师培训、汕头园长培训学员传授园所管理经验、教学研究、家园社区互动经验等；组织教师为社区开展“小脚印”亲子早教活动；每年还带头参加社会义捐，参加社工团体义务帮扶活动。

这种以互动教育品牌优势，服务群体奉献社会的做法得到了人们的肯定，方春红先后被评为汕头市妇联系统“优秀党员”、“创先争优先进党员”，葵花幼儿园也获得了“学雷锋示范单位”、广东省“科学育儿实验基地”等称号。

（张春华　文／摄）

档案

方春红，女，广东惠来人，1976 年 3 月出生，2001 年 12 月入党，现任汕头市葵花幼儿园园长、党支部书记。

张秀丽：以公仆心态服务客户的“电小二”

在平常百姓的印象中，客户服务是最容易遭受抱怨发泄、批评指责甚至是刁难辱骂和被投诉的岗位之一，但在汕头供电局客户服务中心，却有这么一个人，她从事客户服务10多年，不但从来没有被投诉过，而且还广获同事和客户的点赞和好评，她就是95598业务受理班班长、共产党员张秀丽。

近日，在汕头供电局客户服务中心，忙碌的张秀丽于工作间隙接受了记者的专访。

“电小二”秘笈：优质服务=态度+知识+技巧

11年前，张秀丽经历了一次岗位大转变，由原来从事10多年会计的“账房先生”转到营业厅的“电小二”。新的角色，一切都要从零开始。作为党员，张秀丽没有抱怨，坚决服从组织安排，马上调整心态，积极投入到新的工作环境中，学习、掌握新的业务知识和技能。

记者好奇并惊叹张秀丽在客服岗位10多年竟能实现“零投诉”，于是请她谈谈有什么秘笈。张秀丽谦虚地说：“我还真说不出有什么秘籍。如果非得说点什么，那就是：用心学习、真心待人、耐心沟通、细心办事。所谓的经营之道就是：优质服务 = 态度 + 知识 + 技巧，主动服务，换位思考，站在客户角度看问题。”

一分耕耘，一分收获。10 多年来，张秀丽所在的团队先后获得荣誉 10 多个，其中有两个国级荣誉：2007 年“全国三八红旗集体”、2013 年“全国五一巾帼标兵岗”。张秀丽个人也荣获 2013 年广东电网公司“服务能手”称号、2013 年汕头供电局“表扬立功奖”、2014 年汕头供电局“党员示范岗”称号、2015 年广东电网公司“三八红旗手”荣誉称号、2015 年广东电网公司“党员示范岗”称号、2016 年南方电网公司“巾帼建功标兵”荣誉称号。

张秀丽告诉记者：“在这十多年从事‘电小二’角色转换过程中，我深深地认识到：无论什么样的岗位你都可以很出色，关键是你是否‘把心安下来’。”

面对“火炮”耐心沟通甘当“出气筒”

作为一线服务人员，面对的是广大的客户，常常会遭受客户的抱怨发泄、批评指责甚至是刁难辱骂，为了避免矛盾进一步激化，张秀丽的做法是：不与客户争辩，静心聆听，并适时安抚客户情绪，尽快解决问题。

2011 年夏天一个烈日炎炎的中午，正当张秀丽和同事们准备用午餐的时候，电话铃响了。张秀丽刚拿起电话，电话那边一位妇女马上不分青红皂白，劈头盖脸就是一阵“火炮”：“你们太不像话了，最好马上送电，不然我立马投诉到南方电网！”

“您好，请您告诉我事情的经过，好吗？我会尽力帮您解决的。”面对如此不友好的电话，张秀丽一如既往地礼貌接答服务。但电话那头的客户却毫不收敛，依然不管不顾地在电话里大吵大嚷，既埋怨又发泄，而且还脏话连篇。

张秀丽耐着性子，见缝插针地询问情况，并用平和的语气不断劝导对方，终于把事情搞清楚了。原来，这位妇女近期由于丈夫病重，忙于四处求医而忘了缴纳电费，抄表员在联系催讨并发放停电通知书后采取了停电措施。经历了一个备受煎熬的炎热夏夜，这位妇女既心疼正在读高三的儿子一夜没睡好，又加上最近丧夫之痛，所以才产生了上述的发泄。

搞清楚了事情的来龙去脉，将心比心，张秀丽认为，客户此举还是可以理解的，所以她既不生气也没有厌烦，而是耐心地倾听，适时地对她进行劝导和安慰，引导她可以办理银行代扣电费业务，还夸她很坚强，能承受这么大的压力，相信她一定能走出困境，享受新生活。想想客户的处境确实令人同情，张秀丽及时联系抄表员，并就此事进行了跟踪、落实。一个电话下来，张秀丽这才发觉耳朵发烫、手臂发麻、抓话筒的手心全是汗水，同事们告诉她已经过了35分钟，饭菜都凉了。

第二天，这位客户主动来电致歉，并告诉张秀丽既交清欠费还办理银行代扣电费业务。张秀丽开玩笑说："没事，我就是'出气筒'嘛，只要您能消消气，问题能解决就好。"

党员风范：95598业务受理班里的"贴心大姐"

张秀丽是95598业务受理班的班长，但在这里，没人管她叫班长，而是管她叫"贴心大姐"。日常中，作为党员、作为大姐大的张秀丽，时刻以党员的先锋模范作用要求自己，把班员当亲姐妹，以女性的"柔德"和"客户服务无小事"的实际行动影响着每位班员，常常与她们沟通、做心理疏导。有时，班里的小妹妹遇到生活中的烦恼事也会主动找张秀丽这位大姐大倾诉，经她悉心开解后都说心情好多了，也知道该如何处理了。

2013年第19号强台风"天兔"正面登陆粤东，受台风影响，汕头全市的电力设施破坏严重，影响范围大、全面修复时间长，来自各区、县的报障电话如潮水般涌入95598客服热线，急促的电话铃声此起彼伏，等待接听的电话数量不断攀升，坐席员轮番作战，一遍遍接听、一次次耐心解释，有的声音嘶哑了，有的饱受委屈……所有这些，作为班长，张秀丽是看在眼里、疼在心头。在此期间，张秀丽连续10多天，每天10多个小时坚持在工作现场上，紧张有序协调处理问题，对受委屈的坐席员及时像大姐姐一样安慰和开解，端茶倒水关心每一位坐席员。

在张秀丽的引领和组织协调下，95598 业务受理班在整个抗灾过程中实现了坐席员零抱怨、客户零投诉，得到领导的充分肯定和群众的广泛好评。在接受记者采访时，汕头供电局客户服务中心朱炎昆主任评价道：“张秀丽身上展现的是新常态下共产党员勇于担当、攻坚克难、敢为人先的先进性和良好风范，群众从她的身上看到了党员的榜样和闪光点。”

（林巧光 / 文　袁笙 / 摄）

档案

张秀而，女，广东汕头人，1971 年 8 月出生，1998 年 4 月加入中国共产党，现为汕头供电局客户服务中心 95598 业务受理班班长、首席客服代表。

忙碌的窗口　细致的服务
——记汕头市工商局登记注册科党支部

在汕头市行政服务中心，工商局窗口是最忙碌的窗口之一。一大早，三楼的工商注册大厅就已经排起了长长的队伍，窗口前更是挤得水泄不通，直至临近下班，仍不时有前来办理营业执照的群众。这个负责登记注册的窗口人员以共产党员为主体，他们始终以饱满的精神面貌迎接每一位服务对象，诠释着全心全意为人民服务的情怀。

主动协助商家办照，“履行登记注册岗位职责”不是空话

登记注册工作不仅烦琐、枯燥，责任也很重大，丝毫马虎不得。窗口人员严格按规程做事，经常会被前来办事的群众误解甚至责难。有一次，一个企业办事人员没有按照规范撰写《章程》《股东会决议》《股权转让书》，导致内容不符合《公司法》等法律法规规定，必须要修改。虽然窗口人员李学斌很细心地跟他讲解如何修改申请材料，甚至逐句逐字指导怎么改，然而他非但不领情，反而大发脾气，认为窗口人员在故意设置障碍。身为共产党员的李学斌虽感到冤屈但仍然

耐心向对方解释清楚。他说："我是一名工商行政管理人员，我的职责就是把好市场准入关，服务好经营者，对得起头顶上的这枚国徽和肩上的红盾。"

登记注册科的党员们还时常走出窗口为民服务。2015 年 8 月，苏宁广场计划在国庆期间开业，全国招商工作紧锣密鼓进行，吸引了国内外众多高端知名品牌进驻。但由于当时广场主体工程尚未通过建筑验收，商家在办理营业执照时碰到了难题。得知这个情况，窗口人员主动到苏宁广场做进一步了解，随后协调龙湖区政府解决问题，协助进驻商家办理营业执照，使得苏宁广场能够按时顺利开张。

从 1056 次到 264 次，打造便民服务企业平台落到实处

在改革浪潮中，为了进一步推动商事登记便利化、优化我市营商环境、激发"大众创业、万众创新"的活力，市工商局登记注册科科长李少波等党员干部发挥先锋模范作用，进行了大量调研，结合汕头实际大刀阔斧进行商事登记制度改革。从 2014 年 3 月起陆续推出一些切实可行的改革措施。如在华侨试验区试行"一照多址"，一些做法比如推送系统、"双向告知"等受到上级肯定并予以推广。截至今年，全市登记在册各类市场主体已超 25 万个，在全省地级市中数量排列第六，粤东西北排列第一。两年来新登记市场主体占全市总数量 30%。

商事登记制度改革后，极大降低了工商登记的条件，不仅释放了大众创业投资的热情，还大大降低了企业的经营成本。广东康泽药业连锁有限公司是一家大型连锁企业，有 93 个分店之多，且每个都涉及药品经营许可证、医疗器械经营许可证和食品经营许可证。由于药店营业不能停，有时许可证延期，必须快速办理工商执照变更。窗口人员了解这个情况之后，及时向上级汇报并开通绿色通道，让企业能够即来即办，迅速帮助他们解决了问题。汕头市爽客商业有限公司经营范围广、分店多，其中涉及需要办理经营许可证的有"食品""烟草制品""保健食品"和"医疗器械"。在改革前，公司每年必须跑 1056 次部门办理变更经营许可证。经过改革，许可证到期后，企业不用再到工商办理营业执照经营范围变更。这样，公司旗下 66 个店

每年只要到核发许可证的部门办理4个许可证延期共264次就行了，成本足足降低了四分之三。

人员减少工作量翻四倍，党员干部积极发挥带头作用

登记注册科是工商行政管理部门面向社会、面向企业的窗口，也是工商部门支持地方经济发展的桥梁和纽带，服务好不好，直接关系到工商部门的社会形象。科长李少波和一帮老党员在思想作风、工作作风方面处处带头以身作则，将窗口党外人员也纳入学习教育对象，使窗口人员在思想上牢固树立服务意识。有的申请人托人说情，甚至要送礼、赠物。登记注册科人员坚持原则，讲清不予办理的理由，东西一一退回。

改革以来，窗口工作量大增，是改革前的四倍，加上机构改革后人员减少，利用午休和周末时间在网上审查和扫描档案资料，每天加班工作一二个小时已成常态。而窗口人员中大多是40岁以上的家庭主妇，为了完成工作任务，很多家务只能麻烦家里其他人去做。虽然累，但杨小妹、许伊苹等几位女党员依然任劳任怨，以热忱、高效的服务赢得了办事者的赞誉，在全体人员的努力下，工商窗口在全市行政效能监察测评中一直保持每月及年度第一，2015年更是荣获市政府“行政服务优秀窗口”称号。科室几乎每月都能收到地方企业和工商户送来的锦旗和感谢信，行政服务中心每月进行回访的企业中，满意率达百分之百。

（姚之翰　文 / 摄）

档案

汕头市工商局登记注册科现有干部职工人数12人，其中共产党员9人，45岁以下党员3人。

黄慕翰：心系村民的“80”后驻村干部

黄慕翰是汕头市检察院机关团委书记、法警支队外勤大队大队长，“双到”扶贫工作组驻潮阳区金灶镇灶市村干部，一个阳光、帅气的80后小伙子。

当汕头市检察院领导到村里考察“双到”扶贫工作时，村民黄秋强把一封签满乡亲名字的感谢信递到检察长手里，动情地说：“检察院对我们村有大恩啊！”然后指着黄慕翰说，“这个阿兄是好人。”

村民为何用“大恩”来形容检察院的帮扶？黄慕翰又为何得到村民的认可？记者来到这个昔日的“省级贫困村”寻找答案。

“这个年轻人是真心实意来帮助我们的”

灶市村位于汕头市潮阳区金灶镇东侧约5公里，是一个人口仅1720人的小村落，原来村民人均年收入不足3000元，是广东省内一个典型的贫困村。

村书记黄悦辉编了一个顺口溜来描述这里以前的情况：“晴天一身灰，雨天两脚泥，浇地没有水，有病难求医，夜晚瞎摸象，吃饭看天爷……”

就是在这种情况下，2013 年 6 月，汕头市检察院联合市海事局向灶市村派出“双到”扶贫工作组，黄慕翰被指定为常驻村里的干部。

对于这个白白净净的城里小伙子的到来，村民们最初并不以为意，私下里还在议论：不知是哪家的“公子”来“镀金”了……然而，不久以后，他们就改变了看法：这个年轻人是真心实意来帮助我们的。

改变村民看法的，是黄慕翰一进村就不断往村民家里钻，问村情、问困难，然后不断地在市里和村里来回跑，不出两个月，汕头市检察院与市海事局联合帮扶灶市村十大项目出台，村民们发现，每一个项目都落在脱贫致富的关键点上。其次，在改造贫穷村貌的几个大工地中，黄慕翰经常与大家一起一身泥一身汗参加劳动，有一次还跌倒在臭水沟里……最让他们感动并把他看成“自己人”的，是在“尤特”“天兔”两个特大台风来袭时，黄慕翰从汕头专程赶回村里协助救灾，冒险从危房里救出多位乡亲。

首幢农民“周转房”建成有他一份“功劳”

村里的土路年久失修，道路坑坑洼洼，排涝水道淤泥堵塞，一到下雨天就内涝积水，村民生活受到很大影响。针对村民反映的这些问题，黄慕翰经过实地察看、反复调查研究，向检察院 " 双到 " 帮扶工作组提交了一份翔实的调查报告，很快，市检察院联系潮阳区规划设计研究院，迅速拿出《金灶镇灶市社区总体规划》方案，并很快进入实施阶段，村民一致拍手叫好。

黄慕翰在调查中发现村里有数十家危房户，如果遇到大雨天、台风天，后果不堪设想。于是，他向“双到”帮扶工作组汇报，募集资金对危房进行修缮。接报告后，市检察院领导亲自带队进村了解情况，并做出批示——为灶市村建造汕头市第一幢农民“周转房”。

市检察院全院动员共募集资金 180 多万元，很快，农民的 " 周转房 " 落成了，共有三层楼，有独立的厨房、卫生间，这是多少辈灶市村农民想都不敢想的一种奢望。2015 年春节，村里 16 户居住特危房的贫困户喜气洋洋地搬进了新居。

今天，在检察院“双到”帮扶工作组的支持协调下，灶市村修起了通向各家各户的水泥路，清理了下水道积压数十年的污泥，全面重新铺设大口径下水道，架设了村道路灯，村民们处处感受到政府的新农村建设对他们生活带来的变化。

“吃饭靠天爷”的日子一去不返

灶市村发生的巨变让村民看在眼里，暖在心头。

宽敞平坦的水泥路终于修到了村民的家门口，路通财通，农副产品源源不断地运向四面八方：排涝管网已全面竣工，雨天内涝积水问题得到彻底整治：村道上架起了一排排崭新的路灯，村民晚间出行安全便利了：刚修好的灌溉提水站和浮渠彻底解决了村里长期以来种植的水源困扰问题，“吃饭靠天爷”的日子一去不复返，贫困村已成为历史：一栋在全市农村中率先建起的农民“周转房”和两个文体广场，凸显社会主义新农村的雏形。

汕头市检察院“双到”帮扶工作组在灶市村的扶贫工作圆满完成，2016 年 3 月，黄慕翰被广东省委省政府评为优秀驻村干部。现在，黄慕翰还不时会翻阅他在灶市村拍摄的照片，“这些图片我都舍不得删，对我来说，驻村的这段经历很宝贵，我会不断回味……”

（周永固　郭腾　文 / 摄）

把纳税人的事当成自己的事

“来这里办理涉税业务，省时省心！”看到记者正在采访汕头市地税局驻市行政服务中心窗口人员，前来办理业务的市民黄小姐热情地称赞道。她平均每个月会过来一两次办理业务，每次，市地税局窗口工作人员的服务态度都让她感觉亲如兄弟姐妹，无论业务多么繁忙，工作人员都会不厌其烦地帮她解决问题。

采访中，记者发现，“宾至如归”几乎是每一位前来办理业务的群众对他们服务态度的评价。而他们的秘诀，就是“100% 满意服务 +1% 超值服务 =101% 服务制度”的便民公式。在这个以党员为主体的团队中，上至即将退休的老干部，下至 20 岁出头的年轻人，都上下齐心，敢于担当，以多样化、人性化的办税服务，坚持把便民办税春风吹进“最后一公里”，一面面锦旗和一封封热情洋溢的感谢信是对他们工作的最好肯定。

“把纳税人的事当成自己的事”

市区一电脑应用技术公司带着在高新技术企业认定申请过程中的

一些税收政策问题到市地税局窗口咨询。这样的问题，窗口工作人员还是第一次遇到，为能尽快解决办税人的疑问，他们立即上报窗口首席代表彭林鹏。他得知情况后，立即组织袁健、周晓琳两名业务骨干有针对性地查找、归集有关高新技术企业税收政策，并就公司存在税收政策疑难问题与公司负责人和财务人员面对面交流，耐心地解决他们的疑惑，为他们提供了有效的解决办法。贴心的服务让办税人非常感动，连声道谢，随后向他们送上一面“热情服务、优质高效”的锦旗和一封感谢信。

彭林鹏感触地说：“窗口的每一位同事都把纳税人当成自己的兄弟姐妹一样对待，把纳税人的事当成自己的事，时时牵挂。遇到难题，大家常常是放下手头的工作，心往一处想，劲往一处使，以最快的速度解决纳税人的问题。”

延时服务，解纳税人燃眉之急

2016年元旦节前一天下午，市地税局窗口的工作人员已经完成年底发票结存和钥匙封缄工作，准备下班。这时，窗口来了一位神情焦急的群众，了解后他们得知，原来她是苏宁广场某咖啡店的工作人员，店里开具发票刚好告罄，接下来几天又是节假日，店里生意比较红火，需要用到大量发票。虽然此时已是下班时间，但了解情况后，工作人员徐妙璇二话不说将电脑和打印机等设备重新开启，根据办税人的需要在系统中录入信息，到库房领取发票，核对无误后交到纳税人手中。

其实，这样的延时服务对于窗口的每一个工作人员来说已经习以为常，在他们看来，解决纳税人的燃眉之急是他们作为共产党员应尽的义务。

“进一家门，办两家事”

某健康保险公司汕头中心支公司是新办企业，其员工来到窗口申请办理税务登记有关事项。由于该办税人第一次办理相关业务，不熟悉办理流程，刚进入大厅，他就焦急地找窗口工作人员咨询。窗口工作人员蔡岳雄主动了解了相关情况后，把办证所需要准备的资料一次性告知，认真指导他填写相关的表格，并一再叮嘱要带齐相关资料才能办理。最后，窗口工作人员生怕办税人还有疑问，特地给他留了一个联系电话，说："如果在准备资料的过程中还遇到什么问题，可以及时跟我们联系。"

在工作人员耐心的指导下，当天该办税人就办理好国地税联合税务登记证件。几天后，该公司特意向窗口送上"联合办证，高效便捷"锦旗和一封感谢信。信中说道："国税、地税联合办理税务登记的便民措施，使我们备受感动，切实感受到'进一家门，办两家事'的便利。"

正是市地税局窗口成员的团结协作、无私奉献，不断续写了这个党员先锋岗的壮丽诗篇。作为税收工作的前沿阵地，市地税局窗口连续四年被市政府评为"市行政服务中心优秀窗口"，荣获广东省"青年文明号"、市"文明窗口""巾帼文明岗""汕头市青年志愿服务先进集体"和市行政服务中心"优秀党支部"等荣誉称号。

（张琪/文　张春华/摄）

档案

汕头市地税局驻行政服务中心窗口共有干部职工14人，党员8人，45岁以下党员8人。

汕头“工匠精神”的好标杆

——华能汕头电厂运行部五值纪事

在华能汕头电厂采访时，记者发现，用专业主义、追求极致、执着坚守本职岗位来形容该厂运行部五值这个班组最为恰当，他们正是用这种“工匠精神”，在平凡的岗位上追求专业的极致，诠释新时代汕头的“工匠精神”，为企业的发展做出不平凡的贡献。这个班组先后荣获“全国青年安全生产示范岗”、中国华能集团公司“双争双优活动优秀班组”、“标准化管理五星级班组”、华能广东分公司先进集体、汕头市“青年文明号”、汕头市“共产党员先锋岗”等称号。

“师带徒”“一帮一”传承新时代“工匠精神”

记者下午 4 点在华能汕头电厂采访时，正赶上运行部五值交接班。走进车间，耳边便传来了机器设备低沉的轰鸣声，车间内升腾起来的热浪让人一下子好像喘不过气来。从二楼侧面的栏杆向下望去，是一台台排序井然的巨型设备。据该厂负责人介绍：“下面的温度最高可达到60摄氏度，工人下去检修设备时必须穿特殊的工作服才能进入。”车间内一角，监控室的三个巨大电子监控屏幕正实时更新着监控的数据和画面。一看，就是一个颇具规模的现代化发电企业。

在交接班现场，五值黄坚华值长正一边察看监控屏幕，一边为大家总结上个班组的工作情况，布置接班后需要监测的几个重点。站在他面前的是齐刷刷的年轻面孔，他们几乎都是大学工科毕业的专业型工人。

运行部五值是一个以党员、年轻大学生为主的班组，充满活力，朝气蓬勃。老一辈传承下来的“工匠精神”在这个班组发扬得淋漓尽致。2007年从华北电力大学毕业的黄坚华值长告诉记者：“运行部五值一直实行的是‘师带徒’‘一帮一’的工作模式，以便让年轻人更快地熟悉本岗位的工作。针对五值年轻大学生多的特点，班组制定了一系列规章制度，在确保机组运行安全平稳的基础上，经常组织各类对口的专业培训和运行操作优化、系统优化等研究，同时不定期地进行考查或考评，使班组每个人在本职岗位上都能以新时代的‘工匠精神’严格要求自己，做到从容独立、踏实勤奋、精工细作。我们五值还自创了‘积分奖励办法’，内容涉及工作、学习、研究的方方面面，收到了立竿见影的效果。”老子说过，“天下大事，必作于细”，一个企业要想平稳发展，每个员工必须有在各自岗位上追求极致的理念，才能使企业逐步做强做大。10多年来，运行部五值就是用这种精益求精的执着，为企业培养出一批又一批追求极致的技术骨干。

弘扬“工匠精神”，勇夺央企技术能手称号

黄坚华值长进厂后，依靠老一辈师傅的引领，在弘扬新时代"工匠精神"方面做出了不俗的业绩，成为中国华能集团的技术竞赛标兵。黄坚华曾代表华能汕头电厂参加中央企业技术能手竞赛获得佳绩。2015年，他又与徒弟唐健并肩合作，夺得了集团公司技术比武第一名的好成绩。唐健还由此被授予“中国华能集团技术能手”称号，同时被国务院国资委授予“中央企业技术能手”称号。

唐健对记者谈起参赛的经历："参赛时，我的小孩刚出生几个月，经常是家事、赛事、工作交织在一起，几天才能回家一次，多亏黄坚华值长带着我一起找资料，做各种赛前演练，并形成了一个严密的参赛方案，最后才能夺得全系统技术比武冠军的好成绩。"唐健虽然现在还没有入党，但他从值长和身边其他党员身上处处感受到了党员的先锋模范作用。他说："五值党员们脚踏实地、精工细作的工作作风给我留下了深刻的印象。在我们班组，一个党员就是一面旗帜，就是我们弘扬新时代'工匠精神'的标杆和楷模，我一定会向身边的党员看齐，争取早日成为一名光荣的共产党员。"

节能减排为企业做出更多奉献

众所周知，一个电力企业，任务就是为百姓提供充足、可靠、优质、廉价的电能，因此节能减排，不断进行系统优化是华能"工匠"们孜孜追求的目标。在近两年的节能减排、系统优化中，五值的党员同样交出了一份不俗的答卷。

党员"工匠"张世贵，华北电力大学毕业的硕士研究生，大二时就加入中国共产党，是一名年轻的"老"党员，也是黄坚华值长正带着的徒弟之一。在600MW超临界一级旁路无炉水泵直流锅炉机组的启动技术开发及应用课题研究中，他和值长一起有效解决了设备在启动过程中耗能耗时的一系列技术难题。单这一项，既能使机组每次启动时间缩短3小时，又能为企业每年节约资金约50万元。

党员"工匠"陈顺宝，在600MW机组轴封溢流回收技术研究中，通过精密计算，发现三号机组轴封溢流如果能合理回收，每年就能节约标煤约54吨。于是，他很快拟出收回方案，使班组在节能减排方面实现新突破。同年，该研究课题获得了华能集团公司合理化建议一等奖，其方案也在集团同类机组中进行推广应用，收到了较好的成效。

采访结束后，黄坚华信心满满地说："现在，五值的党员和工友也和我一样，非常热爱这个岗位，也非常珍惜这些年获得的荣誉。"

他们说，将时刻牢记李克勤总理关于弘扬“工匠精神”的指示，勇攀质量高峰，为中国电力工业步入世界之林做出更大的贡献。

（段敏　刘洁　文／摄）

档案

华能汕头电厂运行部五值现有干部职工20人，其中共产党员10人，45岁以下党员10人。

守护万家灯火的"巡线人"

——汕头供电局输电管理所线路三班纪事

炎炎夏日，气温节节攀升，用电高峰期随之到来。当大家坐在空调房里享受清凉的时候，有这么一群人，他们不论酷暑严寒，还是白天黑夜，依旧奔走在巡线的路上，守护着电力线路的正常运转，只为让万家灯火照常闪耀。

巡线路上，他们不畏艰辛

汕头供电局输电管理所线路三班管辖的输电架空线路主要分布在濠江区、潮阳区以及潮南区的雷岭镇与红场镇，承担着132.486公里输电线路的运行和检修工作。这么长的线路，线路班的巡线工人们每个月至少得巡视一次，平均每天都要行走至少6公里的路程。输电架空线路大都位于郊区或山区，杆塔多立于各个山头上。山头虽只有两三百米，但山路崎岖蜿蜒，陡峭湿滑，对巡线工人的体力消耗极大。

线路三班的班长张奕杰今年40岁，正当盛年。别看他年轻，实际上他已经是有20多年线路巡视工作经验的老行家了。泥泞的半山腰上，他时而用高倍望远镜对输电杆塔及导线、地线进行观察，时而用红外线温测仪对绝缘子串等进行测温，时而用激光测距仪对线路走廊内的树木高度与导线距离进行测量。发现隐患点，他立刻记录下来并进行排障等妥善处理。“晨起眺初阳，黄昏可归家。夜半观星辰，隐者直羡煞。”张奕杰说这是每个巡线工人一天时间流逝的轨迹，输电线路安全关系重大，任何一点隐患都可能牵一发而动全身，影响电网的正常运行。他们宁愿多辛苦一点，也不能出现任何错漏，这是“巡线人”的使命，也是“巡线人”的责任。

抢修时刻，他们冲锋在前

“党员，就是要在最关键的时刻冲锋陷阵！”这是班组全体党员一直以来的信念。2013年9月22日，超强台风“天兔”外围袭击汕头，刹那间狂风肆虐，暴雨倾盆，大树被连根拔起，恰逢天文大潮，海水倒灌。这时110kV潮碧线、220kV厂濠甲乙线，500kV海胪甲乙线、胪汕甲乙线等线路纷纷出现了跳闸。为了尽快查出故障原因，关键时刻，班组全体共产党员挺身而出，发挥先锋模范作用，带领工作人员紧急出动。500kV海胪甲乙线N12—N45段濒临海湾，巡线车道被近一米深的海水淹没，工人们不得不下车徒步行走，顶着狂风暴雨，在淹没小腿的水中艰难地蹚水前进。树木被风刮倒，横七竖八地挡在巡线道上，他们挥起随身携带的砍刀，一刀一刀地清除路障，许多人的手被荆棘划破也顾不上处理，所有人心中只有一个信念——让汕头市民在灾后尽快用上电。通过仔细巡查，他们在最短的时间内，查清了线路的跳闸原因，快速修复故障，恢复了送电通道的畅通。

动员群众，他们不遗余力

以前，一些沿线群众在线路保护区内搭建建筑物，种植各种高杆植物，给输电线路埋下了隐患。为此，班组安全区代表李楚文等党员亲自上门向群众讲解违法行为给线路和自身带来的危害，帮助他们认识、理解、保护输电线路的重要性，自觉维护输电走廊的安全。

为了进一步密切联系群众，营造良好的供电环境，班组的党员联合输电管理所团支部的团员到濠江区的文华小学设立宣传点，宣传《电力法》和《汕头市电力设施保护条例》。他们又向110kV红西线、红五线沿线周围的群众发放电力设施宣传资料，宣讲保护电力设施的重要性和安全用电常识，动员大家加入保护电力设施的行列。据统计，这两次活动共发放《电力法规传宣册》《电力知识宣传册》各3000余份，现场接受咨询40余次，大大地增强输电线路沿线群众对电力设施保护的意识。

同事情深，他们相互关爱

为了提高输电架空线路的安全水平，班组的共产党员平时都非常注重输电线路管理新方法的研究和本岗位专业知识的学习，不断探索输电线路的新工艺、新科技，使红外线测温仪、激光测距仪、视频监控系统、输电线路地理信息系统等新产品、新技术在班组的日常工作中得到广泛的应用。副班长杨荣科等有丰富工作经验的党员还经常把自身的知识传授给班组的其他同事，使班组年轻工作人员的专业技术都有不同程度的提升。

根据上级党总支的布置，班组的党员定期召开民主生活会，由班长张奕杰负责收集和整理职工的意见和建议。有的职工提出班组的对讲机经过多年使用，已经老化无法正常使用：有的职工提出上山巡线时需要一把雨伞用来遮阳挡雨，还能防身吓退蛇、狗等小动物；还有的职工希望在淋浴间装上热水器。由于向上级领导反映及时，许多建议都非常快地得到解决。淋浴间装上热水器之后，工作人员在工作后能够畅快地清洗掉身上的污垢，消除工作疲劳，大家感到十分满意。

“业运会保供电先进集体”“党员示范岗”……这些牌匾在班组的墙上分外引人注目，荣誉的背后，离不开班组全体工作人员的努力，更离不开班组共产党员的带动。线路三班在班组共产党员的带领下，全体员工密切配合，营造了一个团结协作、积极奋进的氛围，确保输电线路的安全运行，当好守护万家灯火的卫士。

（姚之瀚／文　图片由受访者提供）

档案

汕头供电局输电管理所线路三班现有干部职工11人，其中共产党员5人，45岁以下党员3人。

以民为本，周到快捷服务群众

——汕头市公安局驻行政服务中心“公安专区”纪事

日常生活中，你或会为这样的事忙得晕头转向：拿着一张交通违章罚款单，要跑几个不同部门排队交罚款、办理手续；办理身份证或出国护照，也要分头照相和填表，等上些日子后再取……对于汕头市民而言，能方便快捷地办好上述这些事情，其实有个好去处，那就是汕头市行政服务中心的“公安专区”。

近日，记者走进位于汕头市行政服务中心四楼的“公安专区”，首先让人感到这里办事环境宽敞舒适，区内配有自助“拍照易”、“好易通”交通违法自助终端机等设备，有不少市民或轮候或排队办理各项业务，服务窗口的工作人员态度也是相当热情。记者再仔细一看，6个服务窗口竟提供出入境、户政、技防、印章、交警车管等20项业务，几乎满足了市民和单位的一般需求，这当中，业务量较大的“出入境窗口”和“车管窗口”的柜台上，红色的"党员先锋岗"牌子分外醒目，引人注意。

以窗口文明建设展现警队形象

2014年7月，汕头市目前唯一一个“一站式”办理多种公安业务的服务窗口——“公安专区”成立，市民办理公安相关业务又多了一个方便快捷的渠道。进驻市行政服务中心以来，“公安专区”窗口文明建设不断提升，全体干警始终围绕“忠诚、为民、公正、廉洁”核心价值观，以提高办事窗口群众满意度为标准，全力打造学习型、服务型、创新型一流警队。

“人要学会换位思考，老百姓办事不容易，要让他们满意地离开。”“公安专区”首席代表郑瑞龙说，“如何能让老百姓满意呢？我们首先要有热情的态度，其次是工作上的提速增效。”因此，他经常总结思考，抱着服务群众的原则，始终把优化窗口服务质量作为工作的努力方向：一是规范窗口服务设施：二是提供高效快捷服务：三是加强协调缩短时限。同时从规范硬件入手，在上级的支持下对“公安专区”的设备进行升级改造，并且统一外观标志标识，让前来办事的市民对各类表格的填写式样一目了然，力争以细致到位的服务推动“公安专区”文明窗口建设迈上新台阶。

特事特办，急群众之所急

作为“公安专区”临时党支部书记，郑瑞龙注重调动和激发全体党员的工作积极性，充分发挥党员在工作中的先锋模范作用，在工作中以过硬的业务质量、热情周到的服务赢得了群众一声声称赞。

2016年6月1日下午4点半后，两名中年妇女带领两个小孩匆匆赶到“公安专区”咨询办理港澳通行证事宜。当事人表示，她们刚刚从龙湖公安分局出入境办证大厅过来，那边办理的人很多，所以匆匆地赶来行政服务中心。但“公安专区”是下午5点停止办理相关业务，所以4时50分"拍照易"就停机了，这可急坏了她们。

这时，出入境窗口值班的民警陈建庆看见家长焦急的神情，了解情况后主动向郑瑞龙汇报。随后，民警们主动与广州“拍照易”设备的技术人员联系，通过远程控制重新开启“拍照易”，让中年妇女及小孩拍好照片，并一边帮取得回执的人员录入申请事项。当陈建庆办理小朋友的申请时发现，她们没有携带小孩的出生证明材料，这不符合受理规定。但考虑到申请人的孩子因要上学难再次前来办理，经请示支队领导同意，先行为两个小孩录入相关前期信息，告诉家长第二天上班时间立即送来出生证明，以方便做好后续录入手续。

当四个申请人办理完相关手续，已经是下午5点30分，超出正常服务时间近30分钟。这两名中年妇女看到民警和中心导办人员为了她们的申请而延迟下班，感动得连声道谢。第二天，她们送来小孩的出生证明时，还带来签名的感谢信，对民警急群众之所急，特事特办的出色服务表示感谢。

热情公正，以群众满意为目标

每天，前来“公安专区”处理交通违章等事项的群众络绎不绝，交通违法自助缴费机前经常排起长龙，当看到有的市民因缴费操作不顺利而拖延时间，队伍越排越长引起急躁情绪时，郑瑞龙便走上前提供指引，“您好，有什么需要帮忙吗？”身着警服的郑瑞龙微笑着询问道。“请问一下这个要怎么操作？”一位站在缴费机前的中年人指着屏幕问道。郑瑞龙向他进行了耐心讲解，这个市民很快就了解具体的操作步骤而完成缴费，不但体会到“一站式”服务的方便快捷，同时对民警的耐心与热情也深表感谢。

而对在“公安专区”出现的社会上一些违法人员借用他人名义，顶替驾驶者接受违章处罚和记分，并从中谋取利益的行为，民警们一旦发现就坚决制止打击。2015年11月5日，民警就“揪出”一名有偿代办交通违法自助处理业务的社会人员张某荣，并让其交代出同伙，移交办案部门后一举查处违法人员3人。在值班的党员先锋岗民警们的火眼金睛之下，让买卖驾驶证计分的违法现象得到惩治，各项公安行政服务得以公正透明、快捷有序的进行。

正是在这些平凡的岗位上，“公安专区”的党员们以出色的业绩来践行理想与信念。2015年，出入境窗口和车管窗口被市行政服务中心评为党员先锋岗，郑瑞龙被评为“优秀党务工作者”。

（张春华　文/摄）

档案

汕头市公安局驻行政服务中心“公安专区”现有干部职工18人，其中党员14人，45岁以下党员12人。

林少民：坚守涵闸十八载的家园卫士

汕头是一个海滨城市，水利工程对汕头社会经济发展有至关重要的作用，其中，涵闸作为防洪排涝的“守门员”，重要性不言而喻。共产党员林少民从 1998 年进入汕头市市政工程维修中心工作以来，18 年一直在涵闸管理所这个岗位上恪尽职守，任劳任怨。

舍小我顾大我，尽本职无怨无悔

作为市政工程维修中心第一位电气技术工，林少民精湛的业务、专业的技术在同事中有口皆碑。林少民说，他把涵闸所每部设施都当成自己的孩子，他熟悉每个孩子的性格、特长与弱点，哪种设施发生故障，哪个部位出现问题，凭借丰富的专业经验，他都能马上发现，并在短时间内迅速排除。

有时候，人在家庭和事业之间难以两全，必须有所取舍。林少民家里有亲属患病长期需要护理，还有个年幼的孩子需要照顾，家庭的重担自然落在他的肩上。但身为党员的他从来没有与单位领导“讨价还价”，而是默默承担起本职工作。市政工程维修中心副主任黄凯彪告诉记者，林少民永远是一副全身心投入的工作状态。他长期从事开关手动闸工作，有的闸高达两米，十分沉重，全靠手动开启，长期的高强度作业导致他患上腰间盘突出，这是怎样一种锥心的痛，但林少民从未喊过一声苦。在汛期来临时，他总是及时出现在需要的位置上，顾不上工作时产生的疼痛，坚持到各个抢险点排除险情。市区很多手动闸由于老化锈蚀，启动器卡得很紧，需要花费很大力气才能打开，但林少民仍忍受着疼痛坚决开闸。他始终舍小家顾大家，舍小我顾大我，以工作为重心。

抗洪排涝的中流砥柱

谚语有云：近山多风，近海多雨。汕头地处韩江、榕江、练江三江下游出海口，地势较低，经常受台风暴雨的影响，容易造成海水倒灌或顶托。加上市区东区生活区域的不断扩大，既要蓄水保证城市用水，又要兼顾防洪排涝，涵闸管理的任务十分繁重。作为涵闸管理所一班班长，林少民时刻关注着天气情况，带领班组成员根据潮水涨落情况合理启闭水闸，定期检查维修电排站设备、闸板及配电线路，一遇有大雨，不管白天黑夜，立即组织开闸放水，防止内涝。

2013 年 9 月 22 日，台风“天兔”来袭，汕头下起暴雨持续了十几个小时，市区出现大面积淹水现象。为了能尽早排出积水，林少民积极投身抗灾抢险工作之中。为保证四沟各电排站设备正常运转，及时排除积水，他冒着狂风暴雨开着摩托车四处巡查，发现问题及时处理。夜里，他坚守在龙湖沟电排站强排泵站高压室观察电气运转情况，受台风影响，高压室进水情况十分严重，由于他熟知电气设备的性能，意识到电气设备一旦进水后果将不堪设想。在这个危急关头，他一边排出电房积水，一边不停地用毛巾擦干高压屏，确保电气设备不漏电或跳闸。由于运行时间过长，高压泵温度过高，其中一台泵跳闸无法送电，他冒着生命危险，强行打开高压屏保护门，直接手动送电，确保水泵正常运转。台风过后，他又立即投身到灾后恢复工作，一直工作到第二天。涵闸管理所副所长陈海龙回忆道：“我始终记得那天他的脸，虽然疲惫，却掩盖不住那满满的对这份工作的爱。”

发挥党员模范作用带领班组争先进

在市政工程维修中心副主任彭毅看来，林少民就是一位朴实厚道、踏实奉献的优秀共产党员。更难能可贵的是，林少民除了注重提高自身的思想道德素养之外，还经常组织班组职工一起学习提高，增强管理所的凝聚力和战斗力，形成“职工热爱集体，集体关心职工”的良好氛围。他对生活有困难的职工伸出援助之手：对身体条件差的职工给予照顾：对有思想情绪的职工给予疏导，帮助他们增强对生活、对工作的信心。正是他这种良好的人品和道德素质，得到了班组的职工乃至整个市政工程维修中心的同事、领导们的高度赞扬，赢得了广大市民的一致好评。

多年来，林少民所带领的班组获得市政工程维修中心授予的“先进班组”荣誉称号，2006年还被团市委评为“市青年文明号”，他本人也多次被评为“先进个人”“先进工作者”。这些成绩凝聚着林少民的汗水和奉献，也激励着他向更高的目标奋进。

（姚之瀚 / 文　图片由受访者提供）

档案

林少民，男，1977年3月生，潮阳西胪人，2004年3月加入中国共产党，现为汕头市市政工程维修中心涵闸管理所一班班长。

朱咸军：交通执法战线上的“黑脸包公”

在汕头交通执法战线上有这样一位军转干部。昔日，他驾驶战舰驰骋海洋，守卫着祖国的蓝色海疆，是一名多次立功受奖的海军优秀青年干部；今日，他头顶国徽捍卫法律，维护着一方交通运输市场秩序，是一名素质全面屡创佳绩的执法勇士。从蓝色军营到交通执法一线，改变的是他的岗位和身份，不变的是他的追求和本色。他就是汕头市交通运输局综合行政执法局（以下简称“执法局”）团支部书记、共产党员朱咸军。

“黑脸包公”：顶住人情压力“阳光”查处违法违章案件

2010年军转后走上交通执法岗位，在外人看来，朱咸军是被安排了一个好岗位。可对他本人来说，却是站上了一个“得罪人”和“自讨苦吃”的岗位。因为他深知头顶国徽，身穿执法服装，就得将法律的尊严和执法的权威始终高举，就得树立“清于政、廉生威”的信念，始终与清贫为伍。近年来，朱咸军在执法工作中先后6次顶住亲戚朋友和领导战友的说情压力，使得多起“关系网、人情网”的执法案件得到“阳光”查处，被称为“黑脸包公”。

2012 年 11 月的一天，朱咸军和同事在汕头市汽车总站执法检查时，一辆客运班车因不按规定的站点停靠被查处。有人知道朱咸军当时就在现场执法，于是说情者的电话纷至沓来，有老领导，有朋友，但都被他一一顶了回去。车主万般无奈之际，竟找来了他的战友和老乡。当看到自己的战友和老乡赶来时，没等他们下车，朱咸军就对他们说：“如果你们是来看我的，下班后我会好好招待你们。但如果你们是来为谁说情的，那就别下来了。”战友和老乡遂不欢而归。第二天车主补办了手续，缴齐了罚款。

没有人知道朱咸军多年来为了交通执法工作得罪了多少亲朋好友。有人说他“死板”“不灵活”，甚至有些同乡一直对他这种秉公办事、不徇私情、坚持原则的做法不理解，劝告他要“现实点”。对此朱咸军却有自己的看法，他对记者说：“秉公执法，不徇私情是我的职责所在，使命所然。如果我放弃原则，有案不查，放纵违法，对执法者来讲就是一种渎职。面对违法者和说情者，我敢于‘唱黑脸’，得罪个别亲朋好友，他们迟早会理解和支持。在坚持原则和人情考量方面，我知道孰轻孰重。”

“执法铁汉”：遭遇暴力抗法受伤仍依法行政

在执法局，朱咸军是大家公认的“执法铁汉”和“老黄牛”。作为交通执法战线普通的一名执法队员，朱咸军凭着骨子里那份执着、担当和争先的军人本色，在平凡的工作岗位上做出了不平凡的贡献。五年多来，他先后承办了一大批案件，累计办理违法违章案件 2468 宗，无一宗被行政复议和行政诉讼。成绩的背后，凝聚着朱咸军许多刻骨铭心的记忆。

2012 年 10 月的一天，朱咸军和执法中队同事到汕大附二医院周边执行执法巡查任务，当他们准备对一辆正在实施非法营运的夏利牌轿车依法进行扣留时，车主为了逃避查处，公然暴力抗法、阻挠执法并对他和另外一位同事进行殴打。当时，朱咸军坐在违章车辆内和同事正准备对涉案车辆进行强制拖带。违法车主在威胁其放弃拖带不成的情况下，竟然拿起砖头砸碎车窗并强行把他从车辆中拖出，致使他胸部、腰部、手部和后背多处受伤。洒落在朱咸军腰部和后背的大量破碎玻璃扎进了他的皮肉，鲜血染红了执法服装。那是一种锥心剧痛，但朱咸军全然顾不了这些，坚持依法行政，直到公安部门赶赴现场处置。事后，公安部门在对朱咸军受伤情况进行法医鉴定时发现，这次事件他共有8处受伤，其中玻璃碎片扎进腰部和背部就有6处。像这样危险的经历，朱咸军在执法工作中还遇到过好几回。

“小诸葛”：总结交通执法核心价值观引起全国同行关注

在全省交通执法战线，朱咸军素有执法理论“小诸葛”的美誉。在做好日常行政执法工作的同时，朱咸军还潜心交通执法体制机制、执法规律和党建理论研究。2010年由他初次创建的交通执法文书应用模版至今仍成为全市交通执法系统延续应用的标准样板；他提炼总结的“忠诚为民、公正廉洁、团结奉献、创新争优”汕头市交通执法核心价值观先后被部、省级7家杂志和网站解读，引起全国同行的广泛关注。

记者了解到，迄今为止，朱咸军累计在国家、部、省、市级相关杂志和网站发表理论研讨文章和新闻稿件358篇，他撰写的《改善交通执法群众关系，构建和谐交通运输市场》理论研讨文章先后被《人民日报》社《新视点文集》、《求是》杂志社《红旗文稿》等4种刊物检录刊用，开创了全省交通执法领域在国家级核心期刊发表理论文章的先河。

在朱咸军的带领下，市交通执法局先后两次被省厅执法局表彰为交通执法通联组稿先进单位。目前，朱咸军是全省交通执法战线在国家核心期刊和部、省级杂志发表理论文章并获奖最多的基层执法队员，也是全省唯一一名在执法宣传方面连续4年被省厅执法局表彰为优秀通讯员的人员。

步入交通执法战线短短6年，朱咸军先后15次受到省、市交通运输系统表彰，连续四年公务员年度考核被评为优秀等次，荣获公务员三等功一次。2015年12月，朱咸军被广东省交通运输厅授予2013—2015年度“感动交通人物——最美爱岗敬业交通人”荣誉称号，2016 年 5 月，被共青团汕头市委员会评为“汕头市优秀共青团干部”。

（林巧光 / 文　图片由受访者提供）

档案

朱咸军，男，江苏建湖人，1972 年 12 月 20 日出生，1995 年 5 月入党，现为汕头市交通运输局综合行政执法局团支部书记、副主任科员。

高效便民展现党员团队风采

——记汕头市质量技术监督局驻行政服务中心质监窗口

在汕头市行政服务中心，有这么一群人，他们日复一日在看似最普通的岗位上忙碌着，重复着类似的工作，不能出一丝的疏漏，甚至不能有一丁点自己的情绪反映在脸上，标准化、高效率、人性化的服务是他们的宗旨。这就是汕头市质量技术监督局驻市行政服务中心质监窗口，一个全部由共产党员组成的服务团队。

近日，记者走进这个群体，了解他们工作背后的汗水与辛劳。

标准化服务提高办事效率

市质监局驻市行政服务中心的质监窗口，就在服务中心的二楼大厅进门右手边的三个窗口。市区范围内，各单位、个体户等需要进行质量、计量、标准化、食品相关产品审批，锅炉、压力容器、管道等产品的审批，电梯、游乐设置等特种设备的安全审批，都需要通过质监窗口进行办理。

为了提高办事效率，窗口研究出了很多方法。包括标准化、规范化服务，每位工作人员都必须根据规定的办事指南进行。此外，认真对待每一个受理事项，事不分大小、轻重，都第一时间快速受理。

澄海一石油气有限公司，之前就因为窗口的高效办理态度，特意给质监局写了感谢信。2016 年 4 月 13 日下午 5 点，该公司工作人员林伟达想了解助理工程师的资质条件，便给质监窗口打了电话咨询。下午 5 点已经是窗口的下班时间，具体负责这个项目的办事人员已经下班，原本想让他第二天再来咨询。可是得知该公司业务办理申报时限临近，时间紧，驻守的工作人员便让对方留下联系电话，了解后再回复。10 分钟后，林伟达就收到了工作人员的电话，详细解答了助理工程师的资质条件。

5 天后，林伟达带着资料来到质监窗口，办理过程中又遭遇资料填写不正确、有疏漏等问题。考虑到该公司位于澄海，路途较远，资料又没有原则性问题，工作人员便先行受理，再让林伟达留下电子文档，进行改正后再打印确认。

感谢信中说："因为公司是在澄海区莲华镇，往市区办事路途远，市质监窗口能这样体会我们企业的难处，确实让我们很感动。"

人性化服务想群众所想

对很多群众来说，到窗口单位办理事项，最怕的就是"事难办"。该准备什么资料，办理的流程如何，对很多群众来说都是陌生的，甚至有时候会感到麻烦。为消除群众的担忧，质监窗口实行了首问责任制和一次性告知制，充分发挥主观能动性，把被动回答变主动服务。

窗口的首席代表朱喜森告诉记者，每个工作人员在首次受理事项，或者首次接受咨询的时候，就要告诉对方办理过程中需要的资料、时间、流程等内容。他表示，很多群众由于不熟悉办理流程，来办理时常常遗漏了资料，只好再跑一趟，有的甚至需要跑两三趟，每次缺少的都是那么一两份文件。为避免这种情况，工作人员每次除了告知缺少的资料、证件外，还会主动告知所需的全部资料，同时根据办事指南的内容，逐条对照向群众解释清楚。"这样说你清楚吗？"是工作人员最常说的一句话。此外，他们还常常会让群众在旁边停留一会儿，认真看一下指南，消化一下内容，以免出现回去后又发现不清楚的情况，同时提供电话号码，让群众可以随时打电话询问。有的时候，群众会欠缺一两张复印资料，只要他们的原件齐全，工作人员还主动提出可以用单位的复印机帮忙复印，减少群众来回奔波的情况。

热情服务拉近与群众距离

解决了“事难办”的问题，朱喜森他们又用行动化解群众中常有的"门难进、脸难看"担忧。微笑服务每一位群众，是首要要求。为此，他们常常要进行自我调整，不管家里有什么忧心事、烦心事，在面对群众时，都要暂时忘记，笑脸相迎。此外，不管群众所咨询的是何事，都要仔细解答，不出现不耐烦的情绪。

行政服务中心里有各个进驻单位办理各种事项，在二楼的办公大厅里，质监窗口恰好就在进门右手边，这是人们日常习惯行走的一个方向。很多群众来办理事项时遇到不清楚的情况，都会习惯性到这里询问，哪个办事窗口在哪里，银行交费窗口在哪里，等等，尽管不在自己的工作范围内，大家也都仔细进行指引。

对每位来办理事项的群众，朱喜森他们还会主动提供一杯热茶或白开水，让群众先喝口水，润润嗓子，消除一下进门的紧张感。一个个细小的行动，却一次次地拉近了与群众的距离。对此，质监窗口的工作人员表示，要做到这些，其实不难，需要的只是换位思考。如果你是前来办理的人员，你会忧心什么？只要这样一想，就能明白他们的感受。只要群众在办理完事项时，能由衷地想“现在办理事项原来这么简单、便捷”那就达到了目的：多办事、快办事，让群众少跑路、不跑路。

（周晓云　文／摄）

档案

汕头市质量技术监督局驻市行政服务中心质监窗口现有干部职工 4 人，其中党员 4 人，45 岁以下党员 4 人。

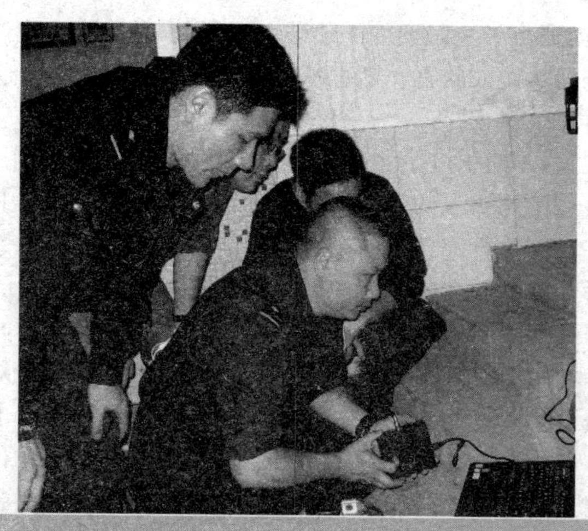

余金华：奋战生死一线谱写正义礼赞

听说余金华回了一趟汕头，记者迫不及待跑到汕头市公安局特警支队二大队采访这位中队长，因为或许下一秒接到一个电话，他就又得回到陆丰市执行任务。

来去无踪、飘忽不定是余金华的工作常态，从警十载，他一直奋战在各项极为危险的工作第一线，甚至有过与死神擦肩而过的经历，然而身为一名心理素质过硬的特警、一名饱经历练的老党员，说起这一切，他却那么从容不迫——

支援禁毒，危难中扣响“正义的枪声”

2015 年 3 月，为响应广东省公安厅、汕头市公安局的号召，余金华报名参加“对陆丰市警务人才支援行动”工作队，进入陆丰市公安局禁毒大队工作。陆丰市严峻的禁毒形势，让余金华与家人聚少离多，他说：“有时候刚回到家，接到上级的一个电话，洗个澡就又回去了。”

然而，这种与家人分居两地之苦在余金华看来根本算不上什么，最让他头疼的，还是当地禁毒工作的严峻形势。他说：“到陆丰的第二天，恰巧就遇上了一宗案件的侦破，当时缴获的冰毒竟重达50公斤，案件的侦破固然让人欣喜，却也从另一个角度提醒着我，这里的禁毒形势绝对不容乐观。”

也就在这一年的11月6日，通常我们在戏剧或电影中才能看到的警匪驳火、生死一线的场面在余金华参与的案件中真实上演。当天下午2时许，刚执行完任务的余金华和同事们接到上级指令，称该市城北派出所在抓捕一名持枪毒犯时，该毒犯躲藏到一处3层楼的民房内，要求前往支援。

作为一名特警队中队长，余金华抓紧时间，在途中将应对持枪歹徒的战斗技巧给同事们做了详细讲解演示，3时，在上级指令下，他作为队伍先锋，带着盾牌和手枪，护卫其他抓捕民警入屋搜查。他说：“根据以往的经验，我们逐一排除了毒犯可能的藏匿地点，最后将目标锁定在这栋楼3楼的一间房间里。我一脚踹开房门，房间内空无一人，那么毒犯的藏匿地点就很明显了，全员都将焦点锁定在房间里一个大衣柜上，果然，当我把盾牌靠近衣柜，并轻轻打开衣柜门的时候，一把仿六四式手枪从里面伸了出来，毒犯也随即现身，更为惊险的是，他右手持枪、左手还持有一个黑色球状的疑似手雷。”情况紧急，为了稳住毒犯的情绪，余金华示意身后同事按照毒犯的要求暂时后退，可是仍无法换回毒犯的理智，在与余金华相距约一米的地方，他突然朝余金华开枪，余金华神速反应躲过了这一枪，但毒犯马上又开了第二枪，这枪也没有打中，情况紧急，余金华奋起开枪反击，当场将毒犯击毙。

生死一线间，余金华扣响了“正义的枪声”，他也因此于2016今年3月荣获广东省公安厅“个人二等功”。

拆弹排爆，奋勇当先的急先锋

击毙毒犯，余金华本应接受一段时间的心理调适，然而，刚过两天，因为工作繁重，他便主动放弃心理调适回到岗位上。从警10年，余金华的工作似乎一直和“生死”脱不了关系，在汕头市公安局特警支队，他从事的是排爆工作，用他的话来形容这项工作，就是“一旦操作有误或是哪次运气不好，轻则手没了，重则命没了”。

70斤的不透气排爆服、手上因为要进行精细操作而没有任何保护措施，这本身对余金华来说是身体和心理的双重挑战，然而，每次遇到涉爆案件，他总是冲在最前面。

在余金华的拆弹生涯中，让他印象最深的是 2008 年 3 月 13 日，当天摆在他面前的是一个俗称“铁水管炸弹”的自制爆炸装置，威力犹如一枚手榴弹，为了排除这个炸弹，保存犯罪证据，他和同事冒险采用手工拆弹。“我们拿着扳手，拆除铁堵头，当我们倒出里面的火药的时候，真的是流了一身冷汗，因为我们又和死神擦肩而过了。”然而，每每都知道危险万分、每每余金华都是迎难而上，至今排除爆炸装置 100 多个、销毁炸药 30 公斤。

敏而好学，撰写论文受专家肯定

“工欲善其事，必先利其器”，余金华不忘把工作积累下来的经验撰写成论文，推进排爆技术领域发展。他说：“拆除‘铁水管炸弹’之所以让我印象深刻，也是因为我将这次经历撰写成了论文。”

先后发表《浅论俄罗斯拆弹专家殉职事件给我公安排爆工作带来的启示》《论遥控爆炸装置的组装结构及安全排除方法》《汕头市 080313 铁制水管炸弹成功拆除后的反思》等 6 篇学术论文，余金华在排爆领域上的研究成果，受到公安部排爆专家们的重视，他也于 2009 年、2011 年、2014 年受邀在“中国 · 国际安检排爆技术研讨会”上做关于排爆学术的演讲，其技术件和操作性受到研讨会上多个国家的安检排爆专家们的一致赞同。

“不服输”“有责任心”“务实”“善于学习”……在余金华的同事口中，对他有说不尽的赞美之词，余金华就是这样，不仅以实际行动展现了汕头警队乐于奉献、英勇善战的形象，更诠释了作为一名党和人民的忠诚卫士的精神。

（蔡维驹 / 文　图片由受访者提供）

档案

余金华，1977 年 7 月出生，广东普宁人，1997 年 4 月加入中国共产党，现为汕头市公安局特警支队二大队中队长。

郑润涛：站在国门关口的“阿牛哥”

听说汕头海关驻港口办事处机检科有位党员叫“阿牛哥”，“牛”劲儿、“牛”斗志和“牛”脾气齐聚一身。在人才济济的汕头海关，能以“牛气”服人，不禁让人深感好奇，近日，记者在阿牛哥“最亲爱的战友”H986（非侵入式大型集装箱检查设备）前见到了他——汕头海关驻港口办事处机检科科长郑润涛，听他讲述从业中感受深刻的故事。

业务上的“牛”劲儿

“哈哈，以后利用这套方法来判图就简单准确多啦！”2015 年的一天，在电脑前已经久坐数个小时的郑润涛突出兴奋地喊出声来。此时，屏幕上显示着的是一系列的机检图像和相应的判图方法。此刻，他疲惫的脸也掩饰不住自豪的神采：“我的‘判图六法’终于问世啦！”

这一切还得从 2009 年说起，那年 11 月，阿牛哥调任港口办技术检验科任副科长，那是他第一次接触到 H986 这个冷冰冰的庞然大物，“说实话，当时我是忐忑的”，他告诉记者。说来也是，这个“大家伙”，带着让人谈之色变的辐射，可操作得不好，又会让不法分子有可乘之机。与生俱来的牛劲儿，让阿牛哥知难而上，不仅要会用H986，更要用好它，求索之路就此开启。每天，最早来到科室的是他，最晚离开的也是他，一天天通过实际操作积累和总结判图经验，还在科里建立了“判图疑难问题集中讨论”制度，坚信“多一次讨论，便多一分经验、少一分错漏”。如今，H986已然成为阿牛哥的“亲密战友”，比较分析法、工具分析法、归纳分析法、排筛分析法、数量体积判别法及空间定位判别法这个“判图六法”就是最好佐证，而海关的同事们在这对"战友"的无间协作下，6年多来共查获夹藏未申报货物、伪报品名等各类违法违规案件200余宗。

赛场上的“牛”斗志

2015年，对于郑润涛而言，必定是难忘的一年。这一年，海关总署组织开展了海关监管系统查验机检岗位练兵和技能比武。这一次，阿牛哥再次用他惊人的战斗力向大家诠释了“牛”的内涵。

由于进出汕头口岸的商品数量相较于其他大口岸而言并不多，加之商品类型比较单一，因此阿牛哥在组队代表汕头海关参加“海关监管系统查验机检岗位技能比武H986分区赛”之初就意识到了他们在竞赛中的天然劣势。但阿牛哥并没有因此消极应战，而是发挥他一贯以来的幽默风格，以“我们不只是来打酱油的”鼓舞队友，并且利用工余时间积极备战，耽误用餐、加班练习都是时有的事，为了加强队员们的实际操作能力，他还用自己的汽车做实验……为了这次比武，阿牛哥生生打造了一支“来之能战、战之能胜”的队伍。

赛场上，阿牛哥依旧霸气侧漏，他说：“从参赛之初我们就自知优势缺失、劣势明显，所以也就没什么好想赢怕输的，拼就对了。”阿牛哥带领队伍披荆斩棘，勇闯“海关监管系统查验机检岗位技能比武H986分区赛”（全国海关分4个赛区）预赛，并成功进入复赛。在复赛赛场上，面对强劲的对手奋力一搏，勇挑高分题让人印象深刻，虽然最后铩羽而归，但大家都无憾了。

最难能可贵的是，比赛结束之后，阿牛哥继续在和自己较劲，总结经验，继续增强自己的专业能力，几天之后，他得知自己获得个人决赛参赛资格，于是，这头“牛”又踏踏实实地进京赴考去了……

工地上的“牛”脾气

在生活中，郑润涛是个爱开玩笑、能开玩笑的人，他爱黑人、更爱自黑，用风趣诙谐赢得了“人见人爱的高度评价”。但在工作上，他却有自己的标准和底线，一旦踩到他的“雷区”，他的“牛”脾气就上来了，而且没有任何商量的余地。

科室里的同事都记得2014年12月，港口办开始H986设备的更新工程。面临旧设备拆卸和存放、扫描大厅和报关大厅等场地改造、配套设施设置、周围环境布置等诸多情况，需要考虑的因素多、问题杂，工程难度甚至比新建还大。为了确保工程顺利进行，建设期间，科室人员暂时分流到其他科室工作，留下科长一人驻守。于是，阿牛哥便成为了国际码头上的一名兼职“监工”。粉尘、噪音是“监工”生涯里最深切的回忆，那时的他总是干净帅气上班来，蓬头垢面回家去，他笑说：“那时每天回到家，真是连老婆和女儿都嫌弃我了。”阿牛哥的一名同事回忆说：“有段时间阿牛哥说话嗓门特别大喉咙也有些嘶哑，后来大家才知道是因为在工地上要提高分贝才能和施工方人员沟通导致。尽管工地环境恶劣，阿牛哥却没有一天迟到早退。工地上的工人对阿牛哥最多的评价是——这个人太挑剔了！想想也是，阿牛哥对工程建设始终坚持最严标准，大到扫描大厅改造、小到周围草地修剪，他都紧盯不放，遇到施工方马虎应付的情况决不会‘睁一只眼闭一只眼’，每每都是坚持让他们重新修整，没有任何商榷的余地，‘牛’，脾气总是释放得淋漓尽致。”

正是有了“史上最挑剔监工”阿牛哥的亲自把关，港口办H986设备更新工程于次年3月底顺利竣工并通过验收，设备试运行至今情况良好。

这就是记者见到的郑润涛，用自己的言行谱写着一位基层党员、一个海关人、一个港口人对事业的忠诚、对信念的执着的阿牛哥。

（蔡维驹　曾秀霞/文　图片由受访者提供）

档案

郑润涛，1977年11月出生，广东潮安人，2000年6月加入中国共产党，现为汕头海关驻港口办事处机检科科长。

有一种情怀叫"忘我"

每一个去过汕头市行政服务中心国税局窗口的人，都会对里面的锦旗墙留下深刻的印象。自国税窗口 2007 年进驻汕头市行政服务中心以来，就不断收到办事群众和企业送来的锦旗和感谢信。这既是对国税窗口工作人员的衷心感谢，更是对他们廉洁高效工作作风的肯定和赞扬。

2016 年 6 月的一个午后，记者走进汕头市国税局驻市行政服务中心窗口，去触摸这群时刻坚守在平凡岗位上的可爱"税官"们那份数十年如一日默默坚守岗位的情怀。

老党员"轻伤不下火线"树榜样

当记者来到国税局驻市行政服务中心窗口时，窗口首席代表佘文洪正在耐心向一位前来咨询的群众解释关于"营改增"的相关业务，佘文洪示意记者稍等片刻。在等待的过程中，佘文洪的同事向记者介绍，佘文洪是他们窗口工作人员的"标杆"，作为首席代表，他不仅知人善用、奖赏分明，每当接到新任务，他更是身先士卒，奋战在工作的第一线，无论是深化国地税合作，还是“营改增”试点工作，都能够看见他忙碌的身影。2016年3月开始，全面开展“营改增”试点工作进入紧锣密鼓的筹备阶段，佘文洪在右手受伤的情况下，依然忍着疼痛，带伤工作。在他的影响下，窗口的工作人员都勇挑重担，用最严谨的态度打好这场攻坚战。

许伟民也是其中的一个典范。作为一名在税务部门服务了20多年的老党员，他一直保持着对工作的热情。在“营改增”前期筹备工作最繁重的时候，许伟民腰痛复发，同事们纷纷劝他请假去看医生，他却摆摆手，说：“这么关键的时刻，我怎么能放心去看病？”就这样，纵使身体一次又一次提醒他已超负荷工作，他却一直坚持到第一阶段任务完成才去就医。他的爱岗敬业、无私奉献，得到了许许多多办事群众和企业的好评，不断收到浙商财产保险股份有限公司、太平洋证券股份有限公司等多封来自企业和群众的表扬信。

正是窗口这些老党员“轻伤不下火线”的敬业精神，为窗口的青年党员树立了学习的榜样。

青年党员敢于担当续情怀

在工作中，老党员们也积极发挥“传帮带”的作用，为青年党员提供各种学习和锻炼机会，青年党员林德弟说：“业务上，他们是最好的老师，精神上，他们是最优秀的引路人。“遇到重大任务，青年党员也是敢于担当，和老党员们并肩作战。“营改增”工作开展以来，毕业于法律专业的林德弟发挥自己的优势，义无反顾地扛下“营改增”小规模纳税人培训师这一重任。为了向纳税人做好政策宣传辅导，避免误读误解，最大程度减少改革阻力，林德弟一方面挤时间恶补充电，争分夺秒将相关内容“吃透嚼烂”，争取更快、更准确地向纳税人传递“营改增”政策信息：另一方面，他采取边读边问的形式，不管白天黑夜，想到就问老骨干、老前辈，发挥法律人员精准和逻辑性强的优势，对政策分门别类、条分缕析，在短时间内将自己培养成为"营改增"的政策专家、业务能手。

2016年4月25日，距离全面开展“营改增”试点工作仅剩最后一周，佘文洪率先垂范，带领全体窗口人员加班加点，为5月1日实施“营改增”工作做好充足的准备，力求为纳税人提供优质的服务。同时，窗口制定了《直属税务分局办税服务厅（市行政服务中心）应急预案》，提前针对办税服务厅有可能出现的突发情况进行实战演练，保障办税服务厅的秩序，力求为纳税人提供高效的服务。正是这群新老税官们的忘我情怀，市国税局驻行政服务中心窗口在每场攻坚战中创造着一个又一个佳绩。

从 2011 年 1 月至今，市国税局驻行政服务中心窗口在进驻汕头市行政服务中心全市各单位每月综合量化评比中始终保持名列第一，多次获得省市各级荣誉，包括“广东省青年文明号”“广东省巾帼文明岗”“广东省国税系统文明单位”等荣誉称号。

（张琪 / 文　张春华 / 摄）

档案

汕头市国税局驻行政服务中心窗口共有职工 24 人，其中党员 18 人，45 岁以下党员 15 人。

“蜘蛛侠”精心编织城市光网

在光纤宽带如同万家灯火点亮人们网络生活的时刻，是否有人记得攻克了光纤宽带最后一步难关的宽带装维人员？他们没有华丽的核心技术光环，只有默默爬梯钻墙的背影，为光纤宽带用户布放线路、安装调试终端。他们没有例行的节假日休息安排，只有根据用户的需求随时候命出动，为抢修用户网络时刻准备着。他们一直用坚定的信念守护着宽带末梢网络。

积极进取，打造一流装维员工队伍

在汕头金平区金砂电信大楼后院一楼，有一间堆满装维设备和工具的办公室，里面 12 个工作座位时常只有一两个人坐着，一天之中最满员的时刻只有每天早上八点半开晨会之时，而半小时过后，就很难再看到他们齐聚一室的场景了。人都去哪儿了呢？当然是上门装维去啦。这里就是中国电信汕头金平区分公司新业务开通班的办公地点，是金平区分公司末梢光网建设的根据地，是金平区分公司装维精英的聚集点——这里有汕头电信第一个开通 FTTH(光纤到户)的装维能手、党员郭基鹏，汕头电信首创一站式光宽全程开通模式的创新达人、党员庄文生，还有汕头电信天翼 FTTH 装维技能竞赛冠军、汕头市年度群众性经济技术创新能手……在这里，新业务开通班的光宽装维人员，尤其是班组里的党员们通过一次次大胆设想尝试，一次次细心入微装维服务，突破了多种光纤入户瓶颈，帮助迫切想要提高网速却又不想破坏室内装修的汕头市民们实现了高速网络畅游。

2012 年 6 月，在党员郭基鹏班长的带领下，班组由原来负责区域内视频监控设备、WLAN 设备和 LAN 设备的维护和修障成功转型成为金平区分公司第一支专业光宽装维队伍。光宽装维工作讲究的不仅仅是熟练强硬的装维技术，更要设身处地为用户着想，为配合用户时间让用户能够尽早地使用上稳定的光纤宽带。就在 2016 年大雨滂沱几乎不曾停歇的 3 月，新业务开通班班组党员发挥先锋作用，力排雨难，带动全体装维人员给 5000 户以上的家庭开通了光宽网络，获得了区域内用户的一致好评。

抢险维修，台风来袭他们不畏艰险

作为班组里面艰苦奋斗的楷模，面对危险，新业务开通班的党员们也是冲锋在前。2013 年 8 月，台风“尤特”使潮南区通信一度瘫痪，得知这一消息，新业务开通班的党员们和金平分公司的支援队伍一起，筹集准备了移动式发电油机、抽水机、汽油罐、救生服、干粮等各类应急物资，义无反顾奔赴潮南最深水区，并于当天下午抢通了华西里接入网点的传输通道。为帮助潮南受灾区域尽快恢复通信，在长达半个月的时间里，班长郭基鹏一方面调配好金平区域内的日常业务工作，一方面带领张鸿成等几位党员在清晨和夜幕里来回奔走抢修潮南灾区设备。

2013 年 9 月 22 日，台风“天兔”重磅袭击金平区，外马机楼因地势过低，外面的积水通过多路地下管道涌入测量台下面的地下室，危及测量台设备安全。新业务开通班的党员们和接入维护工作站抢险小组带着抽水设备不顾狂风大作、冒着大雨涉过齐腰深的积水紧急增援广场营销服务中心，支援测量台进行排水抢修，郭基鹏和陈进平甚至将身上的衣服脱下来堵住喷水的管孔降低渗水速度，还将消防水管拆下来作为抽水设备排水管，经过通宵抢险确保了测量台的安全。直至第二天，地下室的积水才基本排出，接着他们又马不停蹄地开始了对地下室受浸大多数电缆的维修和更换。在“天兔”灾后近 20 天时间里，新业务开通班和金平分公司的全体维护人员一起不分昼夜、全身心投入到灾后重建工作中，钻地下管道井、爬高空架线、立几十米电缆杆、往返各接入网机房人工发电、更换交接箱和 PON 箱等等这些重活累活危险活，大家二话不说，橹起袖口、卷起裤管就往前冲，为确保灾后第一时间恢复生产、保障装维服务质量做出了极大的贡献。

创新思维，全力服务用户体验“光速度”

2015 年 10 月，汕头市被国家发改委、工信部确定为 2015 年度 39 个“宽带中国”示范城市之一。在汕头全面建设光网城市的近两年来，汕头电信金平区分公司创下了汕头光网建设的三个区县第一；光网建设进度区县第一；光宽平移量区县第一；光宽渗透率区县第一。这些优异成绩离不开末梢装维人员的辛勤付出。党员庄文生和班组成员集思广益创新出来的应客户所需的多样化光纤入户方案，受到了广大汕头市民的肯定：他们探索应用的 POE 返供电皮纤不入户模式成功解决了泰安华庭西区、嘉泰雅园等多个小区住户的光宽最后一公里难题；利用原有网线模式突破了银都翠苑等小区的线路管井造封堵的难题；分光箱“聚合”便利放装模式解决了海岸明珠等小区部分用户覆盖不到位、皮缆拉线距离超过标准的问题。每一种新入户模式的探索应用都包含了新业务开通班组全体成员的心血，这是他们一直坚定对用户负责到底、服务到位信念的最好体现，是汕头电信全体装维员工敬业奉献的精神代表。

（姚之瀚 / 文　图片由受访者提供）

档案

中国电信汕头金平区分公司新业务开通班现有干部职工 12 人，其中共产党员 4 人，45 岁以下共产党员 3 人。

当好玩具出口企业的“保姆”
——汕头市检验检疫局技术中心玩具实验室

有这样一个实验室，他们的工作人员用专业技术和多年累积的丰富经验，快速准确地为广大玩具生产企业提供不同项目的检测，使企业可从源头上避免采用不合格原料投入生产而造成损失，从而在市场竞争中取得先机。他们还启动了“广东出口玩具与礼品公共技术服务平台”，开展一系列技术帮扶服务，帮助企业规避质量安全和出口贸易风险，受到了有关部门和玩具企业的好评。它就是汕头市检验检疫局技术中心玩具实验室。

粤东生产的玩具，都要经过这里才能进入市场

玩具实验室位于澄海区324国道岭亭路段，一走进其办公场所，就能看到各种检验检测设备，投资近30万元的声音检测室、光源检测、声谱检测、重金属含量检测等等，每一件玩具的每一个零部件都要根据其属性的不同进行检测，每一项检测，都关系着企业的发展，关系着消费者的使用安全。

为此，实验室党员干部带头积极加强科技攻关，加强国外玩具技术法规新动向研究，不断扩充检测资质，提升质量评价和标准应用水平。近年来，实验室参加了国内外机构组织的能力验证 25 次，均获得了满意结果：新开检玩具检测项目 130 多项，更好满足了粤东地区玩具企业的检测需求：多次在国家认监委组织的专项监督检查或“飞行检查”中成绩名列前茅，顺利通过了 CNAS 的各项评审；获得了国家专利 2 项，完成广东检验检疫局科研立项 5 项，参与国家玩具标准制定 3 项。

实验室负责人陈练生告诉记者，玩具在上市之前都要经过 3C 认证，2006 年 3 月获国家认监委批准，该中心成为全国 15 家玩具 3C 强制性产品认证的检测机构之一，并被批准开展出口玩具质量许可证的型式试验。目前是粤东地区唯一的玩具礼品专业检测机构。市民熟悉的奥飞、邦宝、骅威等企业的玩具都是在这里完成检测后，才进入市场面向消费者。

每天奔波汕澄两地，再苦再累只为严格把关

据介绍，一个玩具的检验涉及机械物理性能和化学性能两大方面。其中涵盖包括重金属、增塑剂、声、光、电等多个项目。这些项目的检测，除了依靠专业的设备，更重要的是检验员的经验。

陈练生表示，目前一些私营的企业也开设有检验室，他们或许有足够的资金可以购买先进的检验设备，但是，却不见得有经验丰富的检验员。依靠设备只能检测出一项项数据，而如何从数据分析判断出产品的各项性能是否符合要求，依靠的正是检验员的丰富经验。比如婴幼儿玩具在检验时，都要进行年龄段分组的判断，不同年龄的幼儿生理发育的特性不一样，有的玩具因为含有小零件，可能会造成幼童误食哽咽的危险，这就需要检验员在检测时依据经验做出恰当的判断，才能让企业生产的玩具面向最合适的人群。

玩具在正常使用中会出现可预见的合理滥用，例如小孩在玩要过程中可能会重复出现拉拽、扔掷等动作，给玩具造成损坏，破损了的玩具是否会有划伤、刺伤幼童等危险，就需要检验员在检测室进行人工试验，并依靠他们的专业知识和丰富经验进行判断。

每年六一儿童节前夕，都是玩具扎堆上市的高峰期。在此之前的四五月份，实验室 24 名员工都需要加班加点，用专业的技术经验为玩具企业保驾护航。他们当中有三分之二的员工家住在汕头，每天都得往返于汕头和澄海之间，可是不管工作再晚再累，他们都毫无怨言，默默工作在第一线，因为他们知道，自己的多一份努力，就能帮助企业更快更好地完成检测，使企业能在市场竞争中取得先机。

创新帮扶方式，1156 家中小微企业获益

玩具出口，最怕遭遇技术壁垒。为此，实验室成立了“广东出口玩具与礼品公共技术服务平台”，平台涵盖汕头、潮州、揭阳、梅州、汕尾，是粤东地区唯一的服务平台。平台启动三年来，累积服务中小微企业达 1156 家，举办“玩具贸易技术壁垒——应对与跨越”等宣传活动，派出技术人员深入玩具企业帮扶 425 人次，为企业免费提供产品质量改进建议，免费为企业培训实验室检测和管理人员。

2016 年以来，实验室还创新了帮扶方式，根据企业产品的特点，为企业定制不同的培训内容。先后走进骅威股份、汇乐玩具等大型玩具企业，通过翔实的技术讲解、具体的实例说明，熟练的测试演练，为企业人员上了生动的一课。这些为企业量身定制的培训，更好地提升了企业产品质量和质控水平，增强了企业研发能力和创新能力，帮促企业规避了质量安全和出口贸易风险，深受企业员工的喜爱。

（周晓云　文 / 摄）

档案

汕头出入境检验检疫局技术中心玩具实验室，现有干部职工 24 人，其中党员 7 人，45 岁以下党员 6 人。

海事“娘子军”展巾帼风采

——记汕头海事局政务中心受理岗

在汕头海事局的服务窗口，活跃着这样一支队伍，她们虽然没有奋战在日晒雨淋的执法一线，但是她们发挥着女同志感情细腻、耐心认真的特点，肩负着辖区内所有海事业务的受理、制证及发证等工作。她们就是汕头海事局政务中心受理岗的娘子军。

这个受理岗由清一色女性党员组成，近年来共受理各类行政许可项目、证书制作发放以及船员信息采集等业务 2 万多宗，全部在规定时间内办结，证书制作发放无发生差错，先后荣获“南粤女职工文明岗”“文明执法示范窗口”“全国五一巾帼标兵岗”“全国巾帼文明岗”等称号。

用心服务暖人心

走进汕头海事局政务中心服务平台，干净明亮的受理窗口，整齐划一的受理台面，加上受理人员规范的着装、亲切的问候、耐心的解答、细致的服务，让来到这里办事的人感到无比的温馨和舒适。“还是这里的同志想得周到啊，让我们看字填表方便多了，”一位年长的老船员感慨地说道。为了让一些上年纪的船员在办理业务时阅读和填写资料方便，受理岗的工作人员专门在服务窗口配置了两副老花眼镜。

作为汕头海事局最重要的对外窗口，受理岗承担着全局所有业务的受理工作，直接面对办事人员，窗口的形象直接关系到汕头海事的声誉和风貌。身为政务中心党支部委员，朱小燕深知责任重大，她从自身做起，以“形象从我树起，服务从心开始”为理念，制定“热情、和蔼、周到、亲切”八字服务方针，从形象和服务上下功夫。在她的带动下，受理岗的其他党员也把用心服务贯穿于日常工作中。

一名李姓船员也享受到了受理岗的便民亲切服务，他在一次办事途中遗失了全套船员证件，共产党员柯淑英在接报后一边详细告诉该船员挂失和补办证件的程序，一边安慰他不要焦急并千方百计协助寻找，最终为该船员找回了丢失的证书，解了船员的燃眉之急。喜出望外的李姓船员逢人称赞受理人员的用心服务，还专程送来了感谢信。

换位思考提效率

到窗口办事，群众最关心的就是手续是否简便，办事是否高效。在潮阳籍船员老郑的记忆中，以往办理海员证，必须先到公安部门开具无犯罪记录证明，还须缴交中介单位一大笔费用，办证至少提前一个月以上，费时、费钱又费力。然而今年3月，当他直接到政务中心办理时，只需缴纳工本费，在很短一段时间内就领到了新海员证。

在党员陈晓榕看来，这只是她们日常工作的一个缩影。自2005年成立以来，受理岗就急群众之所急，力推简政放权，精简手续，提速增效。利用《广东海事权力清单》和《政务公开指南》发布之机，受理岗组织梳理所有海事业务流程，重点清理受理材料清单，坚持“节约从一张纸开始”理念，尽可能减少材料提交；针对单位法人代表身份证、营业执照原件窗口核查难情况，她们主动与领导沟通，变通思路，开通绿色通道，采用拍照、扫描，配合微信、电子邮件发送方式进行代替，解决身份核查难题；与汕头市达濠华侨医院联网，利用系统传输船员体检信息，使得船员办证时免予提交体检证明，节省了时间；她们还完成与公安部门的信息互联，免予办理海员证提交无犯罪记录证明的麻烦，办证效率大大提高。

主动作为赢美誉

为了让群众“少等一分钟，少犯一次难，少跑一趟路，少操一份心”，政务中心受理岗变坐等服务为主动服务，推出了一系列便民措施：“工作日延时服务”“休息日预约服务”等多项服务。2014年，汕尾海关缉私局公务船因为出海任务繁重，船员亲自到汕头登记信息难度很大，了解情况后，受理岗两名女性党员主动到汕尾海关码头现场，当天就顺利地为缉私局33名船员完成了信息采集工作。

受理岗还主动参与船员处、国际海员俱乐部的“送清凉、送清廉”服务，推出船员证件特快专递业务，便利在外地服务的船员领取证书，真正实现了他们“人在船中坐，证件寄手中”的愿望。2016年4月，饶平籍船员汤先生通过邮寄方式在短时间内续办了海员证，他专程致电感谢受理岗人员说：“以前办理业务，须本人亲自前往窗口，还必须等待一大段时间。现在办理业务，人不离船，再也不怕影响船舶生产。受理岗这种以人为本、细心体贴式的服务，真的非常适合我们这些长期生活在海上的船员。”

（姚之瀚 / 文　图片由受访者提供）

档案

汕头海事局政务中心受理岗现有干部职工3人，均为党员，其中45岁以下党员2人。

李大吉："工匠精神"的优秀践行者

第一眼见到李大吉的人，总能就被他一脸朴实的笑容吸引，因为笑容里给人一种踏实稳重的感觉。

2007 年夏，从长沙理工大学热能与动力工程专业毕业，这位广西小伙子背上行囊来到汕头，怀揣着一技之长和投身祖国电力事业的梦想，在这里开启了他的事业征程。

工作 9 年，李大吉稳扎稳打，从运行部巡检员、副值班员一直到集控运行主值班员，一步一个脚印，完成了职业生涯的蜕变。如今的他已是能够胜任锅炉、电气、汽机、辅控等各个专业的机组全能值班员，堪称华能海门电厂运行部的行家里手。

与大吉相处久了，部门同事对他的评价，用得最多的词是"优秀"，这种优秀来自那份敢闯敢干、精益求精、乐于奉献的"匠人匠心"。

在磨练中成长

2008 年 6 月，经过 2 年的工程建设，华能海门电厂进入了机组建设及试运行的关键时刻，正是需要人手的时候。能力所及，当仁不让！李大吉主动请缨，自愿赴条件艰苦、工作量大的现场锻炼。他觉得男子汉大丈夫，就要敢于接受挑战，只有“真刀真枪”上了工地才能学到真本事。

刚到海门，李大吉把自己定位为新人，凡事跟着老师傅多学、多问、多干，一步一个脚印汲取知识和经验。为了尽快熟悉环境，除了睡觉时间，李大吉几乎把自己“粘”在了工地上。那时正值盛夏，烈日当空，工地上的温度长期保持在40摄氏度左右，像个大蒸笼。为此，李大吉随身备了好几件背心，浑身湿透了就换，换好了继续巡检。

从机组试运行开始，李大吉总是随身带着记事本，白天检查阀门管道、调试系统，晚上坚持画系统图，自己研究学习。这让他对系统和工地现场的大小事务如数家珍，比如工地现场有几千个阀门，哪个阀门在哪个位置，他都门儿清。

2009年，华能海门电厂1、2号机组工程通过了168小时试运行。投产以来，该工程实现了5项世界首创发电机组新技术，创造了23项百万超超临界火电机组技术新纪录，成为世界首个海水脱硫百万千万超超临界火力发电厂，和广东省首个百万千万超超临界节能环保电厂。机组工程顺利运行背后，离不开像李大吉这样坚守在一线的工匠们的努力付出。

这一段当巡检员的经历，磨炼了李大吉的心智，提升了他的生产操作技能，使其迅速成长为能够独当一面的实力干将。

事故面前勇担当

在华能海门电厂运行党支部办公室里，有一本党员评价手册，这是运行部门自去年率先创新党员绩效管理方法，采用“积分制度”后，用以记录本部门党员同志综合表现的量化考核“分数本”。李大吉的分数名列前茅，这其中的分数奖励，很大一部分是来自他对保障机组安全稳定运行所做出的贡献。

机组的安全运行非儿戏，作为一名机组主值班员，李大吉深谙此理。日常工作中，李大吉严格要求自己，始终坚持高岗位巡视、加强事故预想、精心监盘。表盘上的每一个参数、每一个设备的异常运行数据变化，他都不放过，必探究到底，直到彻底排除安全隐患为止。

2014年4月的一个夜班，李大吉接班后，在查盘时察觉到2号机气动给水泵A小汽轮机油箱油位有异样。他立即派巡检人员下现场检查，果不其然，当时2号机气动给水泵A小汽轮机油箱顶部正大量喷油。李大吉迅速赶到现场，这时，油雾四起，视线受阻。不巧的是，油还往油箱楼梯方向喷，致使现场人员无法上到油箱顶部确认具体漏点。在这紧要关头，李大吉挺身而出，他沉着冷静地指挥两位副值班员降低机组负荷，并转移小机A出力，投入等离子稳燃。与此同时，他绕到油箱后方，徒手抓住油管道，奋力往上爬到了油箱顶部。来不及犹豫，李大吉迅速脱下身上的衣服堵住漏油口，为抢修工作的顺利完成争取到了宝贵的时间。由于发现及时、处理及时，检修人员到位后半小时即抢修完工，成功避免了小机轴瓦及轴烧损重大事故。

2015年，李大吉更是先后发现并成功处理了脱硝系统稀释风机跳闸、一次风机B出口放水管堵塞、发电机底部9号排污口氢气泄漏等机组重大缺陷。在上万次的操作中，他所在的2号机实现了零非停、零伤害。问他有何诀窍？他笑着说："我是笨鸟先飞，只不过比别人多花点时间，先学一步、学深一点，在操作中细致一点、多想一点。"积跬步致千里。在李大吉看来，平时多积累"一点"，遇事时便能做到心中有数，临危不乱。

口传身授带徒弟

与机器"打交道"久了，李大吉渐渐意识到，光靠几个专业技术好的工匠是不够的，只有让更多的人掌握了技术，后继有人，机组运行安全才会更有保障。因次，他承担起"师傅"的角色，把自己掌握的技能和总结出来的工作方法毫无保留地传授给新人。

在授徒过程中，李大吉时常根据每个新人的特点，为他们制定阶段学习计划，布置"作业"，以检查他们对知识和系统的掌握情况。阶段学习结束后，大吉师傅还要负责出题，新人们只有考试合格了才能进行下一阶段学习。在师傅的带动下，徒弟们之间形成了互帮互助、共同进步的良好学习氛围，班里还自发组织了好几场默画系统图、仿真机事故处理、逻辑及参数比赛。

前不久，李大吉带的徒弟李世文从巡检员升岗，当上了副值班员。谈到如今的成长结果，李世文说，这还得感谢李大吉这位好师傅的口传心授啊。“刚毕业的进入厂里的新人，从学生转换为工人角色特别需要师傅引路，毕竟书上的理论读起来容易，实操起来还是有难度的。”有段时间，李大吉经常把李世文拉到自己身边，带着他排查系统、练仿真机，一边实操，还一边提问李世文系统中设备的名称、安装地点、工作原理。在师傅严厉的督促下，李世文很快熟悉了设备，并能驾轻就熟地结合自己的理论知识操作机器。

李世文是李大吉众多徒弟中的一个缩影，近年来，由李大吉带出来的副值班员、主值班员数不胜数。跟过大吉师傅的人，都夸他是个“好师傅”！

（李培煌 / 文　袁笙 / 摄）

档案

李大吉，1982 年 2 月出生，广西东兰人，2005 年 5 月加入中国共产党。现任华能海门电厂集控运行主值班员。

薪火相传，方寸键盘显精神

“方寸键盘见辛苦，妙笔生花展才华。”他们朝气蓬勃，拼劲十足，工作再多不推脱、再苦不埋怨，征管体制改革、营改增扩围、金税三期上线，哪里任务最急、哪里担子最重，哪里就有他们的身影；他们勤勉务实，无私奉献，在执着中坚守着平凡岗位，以实际行动诠释对党的忠诚，书写着税务工作者对人生价值的追求和对国税事业的热爱。他们就是汕头市国税局办公室的党员干部们。

办公室是全局的枢纽，被称之为“前哨后院”，工作性质可以用“急、重、杂、难、苦“来形容。办公室的每位同志坚持严谨务实、规范高效的工作作风，将本职工作“小目标”和办公室工作乃至全局工作"大目标"相结合，以党员的高度责任感交上了一张张满意的答卷。

率先垂范彰显党员本色

作为全局承上启下、连接左右的综合部门负责人，如何服务好上级、服务好机关、服务好基层，市国税局办公室主任方苑深感身上责任重大。一方面，她坚持高标准、严要求，以自己的实际行动去影响带动他人，鼓励每位成员把工作当磨炼，勇于担当、独当一面，争当改革创新“排头兵”，调动大家的主观能动性和工作积极性。另一方面，她把抓好支部党员学习教育作为关键点，将创建“四能（能担当，能干事，能吃苦，能创新）四优（优作风，优服务，优绩效，优形象）”党支部作为有力抓手，定期组织召开支部学习会、部门例会，着力规范公文处理、会议运作、工作报告、督促检查、宣传管理、信息管理、文印管理等内部管理制度等。

在她的影响下，支部宣传委员陈克、支部组织委员郭奕微也敢于担当，为其他同事们树立了榜样。市局党组书记、局长杨奕忠多次以普通党员身份参加办公室支部学习活动，称赞他们是汕头市国税局的“中流砥柱”，勉励他们再接再厉，为服务经济社会发展做出贡献。

挑灯夜战是常态

办公室的工作不仅枯燥烦琐，有时为了不耽误局里的正常工作，他们往往要加班加点。

人称“资料快枪手”的曾弦，他不仅具有令人叹服的文字水平，更具有强烈的工作责任感。今年1月期间，他的母亲接受了心脏手术，他一边精心照料母亲，一边还加班加点，“快、准、好”地完成了“十三五”工作规划、年度工作规划等一系列大材料，真正做到了工作家庭两不误。

“准妈妈”李晓芳，身怀六甲却依旧奋战在工作一线，她的办公桌一角总是贴满待办事项小便签，一个月内承担完成的公文拟稿、工作汇报材料、调研课题等各类材料就多达50多份。同事们关心她：“你可得悠着点儿，别不拿自己当孕妇。”她却摆摆手说：“党员走在前，要给宝宝树立个好榜样。”

郑颖琳，负责绩效管理、深化征管体制改革、国地税合作等多项工作，工作任务繁重琐碎，“5+2”“白＋黑”成为她的工作常态。在绩效管理信息系统上线准备期间，为保证考评方案顺利启用，她一个人在单位挑灯夜战，直到办公室断了电，才发现已经连续奋战到了凌晨12点。

敬业精神获赞誉无数

正是凭借这种勇挑重担、精益求精、务实高效的敬业精神，他们创造了一个个佳绩，多篇税收调研文章在中央、省部级刊物发表，有多名同志分别荣获"全省国税系统先进工作者”“汕头市三八红旗手”“汕头市青年岗位能手”“汕头市国税系统先进工作者”等称号，办公室也曾先后获得了”广东省青年文明号”“广东省国税系统精神文明先进集体”“广东省国税系统文明单位”“汕头市先进基层党支部”“汕头市三八红旗集体”“汕头市党员先锋岗”等一个又一个的荣誉称号。

（张琪／文　袁笙／摄）

档案

汕头市国税局办公室共有干部职工8人，其中党员7人，45岁以下党员7人。

卢奕强：用绿色装扮城市的“美容师”

40多条道路共5万多株行道树的整形，438万平方米灌木色块、地被的修剪，10条道路及路段800多株乔木、近8000平方米灌木色块的补种……2015年汕头市城市绿化管理中心（下称“城绿中心”）交上的这份亮眼的成绩单，离不开致力于为城市撒播绿荫的绿化工作者。其中，卢奕强以高度的责任感、使命感和饱满的工作热情，带领城绿中心全体员工做出了突出贡献，时刻保持一名优秀共产党员的形象。

科学管理，他是城绿中心的“大管家”

外表斯斯文文的卢奕强在大学期间就十分热爱他所读的园林专业，毕业后，他本着把“专业贯彻到底”的理念，为汕头的园林绿化不断奉献着自己的力量。2002年，由他设计并施工的园林作品《茗馨园》代表汕头参加世界各地143个城市或团体参展的香港国际花展，荣获了“最具特色奖”。工作20年来，他在单位年度考核中多次被评为“先进个人”“先进工作者”等称号。

作为一个2014年新成立的公益事业单位，城绿中心面对的困难和挑战并不小。如何有序有效运作，如何管理调配人员等问题，都需要认真思考并付诸实践，而这考验的正是新任一把手的能力和智慧。在充分调研、深思熟虑之后，担任城绿中心主任的卢奕强决定从队伍建设入手。他深知，只有调动起大家的工作积极性和工作热情，才能促进城市绿化事业的健康发展。于是大刀阔斧地开展了包括管养考核机制、用人机制、工资制度和财政供养制度等改革创新。结合实际情况，采用单位职工承担任务、内部承包责任制及市场化购买服务相结合的“三位一体”管理模式，并采取定量、定酬、定责任、定标准的“四定”措施，进一步落实了责任制和灵活的激励机制。

经过一系列改革，城绿中心员工的薪酬有了适当的提高，更重要的是，奖勤罚懒、多劳多得的观念深入人心，大家不但能按照工作安排落实责任，甚至主动承担任务。互相学习、主动出击的工作氛围在城绿中心蔚然成风，卢奕强成功打造了一支有干劲、有担当、团结奋发的队伍。

务实创新，他是高效专业的“排头兵”

“不忘初心，把专业、职业、事业有机地结合起来，力求做到专心、专业和专注，爱岗、敬业和乐业。”这是卢奕强工作学习生活的座右铭。作为建筑园林高级工程师，他始终以专业的态度完成每一项工作任务。无论是项目的规划、设计、建设等各项工作，还是品种选择、种植时机、养护等各个环节，总是能看到卢奕强率领员工忙碌于一线的身影。在他的严格把关和带领下，城绿中心高质量、严要求地完成了“绿满家园”94个绿化项目建设工作，使全市行道树数量与三年前相比，同比增长了36%。目前，市区道路绿化覆盖率已经达到78.5%。绿荫正逐渐铺满整个城市。

做好城绿中心日常管理工作之余，卢奕强还积极寻求城市绿化方向新突破，努力使绿地管养走上常态化、规范化、制度化、专业化的轨道。他带领中心技术人员经过多次实地考究，决定对市区道路渠化岛绿化实行精细化管理，以“彩”换“绿”，在海滨路、金砂东路等全线沿路各渠化岛、中山东路与韩江路交汇点三角岛等重要地段种植时花近50万株，使市区道路渠化岛摇身一变成为市区“迷你小花园”，为城市绿化起了画龙点睛的作用，十分养眼，得到了众多市民群众的交口称赞。

同时，卢奕强又以专业优势，创新思维，提出“一路一树、一路一花、一路一景”城市绿化景观的新思路，决定在全市打造12个不同花相、色相、季相的独特植物群落景观。不久之后，也许市民在家门口就能尽情欣赏到美丽悦目的绿化景观，这当中离不开卢奕强的好思路、“金点子”。

心系群众，他是绿化建设的“守护神”

“作为一名共产党员，既然组织任命我坐在这个位置上，我就有责任和义务，不断提升城市绿化档次。”这是城绿中心党支部书记卢奕强在每周的生产例会上讲得最多的一句话，也是他对自己的严格要求以及对干部职工的殷切希望。

郁郁葱葱的行道树为城市提供“绿肺”，如果没有好好呵护、管养它们，“头重脚轻”的行道树随时会给城市带来危险。因此，卢奕强要求合理安排好人力、物力，第一时间加强对中心城区86条路段的行道树摸查统计工作，对枯、危、死树进行登记造册，及时向上级主管部门呈报，并做好相关处理工作。2015年，中心就处理枯死危树共930株，还对市区40多条道路5万多株行道树的枯枝、下垂枝进行修剪，相当于以前3年至4年的修剪量，有效消除了道路安全隐患，保障了市民群众的生命财产安全。

几多耕耘，几多收获。20年来，卢奕强在单位年度考核中多次被评为“先进个人”“先进工作者”等荣誉称号。他以朴实的工作作风，敬业的工作精神诠释了一个共产党员的高尚品质，用行动、心血、真情，铸就了人生绚丽的光环。

（姚之瀚／文　图片由受访者提供）

档案

卢奕强，男，广东汕头人，1970年10月生，2010年6月加入中国共产党。现任汕头市城市绿化管理中心主任。

网络保障再小的事也是大事

——记汕头移动无线优化中心网络优化室投处岗

在汕头移动公司无线优化中心网络优化室投诉处理岗上，活跃着这么一群长期奋战在网络建设与优化一线的共产党员。他们每天奔走在汕头的各个角落，进行网络测试和网络优化，跟进用户的每一个投诉问题的解决。因为在他们心中，网络优化无“小”事，再小的事也是“大”事。

据了解，汕头移动无线优化中心网络优化室投诉处理岗现有党员13名，全部是45岁以下的大学生，而“领头雁”则是一位从中山大学电子信息科学与技术专业毕业的80后大学生罗彦彬。在他的带领下，汕头移动网络投诉量快速下降，满意度迅速上升，去年网络类投诉量较前一年下降了6.3%。由此，罗彦彬和他的团队先后多次荣获省、市先进集体等称号，他本人也多次被评为优秀共产党员。

为了网络这条生命线再苦再累也心甘

一身休闲白衬衫，一副黑框眼镜，一头干净利落的短发，散发出理科生的严谨和理性。2011年，罗彦彬考入汕头移动公司，从事客户投诉处理工作，他和两位同事负责汕头市南北两大片区的网络优化和故障处理。罗彦彬对记者说：“现在网络使用的普及率越来越高，处理岗每天平均要解决60多宗投诉，这不仅需要过硬的技术，还需要有高度负责的心态。”

对于大多数的网络投诉，罗彦彬和他的团队都需要到现场办公，找到网络信号不稳定的原因，才能制定出解决问题的方案。有一次，市区一个高档楼盘的用户打电话投诉说，进入小区地下车库时常会出现“掉话”的情况。罗彦彬随即到达用户反映的现场，但当他开车进出地下车库时，经反复模拟测试，都没有出现“掉话”的情况，信号显示很正常。为了彻底解决这一投诉的问题，罗彦彬连续进行了20多次的开车进出试验，最后终于找到用户反映的产生“掉话”的症结。原来是用户进入地下车库时车速过快，网络信号切换不及时造成的。找到原因后，罗彦彬对症下药，马上对该小区的信号切换参数进行优化，彻底解决了这一问题。同事们夸奖说，“专业严谨、细致认真”这八个字在年轻党员罗彦彬身上体现得最完美。

2013年，“尤特”台风袭击汕头，市区多个地方水浸街，潮南区还出现了50年一遇的强降水，导致多处内涝，300多个移动基站无法工作。由于移动光缆线路为跨河布放，河两岸的电杆多处被洪水冲断，横跨河岸的桥也被洪水漫过。罗彦彬和他的团队，冒着生命危险，开着冲锋艇勇敢地进入基站抢修光缆。经过整整9个小时的奋战，终于使已无法工作的基站恢复功能，为市委市政府领导指挥抗洪抢险提供了强有力的通信保障。罗彦彬说：“要做好这项工作，离不开网络优化室投诉处理岗全体同事的共同努力和默默付出，我们需要24小时开机待命，在遇到紧急情况，不管时间多晚，都会迅速赶到现场。保障网络畅通无阻是移动公司的生命线，为了这条生命线再苦再累也心甘。”

“真诚”是保障网络投诉处理的根本

在汕头移动网络投诉岗位的共产党员，没有惊天动地的壮举，却始终真诚地做好一件件平凡而琐碎的“小事”。罗彦彬告诉记者：“有一次，我们接到了澄海某酒店的投诉，反映酒店内的网络信号不好。

接到电话后，我就带着技术人员赶到酒店。酒店老总见到我们后情绪很激动，埋怨声不断……我耐心地向他阐明了可能造成信号不佳的原因，并马上制定测试方案。”

功夫不负有心人，经过仔细测试，证实了原先的判断。原来，酒店自行搭建了两层包房，导致新建包房与原来的网络信号源不匹配。找出问题的症结后，罗彦彬与客户进行反复沟通，并耐心为客户解答了产生信号不稳定的原因，用真诚化解了用户的误解，并马上对该酒店的线路重新进行优化，让该用户真正享受到汕头移动优质、高效的服务。事后，酒店老总还给网络投诉岗送来了锦旗，对他们真诚周到的服务给予较高的评价。

在网络投诉岗上，像罗彦彬一样认真负责地处理好每一件“小”事的党员还真不少。党员杨伟峰，从进入无线优化中心网络优化室投诉处理岗后，工作务实认真，从不计较个人得失，苦活累活抢着干，再小的投诉，他都务求解决到最好，他认为，每天接到的投诉看似小的事情但又都是大事，因为对待用户无小事，保证每一个用户心生怨气来投诉，满脸微笑致谢意是自己的职责所在；党员蔡瑞填是个“技术控”，在网络新技术的掌握上，他总是先人一步，处理用户投诉时，思路清晰，敢于担当，力求尽快确定出一个解决问题的最优化方案，多次赢得用户的好评……

（段敏　刘洁　文／摄）

档案

汕头移动无线优化中心网络优化室投诉处理岗现有职工 36 名，其中党员 13 名，45 岁以下党员 13 名。

陈文兰：笔触温暖细述“都市故事”

她是《汕头都市报》创刊以来采编一线的业务骨干，18载寒暑，笔耕不辍、精心耕耘。她编排版面，版式精致美观，夺人眼球：她撰写稿件，笔触细腻温暖，扣人心弦。

她的笔下，讲述了一个个生动有趣而又脍炙人口的鮀城故事。像《“党代表一号工程”万人受惠》《花木传奇故事》《不忘初心方得始终》等文章，均引社会强烈反响，备受读者好评。其作品多次在省、市新闻奖评选中得奖，其中5件获广东省新闻奖，8件获汕头新闻奖一、二、三等奖，6件获中国地市报新闻奖的好版面、好专栏、优秀标题奖。

她，就是《汕头都市报》专刊副刊部执行主编陈文兰。

十载讲述“花木传奇”

《汕头都市报》专刊副刊部设置有多个专题栏目。其中的"潮汕花木故事"专栏自推出起，多年来一直深受读者喜爱，曾连续三年荣获广东省新闻奖。提起该栏目，很多读者首先会想到的，就是一直采写花木故事的记者陈文兰。

陈文兰自1999年《汕头都市报》创刊以来，一直在专刊副刊部工作，既当记者又当编辑。“花木传奇故事”专栏，是《汕头都市报》为了贴近市民，让报纸更具可读性而推出的专栏。为了采写好该栏目，她经常走访汕头各大花木市场，跟花农、花贩们打交道，了解花木市场行情、花木的属性等等，夏天什么花最好种，春节时家家户户喜爱的兰花、水仙花等又有什么特性……一次次地采访了解，让她自己都成了半个专家。

栽红种绿，都离不开主人的悉心培育。除了采写花木市场行情，陈文兰还致力于挖掘那些有爱心、有个性的花木主人，了解他们栽花背后的故事。为此，她继续蹲点在各个花木市场，挖掘采访线索。常常是一个人物刚采访完，她又迫不及待地准备下一个采访。

这些年来，陈文兰跑遍了市区各个花木市场，近年来，又把采访范围扩大至澄海、潮阳、潮州、揭阳等地。只要听闻哪里有花木故事，她就即刻前往。2015年5月的一天，听闻澄海外砂谢炎辉先生的一棵造型独特的桂花树卖出了25万元的天价，她立刻前往采访。随后，得知潮州金石镇有花农买了一株价值逾百万的罗汉松，她立刻又奔赴金石镇……

文笔生花让她收获了很多读者的喜爱。像读者王少康先生就因为一次采访与她结缘，随后成为她的忠实读者，她采写的每一期报道他都读过，有时还会给她的文章留言点赞。陈文兰说，能得到读者的认同，是一件很有成就感的事情。

致力讲好“都市故事”

花木故事，只是陈文兰讲述的都市故事中的一个。近年来，《汕头都市报》致力于讲好都市故事，开设了一个个专栏，包括花木故事、收藏故事、旅游故事、茶叶故事、美食故事、财经故事，等等，每一个故事的背后，都离不开陈文兰忙碌的身影。

陈文兰身材娇小，可是了解了她的工作常态后，你就会感受到她身体里竟蕴藏着大能量。汕头、潮州、揭阳四处奔走，早上还在揭阳采访收藏故事，中午她就已回到电脑前，用键盘敲打出一篇具有可读性的文章，下午当大家陆续上班时，她却又不见了身影，因为她已经奔走在下一个采访的路上了。这，就是她日常的工作状态。

忙碌，辛苦，她却乐在其中。她说，采写这么多方面的题材，接触了形形色色的行业，让自己视野开阔了许多，也更了解各行业的工作形态。“在一次次采访中，了解不同的领域，感受不同的行业文化，让自我得到陶冶，这便是采访的乐趣。”陈文兰如是说。

热心又暖心的“巧人儿”

采编全能的陈文兰，在同事的眼中，则是一位热心有爱、心灵手巧的人。

她不仅在自己的工作岗位上任劳任怨，多年来未曾请过一次年休假，当有新入职的同事向她请教经验时，她更是毫无保留地分享。版面如何编排更好看，稿件采写时应该如何抓重点，但凡有所问，她都毫无保留。

每天下午版面签付印时，她若没外出采访留在单位，都一定把每个版面的日期、星期再核对一次。偶尔遇上有错漏，即使不是她自己编排的版面，她也主动帮忙修改。虽然这只是一个小细节，她也日复一日地坚持着。

因为自己常年奔走在采编一线，深知时间的重要性。当得知有同事因为采编任务多时间紧时，她就会主动帮忙版面校改，让同事可以放心外出采访。

多年的默默耕耘，收获的不只有读者的肯定，还有同事们的认同：她采写的稿件笔触灵动、温馨感人，她编辑的版面精致秀气、赏心悦目。长年伏案，兢兢业业，2007 年至 2013 年，在汕头经济特区报社的年度考核中，她连续七年被同事推选评为优秀。因为表现突出，还曾获“汕头市优秀团干部”“汕头市园林绿化先进工作者”称号。

（周晓云 / 文　图片由受访者提供）

档案

陈文兰，1976 年 1 月出生，广东汕头人，1997 年加入中国共产党。现为《汕头都市报》专刊副刊部执行主编、汕头都市报团支部书记。

给孤儿们妈妈般的爱

——记汕头市儿童福利院社工股

漫长的走廊上隔设有十几个房间，透过铁门可窥见房间内孩子的举动：笑、哭、闹、发呆。无论是何举动都让人心生恻隐，因为这是一群特殊的儿童，这是一群被父母遗弃的残障儿童。但在他们悲伤的生命旅程，仍有某些快乐的情绪和美好的记忆，这便是汕头市儿童福利院所有职工努力的目标和成果。在汕头市儿童福利院儿童社工股，

股长林柳素和职员曾晓芹接受了本报记者采访。

关怀照顾：一切为了孩子

福利院儿童社工股部门共有干部职工 8 人，其中党员两名。部门成员都是女性。她们以女性独有的温柔、善良和细心，照顾着全院约 140 名孤障儿童，给予他们母亲般的关爱和温暖。

该股室负责院内孤障儿童的日常生活照料工作，从衣食住行到疾病养护，职责繁重且紧要，加之院内的突发事故不少，各种工作要协调完成好，难度不小。面对采访，林柳素对于股室内互帮互助的同事

关系表示感恩："谁突然抽身到外办事，马上有同事顶替她手头的工作，正是这种无私互助的关系，让各项工作得以顺利完成。"曾晓芹则夸林股长管理有方，且碰到难事、苦事，林股长总是身先士卒，带动股室全体同事克服每一次困难。受到下属真心的夸奖，林柳素露出会心的笑容，附声道："一切为了孩子。"这六个字也是汕头市儿童福利院的办院宗旨。

谈及各项日常生活料理，她们印象最深的都是给孩子喂食这一项。孤障儿童因患有唇腭裂、心脏病或脑瘫，进食居多存在严重障碍。护理员只能耐心地尝试各种办法，哄着、骗着让每个孩子都能足量进食。有时候喂食一个孩子得花上半小时，经常在喂食孩子过程中被喷吐一身的食物，但每位护理职工都不会有所埋怨，有的只是爱与关怀。

"他们就像我们自己的孩子一样。"交谈中林柳素经常重复这一句话。大多数孤障儿童，在出生不久，就被父母遗弃，转送到福利院时仍是一副初生婴儿的模样，眉眼懵懂充满好奇。福利院职工养育着这些小孩一天天成长，彼此间的情感也一天天累积。由于特殊的身体状况，福利院里的孩子只有极少数能被新家庭收养，所以很多孩子会在福利院待很长的时间。截至记者采访时，在汕头福利院待得时间最长的"孩子"，他待了30多年。

呵护备至：8位妈妈轮番照料双胞胎姊妹

院里能开口叫人的孩子，对护理人员多称呼为姐、阿姨或老师，独有一对双胞胎姊妹称呼护理人员为妈妈，如称呼林柳素为素素妈妈，称呼曾晓芹为芹芹妈妈。这一声称呼，让社工股全体同事暖透心田，8位妈妈对双胞胎姊妹呵护备至。

夏天炎热，会有"妈妈"领着双胞胎姊妹到自己寝室的床上睡觉，给她们扇风降温，让她们睡得舒适安详。一年四季，不少"妈妈"从家里带来吃的喝的，给双胞胎姊妹补充营养，更有"妈妈"专程在家煲骨头汤送来给姊妹喝，在排到自己休息日的时候。

双胞胎姊妹身患侏儒症，但在8位"妈妈"的精心照料下，姊妹两人的身体状况明显好转。终于在福利院待两年后，被美国一善心家庭收养。虽然离开了"妈妈"们，但定居海外的双胞胎姊妹仍然享受着家人深厚的爱。

心中有爱：没有血缘却胜似亲人

谈到职工吴阿姨和小男孩阿宇的故事，曾晓芹语气激昂、眼神绽光。“我讲得不好，如果你能亲眼看见吴阿姨和阿宇的日常相处，一定会非常感动。”曾晓芹对记者说道。

小男孩阿宇，是院里吴阿姨最疼爱的孩子。有同事问吴阿姨，疼爱阿宇的原因。吴阿姨只是简单说一句：“他特别懂我。”

吴阿姨不仅在福利院对阿宇无微不至，还经常带阿宇到自己家里，做饭给他吃，陪他玩游戏。阿宇特别喜欢吃吴阿姨做的炒饭和粿条汤——“大碗大碗地吃”曾晓芹描述道。阿宇很懂事，吴阿姨洗碗时，他就安静地看电视。

在福利院午睡时，阿宇经常趴到吴阿姨身上，头枕着吴阿姨的肚皮，这个如同婆孙间安详的午睡场景，无比温馨。有一次，吴阿姨在福利院不小心摔了一跤，肩膀受伤，自己不断揉抚肩膀舒缓疼痛。阿宇看见后，走近吴阿姨，有语言障碍的阿宇，口齿不清地说道：

“姨……你这里……痛吧，我帮……你揉。”说完小手便按在吴阿姨肩膀上，开始来回揉动。一瞬间吴阿姨再感觉不到了疼痛。

阿宇患有先天性心脏病，后在天津成功施行手术。在福利院待三年后，被外国家庭收养。阿宇离开后，吴阿姨思念不减。在整理捐赠衣物时经常感慨：“这件给阿宇穿一定好看。”阿宇爱吃香蕉，看到香蕉吴阿姨就会默念，“不知道阿宇在外国有没有香蕉可吃。”

“没有血缘关系的两个人，有这么浓的爱，非常不容易。”曾晓芹用一句感慨结束这个动人故事。

漫长的走廊上有一块宣传画板，画板上有孩子游戏的场景和一首诗。诗名为《当我真的有爱时》：“当我真的有爱时 / 我会在你说话时凝视着你 / 我试图理解你在说什么 / 而不是在准备怎样回答 / 我接纳你的感受，听到你的想法 / 看见你的灵魂……”

（辛挺 / 文　袁笙 / 摄）

档案

汕头市儿童福利院儿童社工股现有干部职工 8 人，其中党员 2 人，45 岁以下党员 2 人。

曾爱东：律政才女侠骨柔情

从业21年，曾先后荣获全国妇联“全国维护妇女儿童权益先进个人”、广东省妇联“优秀志愿者”、广东省律协“行业公益法律服务杰出贡献奖”“热心社会公益优秀共产党员”“婚姻家庭法律专家”等称号。记者采访她的这天，她的行程满满当当：8时30分前往汕头市社保局开会、9时30分接受采访、11时到街道调查取证、下午在汕头市超市供货商协会开会，她说，这是她工作的常态。身为一名入党23年的老党员，她初心依旧，谈起专业细致认真、谈起弱势群体维权充满怜悯、谈起女儿柔情似水……她是曾爱东，国信信扬（汕头）律师事务所副主任律师。

再艰难，面对持久战也不言退缩

记者采访曾爱东的当天下午，她要去汕头市超市供货商协会参加理事会扩大会议，议程的一个重点，就是与5年前因原大众购物中心倒闭被拖欠巨额货款的供货商商讨货款执行分配事宜。

2011年3月23日晚，原大众购物中心召开供货商大会，公司法人代表林某在会上宣布超市因经营不善倒闭，无力偿还上亿元的巨额欠款。这件事让供货商们损失惨重，在相关部门及供货商协会的引导下，当年4月中旬起，100多户供货商将大众公司及股东林某、陈某娇夫妇告上法庭。

作为原告方的代理律师，曾爱东说："当时，汕头市的四家区级法院共受理了150多宗案件，涉案金额5000多万元，并于2012年3月移交给大众公司注册地汕头市金平法院。为了慎重起见，法院选择了其中立案较早的'汕头市X辉百货有限公司起诉案'先行审理，并以此作为示范性判例，其他同类案件中止审理，届时再按照该案的生效判决参照审理、判决。一审判决的结果是：大众公司应偿还汕头市X辉百货有限公司货款及利息损失，但驳回原告要求大众股东林某、陈某娇夫妇对公司债务承担连带责任的诉讼请求，理由是证据不足。然而供货商并不接受这样的判决结果，也是本案争议的焦点与难点。根据公司法等有关规定，一般情况下，有限责任公司股东仅以其出资额为限对公司债务承担责任，公司以其独立财产承担责任，当公司财产不足以清偿其债务时，股东不承担连带责任。"不按正常套路出牌，面对这100多户群情激昂的供货商，主张认定林某、陈某娇夫妇对大众公司债务承担连带责任的事实和法理依据何在，对一位女律师，这是一场极具挑战和考验的博弈。

原告方不服一审判决，向汕头市中级人民法院提起上诉。汕头中院破例由5位法官组成大合议庭审理此案，曾爱东在法庭上据理力争，供货商群策群力搜集证据，大量证据显示林某、陈某娇夫妇在经营大众公司过程中，存在股东个人财产与大众公司财产混同、经营场地混同、业务混同情形，足以证明股东滥用公司法人独立地位和有限责任。二审法院审理查明上述证据属实，而被告方始终未能提供证据予以反驳，因此认定林某、陈某娇夫妇存在公司与股东财产混同情形，大众公司没有拥有独立法人人格，判令林某、陈某娇夫妇应对大众公司债务承担连带清偿责任。

案件至此仍未结束，林某、陈某娇针对汕头中院关于"承担连带清偿责任"的判决向广东省人民检察院提出抗诉申请，并获检察院向省高院提出抗诉。省高院立案后，将该案指定由汕头中院进行再审，然而铁证在前，再审仍维持原判，而此时，已经是 2014 年 4 月 16 日。追偿仍是一个漫长的过程，事发 5 年过后的今天，曾爱东仍奔走在为供货商们追债维权路上。更难能可贵的是，她向每位供货商收取的代理费只有正常收费的十分之一，并且是在供货商拿到赔偿款之后再行收取。

再忙碌，为弱势群体发声不遗余力

专业的态度、执着的追求，“大众”系列案的全面胜诉成为曾爱东的代表作之一，赢得了案件中作为弱势群体供货商们的赞誉，而在她的职业生涯中，为弱势群体发声正是一个标签。尤其是她在妇女维权方面做出的贡献为人称道，但她自己却觉得不足挂齿，这就是身为一名共产党员对社会的责任。

2006 年，曾爱东发起创建了一支由汕头市热心公益的执业律师组成的妇女维权与法律帮助志愿者队伍，她说：“10 年来，我带领这支队伍开展形式多样的妇女维权法律宣传、咨询和法律援助活动。每年参与处理妇女信访个案两千多件，办结率均达 99% 以上。而最令我倍感欣慰的是，执业律师工作任务繁重，但是这支队伍却日渐壮大，工作热情持续不减，目前人数已近 80 人。”

她自己身先士卒，不仅坚持每年都到学校、村居、企业开展十几场妇女权益法律知识讲座，还先后代理妇女维权案件近两百宗，并且对生活特别困难妇女免收减收代理费，对妇女遭受家庭暴力、财产侵权等案件敢于碰硬，仗义执言，最大限度地为妇女维护和争取权益。2012 年 8 月 27 日，汕头市龙湖区人民法院发出了首份“人身保护令”，对正在离婚诉讼的申请人林某进行人身安全保护，这同时也是汕头市法院首次发出“人身保护令”，而林某的代理律师正是曾爱东。

再没空间，也给幸福腾点地儿

如此敬业的一位律师，不难想象她的办公室里堆满了案卷和相关法律文书，曾爱东的办公室也确是如此，然而在墙角一个置物架上的其中一层却明显与这间办公室 " 风格不同 "。这一层摆放着曾爱东与她的爱女的合照，还有两个印有她们的头像的布娃娃，而曾爱东的微信头像，也是她与女儿的合照。

长期忙碌的工作，付出的就是与家人相处的时间与空间，曾爱东坦言，在这点上，其实她是有点小遗憾的，特别是当女儿处在青春期的时候，由于缺乏更多的陪伴、沟通，女儿没有照着她设想的路子成长。

“但是现在想起来，这也不是件坏事，管得太多，有时反而适得其反，如今女儿个性独立，有自己的一片天空，也很能体谅我的工作，每天有空，我们母女俩都会聊心事，就像闺蜜一样……”说到这里，曾爱东脸上满是笑意。

春风化雨，润物无声。无论对待工作还是对待生活，曾爱东只有一个原则——实实在在，而她，也正享受着实实在在的收获、实实在在的幸福……

（蔡维驹/文　图片由受访者提供）

陈少生：南海救助一线的排头兵

作为一个海滨城市，汕头拥有长达 217.7 公里大陆海岸线，是我国南海重要的港口、国际航线始发地和途经口岸，每天航行经过的大小船舶不计其数。每当海上船舶出现危难险情时，南海救助局汕头基地就成为海上的“110”，救助（船）艇上的工作人员总会在最短的时间内奔赴海上事故场点，开展生命、财产、环境的救助，这当中，就有默默地为每次顺利航行和救助成功做出贡献的陈少生，这位汕头基地“华英 392”艇的轮机员，是一名 10 年扎根于救助一线的基层共产党员。

照看设备像呵护小孩一样

35 岁的陈少生，在“华英 392”艇当一名轮机员。轮机员所处的工作环境最脏最差，是一份见不到阳光的累活，但他无怨无悔一干就是 10 年。与甲板面工作相比，甲板下几平方米的机舱显得更为狭窄，工作环境更为艰苦。出海航行时机舱内 40℃到 50℃的高温和 90 分贝的噪音，让人相当难受，但这里是船艇的心脏、航行的保障，也是确保出海救助安全成功的关键。

在救助、演练之余的大部分时间里，对救助艇上的设备进行维护是陈少生的主要工作。艇上机舱结构复杂，设备种类繁多，其中涉及到机、电、气控制系统等，只有熟悉机器，对机械故障有预见性，才能及早解决、消除隐患。陈少生凭着认真细致的工作态度、过硬的轮机技术，掌握经常运转机件部位的实时情况，从各连接处有无松动，润滑是否良好，动作是否灵活，有无异常磨损等环节，创新了望、闻、切检查方式，借助不同仪器，弄清每一种不正常的变化，仔细分析，查明原因，找出隐患，千方百计堵塞轮机可能出现的跑、冒、滴、漏故障现象，从而确保救助艇每次出海的安全可靠，他的这种高度执情的工作态度赢得了汕头基地领导的肯定及艇上同事们的赞许。对此，陈少生笑着说："维护'华英 392'艇这个比我还大的老家伙，工作量确实很大。但是工作再多，一件一件地做总能做完。有时候真是觉得它就像个小孩儿，需要你细心去呵护。"

以过硬技术确保救助任务

电话采访陈少生时，他刚刚结束一场海上救助演练回港上岸，电话那头能听出海上呼呼作响的风声，陈少生告诉记者，由于艇上人手较紧，工作任务重，自己已有三个多月没回家了。

"华英 392"作为汕头基地主要的高速救助艇，担负着汕头海区近岸 50 海里的生命、财产、环境救助三大保障任务。陈少生作为轮机员，明白其岗位的重要性。当原"华英 392"艇轮机长调离岗位后，陈少生便主动挑起机舱管理的重任，凭借细心加责任心制作了 5 个机舱内部操作规范流程图，保证该艇设备的正常运行，确保救助和训练安全。

2016 年 5 月 30 日，"华英 392"艇到芹屿救助在该海域遇险的 3 名渔民后，在回港途中艇上的两部主机中一部突发故障，陈少生凭借过硬的技术，冷静地判断故障位置并及时进行排险：一是将两部主机同时降速；二是停车，对尾轴进行刹车，从而避免了故障主机齿轮箱的损坏，确保救助任务顺利完成。

别人不愿做的事他主动做

记者得知，陈少生除了是“华英 392”艇轮机员外，还是基地工会会员推选的代表。他十分珍惜来之不易的这一身份，积极参加基地工会工作，团结基地职工会员，主动承担会员与工会的沟通桥梁作用，协助领导开展各项工作。

“华英 392”艇艇长黄坚鹏与陈少生同事多年，对陈少生的工作业绩给予这样的评价：“陈少生是艇上三名党员之一，在工作中，他时刻以党员的标准严格要求自己，与同事合作时，积极倾听来自同事的意见和建议，能主动将自身经验传授给新来的同事，密切合作相互帮助。在生活中，陈少生也是乐于助人。2013 年春节，为了照顾基地的同事小李能够回从化老家与家人团聚，他主动放弃了与家人团聚的机会，在‘华英 392’艇的停泊地——南澳岛云澳镇值班站坚守岗位。可以说，别人不愿做的事，他主动做；要求别人做到的事，自己首先做。从不揽功诿过，不与人争名利，为汕头基地的干部职工树立了一个共产党员无私奉献的形象。”

（张春华 / 文　图片由受访者提供）

档案

陈少生，1982年10月出生，厂东饶平人，1999年6月加入中国共产党，现为南海救助局汕头基地“华英 392”艇轮机员。

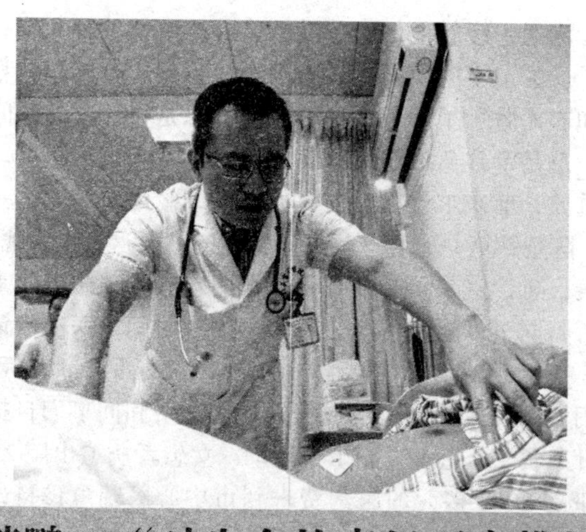

陈楚鹏："对生命的责任不容推卸"

"急诊真不是人干的！"影视剧里有点"灰"的台词，在汕头市中心医院急诊科副主任陈楚鹏眼里，只是一种"过于艺术化的表述"。在急诊科 25 年的救治工作中，陈楚鹏考虑最多的是：能不能救治更多的病患，挽救更多的生命。"时间就是生命，责任不容推卸"，这才是陈楚鹏及他的同事们时时牢记的"台词"。

早上 7 点半，陈楚鹏就匆匆赶往病房，开始了一天的工作。而晚上的休息时间，他也是随时待命，急诊科室一有突发情况，陈楚鹏都会第一时间赶到医院，与同事们一起奋战于救治一线，以无怨无悔、守岗敬业诠释医者精神，体现了一名共产党员高度的责任心与使命感。

尽职：医院、患者最"重要"

一天晚上，12 点多，已经入睡的陈楚鹏突然接到科室电话：一名患者因情绪失控，将一瓶农药倒入病房的厕所里，刺鼻的气味不仅影响到其他患者休息，也给整个急诊住院病区带来了恐慌。听到这个情况，陈楚鹏立即驱车前往医院。到了科室，陈楚鹏在听取了有关患者的情况后，一边安排人员处理农药的刺鼻气味，一边又忙着与受到惊吓的患者沟通，缓解他们的恐慌情绪。待事情处理完毕，已经是凌晨2点多了。为了不耽误第二天的工作，当夜，陈楚鹏就直接在办公室桌旁“和衣而卧”了。在医院的时间，总是比在家的时间多；在家里的时候，总是牵挂急诊科室的病患情况，每天电话不断。“医院”比“家”重要，前来求诊求医的病人，像结缘的“朋友”一样重要。一直以来，陈楚鹏就是这样“权衡轻重”的。而这，也让他收获良多。

有一天，急诊室来了一名身无分文的乞丐，他带着病重的妻子前来求医。听到同事汇报的情况，陈楚鹏第一时间向医院申请了“绿色救治通道”，对患者实施先行救治。在20多天的治疗过程中，陈楚鹏和同事们看到患者夫妇连饭钱也掏不起，便和同事们自掏腰包为他们解决一日三餐，令患者夫妇十分感动。女患者病愈出院2个多月后，她的丈夫带着2000多元的医药费来到市中心医院急诊科，说：“感谢你们当时对我妻子的悉心救治，我来还欠你们的钱，我不能让你们这些好心人吃亏啊！”

“其实，这只是举手之劳，听到病人和家属的一声道谢，我们就心满意足了。”陈楚鹏感慨道，“这份工作带给我许许多多的感动，无论如何，我觉得作为一名医生，就应该设身处地为每一位患者着想。”

欣慰：准确诊断，挽救生命

急诊科，是医院重症病人最集中、病种最多、抢救和管理任务最重的科室。因此，急诊科医生每天都要面临严苛的挑战。2009年的一天，一名突发胸口疼痛的病人走进急诊室，而接诊的正是陈楚鹏。陈楚鹏按正常的问诊程序对患者进行检查，尽管第一次心电图检查显示一切正常，但看到患者痛苦的表情，多年的临床经验让陈楚鹏不由得心里“咯噔”一下：“应该是急性心肌梗塞。”这样的突发症状非常危险，于是，他立刻为患者做了第二次心电图，同时抽血样进行检查，结果不出所料。在对病人进行确诊后，陈楚鹏第一时间做了应急处理，挽救了该患者的生命。

作为急诊科的医生，面对一些突发的自然灾害，常常要奔赴最脏、最苦的第一线。作为科室的副主任，每次发生台风、内涝等重大自然灾害时，陈楚鹏总是主动请缨，亲临一线参与救灾救人。他说：“哪里有伤病，哪里就是医生的战场。”

奉献：不遗余力传播急救常识

急诊抢救，也不是每一次都能成功。在那些遗憾离世的患者中，一名因未能得到及时抢救而死亡的年轻小伙子让陈楚鹏印象最为深刻。那是一个20多岁的小伙子，和朋友一起打篮球，中途晕倒在地，因为当时身边的人都不懂现场急救术，耽误了最佳的抢救时机，当120急救车赶到时，已经无力回天。

在25年的急诊工作中，陈楚鹏目睹了太多因耽误最佳抢救时间而致残致死的例子。每一次眼睁睁地看着病人因“误时”抢救而被“死神”带走时，他都倍感遗憾和痛心。他说：“很多情况下，病人只要得到及时抢救就能脱离危险，却时常因为身边的人缺乏急救常识而失救，这样的代价太沉重了！”生命的代价，让陈楚鹏深深地意识到普及急救常识的重要性。

从2012年开始，陈楚鹏就经常利用休息时间，到汕头市的各大企事业单位、公共场所义务向市民普及急救常识。他说：“医生的力量是非常有限的，只有把我所掌握到的有效的急救方法传播给更多的人，让更多的人学会自救、互救，才能减少更多的伤亡。这才是一名医生价值的真正体现。”

心系患者，视挽救生命为医者不容推卸的责任，陈楚鹏在医院急诊第一线25年如一日的辛勤付出，向我们展示了一名共产党员应有的担当。

（张琪／文　图片由受访者提供）

档案

陈楚鹏，1965年11月出生，广东汕头人，1991年4月加入中国共产党，现任汕头市中心医院急诊科副主任，全科医学科主任。

和风细雨解民忧

——记汕头市人民检察院控告申诉检查科

“请坐，您先喝杯茶，慢慢讲清楚……”无论来访的群众是声泪俱下地哭诉，还是怒气冲冠地责问，走进汕头市人民检察院接访大厅，控告申诉检查科（下称控申科）的接访人员总会面带微笑地主动上前打招呼，为他们泡茶，耐心地安抚他们的情绪，认真倾听他们的诉说，让来访者如沐春风。“听到这样温暖知心的话语，心中的怨气就打消了一半。”一名来访者道出了自己的心声。

耐心：坦诚相待

控申科的工作，外行人看，感觉就像是旧时衙门堂前的大鼓，老百姓敲响它，冤情就能大白于天下。而内行人心里明白，控申科的牌子下面，是密切联系群众的“桥梁”和“纽带”，点多面广，工作量大、难度高。特别在接访一些情绪激动的集体上访者时，更加考验着一个检察官真正为民办事的耐心以及心理承受力。

“做群众工作，沟通方式很重要。”作为倾听群众“烦心事”、为群众奔走解决诉求的控申部门负责人，无论来访群众言语多么难听、行为多么过火，科长吴建生始终悉心调处，依法办理。有一次，检察院门口来了一帮人想要为其亲属取保候审，门口的保安告诉他们从后门进才是接访大厅，前门是工作人员出入口。可这样一句话却激怒了来上访的群众，他们抓住“后门”这个词不放，认为检察院在轻视他们。听知消息的吴建生马上赶到门口，他耐心地向上访者解释，接访大厅在西门，东门是其他业务的通道，请大家前往西门，他在那里等他们。一样的地方，不一样的说辞，及时把苗头化解在萌芽状态，吴建生赢得了来访群众的赞誉。

恒心：化解矛盾

“我们能为来访者解决诉求就是在积德。”吴建生时常把这句话拿来与同事们共勉。控申科把每一个上访群众的事当成自己的事，时刻让他们感受到党和政府的温暖，仅在 2015 年，控申科就接待来访群众 848 批 1672 人，受理各类信访件 240 件，受理举报线索 208 件。

20 世纪 90 年代，柯某某因与邻居林某某发生纠纷进而被打成轻伤，经法院判决林某某向柯某某赔偿人民币 12000 元，但柯某某不服，经多次审理后，于 2013 年向检察院申诉。由于该案的生效裁判已过 17 年，双方矛盾一直未能化解，积怨甚深。承办人余莹认为处理该案既要考虑申诉人的合理诉求和办理案件的法律效果，更要注重化解双方的矛盾，修补领里关系。她了解到双方都有和解意向，但柯某某要林某某赔偿 13 万元，而林某某只愿意赔偿 3 万至 4 万元，和解工作一度陷入僵局。但余莹不轻言放弃，她和控申科其他几位承办该案的同事吴建生、张钦泉、陈镇杰四人多次分别约谈双方当事人，一场谈不拢，二场谈不成，继续约谈，始终对当事人晓之以理，动之以情，不达效果不放弃。经过承办人锲而不舍的努力，林某某最终向柯某某赔偿 92000 元，双方握手言和尽释前嫌。申诉人柯某某对控申科的工作表示非常赞赏和感激，还专程送去“感恩公正，依法办事”的锦旗。

公心：勇担道义

“以公平正义捍卫者的身份还原真相，让被告心服，让百姓心安，以‘立检为公、执法为民’的理念向社会传递正能量。”从进入检察院的那一天起，吴雪清就以此为誓言，凭着对检察事业的满腔热忱，战斗在控申科的岗位上。

2004 年，犯罪分子陈某某伙同他人将与其有矛盾的陈某明砍伤致死，逃窜多年后到公安机关投案自首。2011 年，法院判决被告人陈某某判处有期徒刑五年九个月，被害人陈某明的胞姐不服判决，遂向潮南区人民检察院提出申诉。2014 年，潮南区人民检察院提请汕头市人民检察院按照审判监督程序提出抗诉。经过与同事黄武江、陈琳琳一起认真审阅案卷材料，承办人吴雪清认为原审判决认定事实清楚，证据确实、充分，但原审判决量刑明显不当。为维护司法公正，准确惩治犯罪，汕头市人民检查院决定提出抗诉，派员出庭。最终被告人陈某某改判有期徒刑 10 年。

真心：执法为民

要让群众依法信访，控申科的干警尤其要加强学习，提高自身修养，才可以树立起群众对法治的信心。身为控申科党支部书记的吴建生，始终坚持“三会一课”学习制度，组织全体党员干警积极参加各项政治理论学习和专题活动，经常性地组织开展对党的理论知识的认识和讨论，不断提高党员干警的思想认识，自觉端正工作态度，充分发挥党员先锋模范作用。

正因为吴建生带领他的同事用心工作、执法为民，控申科获得了全国精神文明建设先进单位、广东省文明单位、汕头市全民立德修身行为实践基地、“全国文明接待室”和“全国文明接待示范窗口”等称号，他们公正、文明执法的形象得到了广大群众的认可与好评。

（姚之瀚 / 文　图片由受访者提供）

档案

汕头市人民检察院控告申诉检查科现有干部职工 10 名，全部为共产党员，其中 45 岁以下党员 3 人。

筑造华南最长最深外海防波堤

——记广澳港区防波堤工程管理办公室

欲把汕头港打造成华南沿海亿吨大港，加快建设粤东区域交通航运中心，首先需要一个坚固的防波堤，这是一切工程的基石。为了构建牢固的基石，汕头市港口管理局广澳港区防波堤工程管理办公室的工作人员特别是共产党员，四年来，坚守在施工现场，不畏日晒雨淋、风吹浪打。他们想方设法，多渠道解决资金难题；多措并举，全力抓好工程质量管理；上下沟通，创造良好施工环境，全力推动工程取得重大进展。今天，让我们一同走进他们，了解防波堤建筑工程中的故事。

解决资金难题，保障工程进展

广澳港区防波堤工程是国家交通运输部“十一五”跨“十二五”重点项目，列“广东省新十项工程项目”之一，目前是华南地区最长最深最大的外海防波堤。防波堤项目包括两个标段，其中西防波堤长 6212.6 米，外东防波堤长 1843.3 米，总长 8055.9 米，总投资约 16.28 亿元。为加强工程项目的实施、组织和管理，汕头市港口管理局党组书记、局长郑新亲自挂帅出任办公室主任。

由于该项目是非经营性的港口公共基础设施项目，建设资金从交通运输部争取到补助约为三分之一外，其余11.7亿多元由汕头市自筹。这是一个不小的资金压力，建设过程中一度面临交通运输部补助资金即将用完，直接制约项目进展的窘迫局面。为解决资金难题，确保项目进程，防波办想尽一切办法，通过多种渠道解决资金问题。一是突破常规，通过与政策性银行农发行汕头市分行深入沟通，明确市港口局作为承贷主体，贷款5亿元；二是通过市政府向省申请到海域使用金返拨1.62亿元用于该工程建设；三是向交通运输部主管局领导反映实际情况，争取到余下7380万元补助资金全额拨付；四是争取到省交通厅连续三年、每年安排500万元专项补助资金。通过上述途径，防波堤工程资金基本得到落实，保证了项目的推进。

抓好工程质量，确保施工安全

质量是工程建设永恒的话题，是港口基础设施建设的灵魂和生命。工程正式开工建设伊始，防波办领导就明确提出，工程建设要将实现“优质、平安、和谐”作为目标。

作为工程项目建设的投资主体和责任主体，防波办自觉纳入构筑牢固的“政府监督、法人负责、社会监理、施工自检”的四级质量保证体系，充分发挥主导作用，完善各种会议制度。动工建设近四年来，已召开工程周例会和月度会166次。遇到重大问题和突发情况还召开各类专题工作会议，协调解决制约项目进展的一系列重大问题，及时化解施工过程各种突发矛盾，为项目建设创造良好的环境条件。

同时，加强日常施工巡查监督，抓好工程质量安全管理。工程安全，重在预防。为此，防波办的同志们不仅及时通知、督促各施工、监理、设计单位认真进行自查自纠，提高工程管理水平，还亲自到施工现场，不定时开展巡查，督促和监督施工单位全面落实方案、措施、工艺，规范施工，积极创建“平安工地”，打造“平安工程”。

截至目前，工程总体质量受控，安全生产状况良好，没有发生质量安全事故，就是工程安全最好的答案。

面对恶劣天气，他们迎难而上

汕头港广澳港区地处南海大浪区之一，每年台风影响频繁。防波堤工程是华南地区最长最深最大的外海防波堤，施工周期长、施工条件恶劣、牵扯面广，防风抗台难度大。

每次台风来临之前，防波办都密切关注台风动向，及时转发台风信息，提醒督促项目部做好防台工作，组织防台工作和方案落实检查，查看指导工程加固、机械设备船舶现场撤离、预制场大型设备防风措施、民工宿舍加工及人员撤离安排等，及时了解落实情况。

2013 年，我市接连遭受“8×17”强降雨和超强台风“天兔”两次罕见的自然灾害袭击，防波办党员干部及时到防波堤现场巡查，了解工程受台风影响情况。台风过后，防波办迅速反应、科学有序、全力组织灾后复工，并督促施工方加快办理保险理赔事宜，最大程度规避工程损失风险，确保工程尽快恢复施工。工程开工四年来，经历过多次台风，没有发生因台风人员伤亡和设备损失事故。

“天兔”台风来临前，防波办还腾出房间给民工居住避险，为他们提供食品等生活物资，同时党员干部带头坚守在工地现场值班，随时掌握动态，直至台风登陆警报解除。局长郑新以身作则，千方百计争取部、省相关部门的超常规支持，并亲自协调解决施工中的各种难题。副局长陈晓峰、总工程师周江泉常年驻守在工地上，抓进度，抓质量，抓安全。共产党员王少宏身患重病，仍然坚持工作，认真履行好综合行政管理职责，同时一直保持着革命乐观主义精神。这里每一位共产党员，都自觉地在平凡的岗位上，默默无闻地工作着，谱写了一曲曲先锋模范的赞歌。

（周晓云 / 文　图片由受访者提供）

档案

汕头市港口管理局广澳港区防波堤工程管理办公室，现有干部职工 20 人，其中党员 17 人，45 岁以下党员 9 人。

郑利辉：巾帼女侠的兰质蕙心

汕头市信访局接访科坐落于汕头市市委大院西侧，这是市委机关处于一线的最接地气的部门，它直接接受群众来访。作为连接政府与群众之间的重要桥梁，信访局接访科有其特殊的属性与职能。近日，信访局接访科科长郑利辉接受本报记者采访，道出她工作中饱尝的酸甜苦辣。

搭起群众与政府的桥梁

"我从 1994 年开始从事信访工作，担任接访科科长也有 5 年时间，直到今天我仍然感受到这份工作带来的挑战性，担心自己哪里干不好。"郑利辉对记者说的这番话显然过于谦虚了，自 1994 年从事信访工作以来，不论在书记、市长专线直拨电话，还是接访、办信岗位，郑利辉都凭借高度的责任感和强烈的事业心，出色地完成每项工作，在平凡的岗位上做出不凡的奉献。多次获得"岗位排头兵""优秀共产党员""管理工作先进个人"等荣誉。

然而，郑利辉的说法也在理。因为信访工作直面社会、群众种种纷争与矛盾，当矛头指向企业或个人时，常常有法可依，依法办事即可，但当矛头指向政府部门时，问题往往变得非常复杂与棘手。

有少数群众，因法律意识淡薄，或不满法院判决结果、或不满审判时间过长，进行非法上访甚至是暴力上访，这些都是郑利辉和她的同事所面临的困难时刻。

郑利辉说，面对上访群众痛哭、下跪，面对有群众半夜扛一口棺材来上访的情况，是自己在岗面对的一个个艰难的挑战。

郑利辉这样形容这份不容易的工作："我们是群众与政府之间的桥梁，我们是理性与感性之间的桥梁，我们更是心与心之间的桥梁。"

4年"女儿"与多年"同志姐"

郑利辉接待过的上访群众，印象最深的一位是孤寡老人张慕芸。2012年9月至11月，原汕头市精细化工厂退休职工张慕芸多次到信访局接访科进行上访，且每次上访滞留时间较长，最长一次滞留到夜晚9点，经郑利辉和街道相关领导耐心劝导后，方同意回家。

张慕芸上访是因与邻里闹纠纷导致租赁关系终止，自己终生未婚，无子嗣，要求自己原所属国营企业与政府为其晚年负责，安排其进住市福利院。其原所属国营企业认为自身已完成制度改革，拒绝对张慕芸担负任何责任。因此，所有重担落在信访局接访科肩上。

郑利辉积极联系各相关部门，开证明提申请，进行多番努力，无奈张慕芸的情况不符合福利院的接收条件，无法入住福利院。张慕芸患有严重的糖尿病，郑利辉担心长时间居无定所会让老人的身体健康情况进一步恶化，便向民间慈善机构寻求援助，最终在存心善堂的帮助下，张慕芸顺利入住存心养老院，得以安度晚年。

张慕芸入住存心养老院后，郑利辉更多次赴院探视，聊家常问近况，面对老人大大小小的需求，郑利辉尽力满足。入住养老院4年后，张慕芸离世。老人的身后事也是郑利辉协调街道、养老院进行妥善料理。张慕芸性情乖戾、行为刁蛮，生前并无亲友往来，是郑利辉的耐心和关爱，让这位老人在人生的最后4年，身边拥有一个像女儿般的亲人。

多年来热心为群众办实事，富有同情心，尽最大努力为群众排忧解难，让郑利辉获得群众亲切的称谓——“同志姐”。

温热双手胜过万语千言

因工作时间存在不确定性，导致郑利辉在照顾家庭方面存在不足，但家人对其工作不仅理解而且支持。儿子在潜移默化中受母亲影响，大学主修法学专业，并在大一时奔赴贵州贫困山村进行支教，他同情大山里的孩子，希望自己将来有能力在更多方面给予孩子们帮助。

采访接近尾声，记者留意到接访科办公室墙壁挂有一面锦旗，上有赠语：真情办实事，廉正解民忧。记者询问锦旗背后的故事，郑利辉说是为一贫困妇女解决社保难题后，对方送来的。郑利辉说，类似锦旗还有十几面，但最令她感动的，不是这类堂皇的褒奖，而是一些无声的感谢：在为一些农民解决纠纷矛盾后，他们因为书念得少，不知道要怎么开口表示感谢，他们就不说话，紧紧握住你的手，用眼神和手掌传达感激之情。

“那是这份工作最甜、最美好的时刻。”郑利辉脸上荡漾着幸福的微笑。

（辛挺／文　图片由受访者提供）

档案

郑利辉，1968年11月出生，广东汕头人，1996年7月加入中国共产党。现为汕头市信访局接访科科长。

余泽鸿：用行动诠释编办人精神

当记者比预约时间提前十几分钟到达汕头市机构编制委员会办公室（简称汕头市编办）监督检查科时，发现还没到上班时间，而余泽鸿已经开始忙碌起来了。他说：“这几天来修改数据的人员比较多，我先把电脑打开，等一会儿他们来时可以节省一点时间。”访谈间，余泽鸿那种时时刻刻“想群众之所想，急群众之所急”的工作作风让记者忍不住赞叹，他却说：“这都是举手之劳，我们多做一点，前来办事的人就能少跑一趟，何乐而不为呢？”

奉公敬业，做办事群众的贴心“客服”

为配合人社部门做好机关事业单位工作人员参保资格确认工作，奠定我市开展机关事业单位养老保险制度改革的基础，从 2016 年 6 月开始，汕头市编办启动汕头市机构编制实名制管理系统人员信息核准工作。市直 520 个机关事业单位两万多人，每人三十几项信息，均由余泽鸿及其同事进行核准，足见其工作量之繁重。在记者采访的短短一个小时里，科室的电话声接连不断，前来修改人员信息的办事人络绎不绝，采访数次被打断，但不管多复杂的问题，余泽鸿总是耐心地回答，其敬业、谦逊和乐于奉献的精神溢于言表。

为了更方便办事群众，余泽鸿还建立了汕头市机构编制实名制微信群，为办事群众及时答疑解惑。微信群一有咨询信息，他都第一时间查阅相关资料给予耐心解释。他打趣说："除了日常工作，我还要做好办事群众的贴心'客服'。"有时候夜里12点多，余泽鸿的手机还会收到办事群众的信息，虽然经过了一天的忙碌已是相当疲惫，但他仍会一一回复。他说："如果工作任务没有完成，群众提出的问题没有解决，心里就像压着一块石头一样十分挂心。"

努力做到不让领导安排的工作在自己这里延误、不让办理的文件和事项在自己手里积压、不让来办事的同志在自己这里受冷落、不让党和政府的形象在这里受损害，自觉维护好机构编制部门的良好形象。他觉得，这是他应尽的本分，他所做的还远远不够。

勇于创新，全省率先采用"三统一"服务

在负责政务和公益中文域名注册管理工作期间，由于注册流程烦琐，加上一些单位对政策不理解，工作开展初期，注册的单位数量很少。面对这一情况，余泽鸿勇于创新，提出"统一收取资料、统一办理网上注册、统一代缴注册费"的"三统一"服务模式，为各单位提供贴心的"一站式"服务。申请单位只需将相关资料和注册费用提交至市编办，市编办安排专人代为网上注册并集中审核，代收费并代付由政务和公益机构域名注册管理中心开具的定额发票，一次性完成注册申请工作。这"三统一"服务模式，成为全省首创。

为了能保质保量完成工作任务，余泽鸿除了完成自己的分内工作，白天负责收取、登记、整理单位上报资料，晚上还要在单位加班录入、注册、审核……面对超额的工作量，他没有丝毫的抱怨，作为一名青年党员，工作上他总是想在前头，做在前头，一心一意当好群众的"服务员"。他的付出有效加快域名注册和续费工作的进度，在较短时间内使该项工作有了突破性进展，注册量较上一年增长1625%，中文域名覆盖率居广东省前列。

中央编办政务和公益机构域名注册管理中心特向广东省编办发来表扬信："你省汕头市编办余泽鸿同志为做好此项工作，踏实苦干，勇于突破难关，发挥了模范带头作用。在此谨对余泽鸿同志提出表扬

并表示诚挚的感谢。”

这封表扬信是对余泽鸿工作的肯定，同时也激励着他奋发进取，开拓创新，更加兢兢业业地去完成每一项工作任务。

迎难而上，高效保质完成权责清单工作

编制政府工作部门权责清单工作是近年来政府简政放权、依法行政的重要举措，涉及面广、时间紧迫、任务繁重。在推进市、区（县）政府工作部门权责清单工作期间，余泽鸿被市编办作为业务骨干抽调到市权责清单第七审核组，负责全市公安、司法、法制等线条权责事项审核工作。4个多月的时间里，他与其他组员一起加班加点，每个月只有两三天的休息时间。他们按照“三上三下”的审核程序，全力以赴推进权责事项合法性、合理性和完整性审查，并多次深入市直单位指导开展权责清单清理工作，确保权责清单审核工作高效统一、严格规范。

余泽鸿谦虚地说：“我只是一颗螺丝钉，与同事共同完成所安排的任务罢了。”但当审核组组长因生病无法继续开展工作时，他迎难而上、主动作为，带领审核组成员按时保质完成工作任务。经多方共同努力，市直和7个区（县）政府部门权责清单同步审核完成并向社会公布，在全省率先完成推进市、区（县）两级政府部门权责清单制度工作，受到省编办的肯定。

或许，他的故事不够轰轰烈烈；或许，他的事迹不够感人肺腑，但他在平凡的工作岗位上履行着自己的职责，用实际行动诠释着什么是“责任”，什么是“奉献”。他，是一个充满干劲、阳光活力的80后，他，是一个让领导满意、群众暖心的80后。一滴水可以折射出太阳的光芒，在他身上，折射出的是“奉公敬业创新高效”编办精神那永不褪色的光辉。

（张琪　杨環銮/文　袁笙/摄）

档案

余泽鸿，1985年11月出生，广东汕头人，2006年12月加入中国共产党。现任汕头市机构编制委员会办公室监督检查科副科长。

仲雪珊：山东妹谱写闪亮人生“档案”

在很多人眼里，档案管理工作无非就是材料的收收发发、整理保管，没有什么挑战性，也不需要花太多时间的一项简单工作。实际上，档案管理是一项复杂的系统工作，它要求档案管理人员必须有进取创新的意识、严肃认真的工作态度。可以说，这虽然是一项看起来平凡琐碎，却需要有一流的素质才能做好的工作。作为汕头海事局办公室的一名专职档案员，仲雪珊既有女性耐心细致的特点，又有不断进取、勇于创新的工作作风，在这个平凡的工作岗位上默默奉献，做出了不平凡的业绩。

努力学习，在实干中提升自己

作为一名档案学专业硕士研究生，仲雪珊从事的正是自己的专业领域。进入单位刚接手档案工作时，面对各项琐细的工作，她也一时间找不到头绪。但开弓没有回头箭，既然选择了这个岗位，就要干好。她是这么想，也是这样做的。在单位的支持下，她先后赴全国海事系统档案管理先进单位学习档案管理工作，并邀请汕头市档案局专家来单位进行业务指导，借鉴了大量宝贵经验，同时认真学习档案管理的规章制度，参加汕头市档案人员岗位培训，努力提升自己的业务能力，通过参考借鉴、向上级部门、市档案局专家以及单位业务处室人员请教，慢慢地掌握了档案的整理方法，理顺了各项工作。

数字化是信息时代下档案管理发展的必然趋势，2013 年，档案数字化管理被评为汕头海事局十大工作亮点，并被评为广东海事局党员品牌工程，推动档案数字化自然成了仲雪珊的一项重要工作。近年来，随着广东海事局推行新办公系统，必须将旧档案管理系统中的数据全部迁移到新办公系统中，实现一个平台统一管理。此时，仲雪珊却发现汕头海事局 2013 年的文书档案电子数据由于历史原因无法迁移到新办公系统中，于是，她主动加班加点一个多月，手动将 640 件文件的各项电子数据从旧办公系统中下载下来并逐条录入新系统中，保障了全局所有文书档案全部数字化的成果。

创新管理，在日常事务中见成效

“其实，档案管理就是一个良心活，如果凭着感觉把档案整理一下，工作也能过得去，但我不想让别人以为当档案员就很清闲，一定要做出点成绩让大家知道档案工作的重要性。”除了做好电子文件的归档工作，仲雪珊注意到电子照片、视频和实物资料的重要性，它们是信息时代下的新型档案载体，于是她定期向各部门收集、整理这些资料，将这些数据录入新办公系统中，实现电子照片在线预览、下载、通过标题和人名快速检索提供利用，并利用电子照片为海事局干部职工制作了纪念相册及《汕头海事“十二五”光影记录》图片集，扩大档案工作的影响力。

档案数字化后，她还及时修订了《汕头海事局档案管理办法》和《汕头海事局文件材料立卷归档实施细则》，并制定了 9 个档案管理制度张贴在档案室外墙，通过制度的形式在全局组建了一支 22 人的兼职档案管理员队伍，归口管理所属单位相关业务档案，并开放整档室给大家轮流整理档案。兼职档案管理员都是海事局各部门的其他业务员，档案工作不是他们的专长，平常一有不懂的他们就会跑去问仲雪珊，有时候回答完一个问题立刻就有人问其他问题，忙得她自己的手头工作都没办法做完。但仲雪珊一点一滴悉心指导：鉴别、分类、装订、盖章、编号、编目、装盒、排列上架，领导和同事都对她的敬业精神赞叹不已。

全力以赴，为机关建设做好服务

在做好工作的同时，她还面临了一次艰难的抉择。仲雪珊祖籍山东，但自小出生成长在江西，来到汕头海事局工作是她第一次远离家乡，担心人生地不熟，仲雪珊的父母很希望女儿能回家工作。一边是热爱的工作，一边是父母的期望，她陷入了激烈的思想斗争，经过与父母长时间的沟通最终说服了他们，留下来坚守工作。

独自在外地生活，让仲雪珊对生活有了更多的思考和感悟，她学会了照顾自己，结交了志同道合的朋友，积极参加单位的各项活动。为了参演广东海事局职工文艺晚会，汕头海事局选择了极富地方特色的《潮汕大锣鼓》作为表演节目，仲雪珊被选为鼓手之一，几种乐器中打鼓动作强度大、对节奏感要求高，对初学者来说难度很大。一周两晚，每晚两小时的训练时间，仲雪珊经常训练完都是手臂酸痛，有时不小心敲到手指肿痛，但她不喊苦、累，对每个动作精益求精，争取动作精准，美观，并不断请教老师和其他鼓手，力争动作整齐划一。课堂时间有限，她抓紧课余时间勤加苦练，对着镜子一个个纠正动作，通过三个月坚持不懈的练习，最终奉献出了气势磅礴的精彩节目。

身为一名共产党员，同时作为办公室党支部小组长，仲雪珊努力配合党支部书记做好党建工作，参与支部各项活动，整理支部台账，使支部党建工作在海事局年终工作考核中得到局机关党委的肯定。文书档案 1203 卷，3989 件，科技档案 3692 卷，实物档案 287 件，这是仲雪珊目前管理的海事局档案，而这些档案也让她自己的人生“档案”更加闪闪发亮。

（姚之瀚 / 文　袁笙 / 摄）

档案

仲雪珊，1988 年出生，山东菏泽人，2009 年加入中国共产党。现为汕头海事局办公室副主任科员。

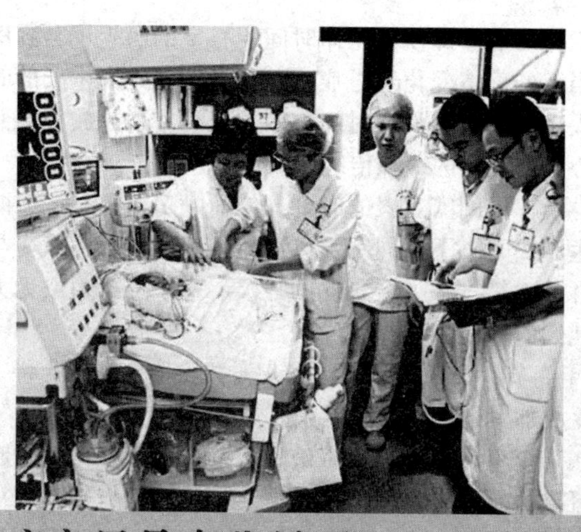

病房里是患儿最暖心的“家”

——汕头市中心医院儿科纪事

汕头市中心医院儿科挤满了前来看病的患儿和家属，虽然略显拥挤，但医患间融洽的交流却让整个科室格外暖心。每每有不配合问诊的孩子哭喊，医生总会耐心安抚，面对家属急切的询问，医生也总是不厌其烦地回答……在科室主任林明祥的带领下，这里的每一位共产党员都主动担当、主动作为、率先垂范，视患者为自己的朋友，用无微不至的关怀让每一位患儿和患儿家属都安心、放心。在年接诊近6000名患儿的情况下，保持连续5年零医患纠纷、零投诉的纪录。

“只要患儿需要，我们再苦再累也值得”

“病人的需求就是我们努力的方向。”作为一名青年党员，主治医师郭予涛从进入科室的那一刻起，就把前辈们的这句话牢记于心，他说：“这是科室的优良传统，也是科室的老党员对我们年轻人的鼓励和鞭策。”

护士长陈倪介绍说：“有时到了中午，我看到郭予涛医生在查房开完医嘱后仍忙着为病人分析病情，就问他：‘今天值哪一班？’得到的回答经常是‘今天我休息。’”这种看似前后矛盾的对话却是他们的日常工作写照。即使是轮休时间，科室的医生也会到医院查房，了解病人当天的病情变化以对症下药，一忙就是大半天的时间。没有时间与家人出游远足，没有时间与朋友聚会叙旧，放弃年假，这几乎成了市中心医院儿科的一种传统。

每年春节，是阖家欢聚的时刻，然而病房里却是一如既往的紧张忙碌。医生和护士脚下如同踩了风火轮一般，疾行在病房与走道里，每一声刺耳的鸣笛，每一声急促的呼吸，每一声有力或无力的心跳都在挑动着他们的神经。

2016 年春节，天气的原因，患儿人数骤增，整个儿科人满为患。这使得人手更加紧缺，很多医生、护士不得不带病上班。“黄灿医生，快来抢救！”夜里，一声呼救打破了寂静，气氛变得紧张起来，医生护士闻讯赶到，原来是当晚值班的一名护士因低血糖在病房里晕厥。该护士下午就出现呕吐、腹泻等不良症状，看到每位同事都坚守岗位，自己也就忍着病痛坚持上班。

见此情况，原本已经下班的三名护士马上申请留下来加班。她们忙碌了一天，虽然已经十分疲惫，但科室里有需要照料的患儿，还有病倒的同事，她们二话不说便开始忙活儿起来。抢救血氧下降的患儿、处理报警的输液泵、安抚哭闹的患儿……在她们的努力下，整个科室的工作都有条不紊地进行着。说起每一年的节假日，他们都充满着对家人深深的愧疚，但看着在自己悉心救治下一天天康复的孩子，大家又有一种难以言喻的喜悦。“只要患儿需要我们，再苦再累也是值得的。”护士马晓霞说。

“即使只有 1% 的希望，也要尽 100% 的努力”

不久前，一名 3 个月大的婴儿因病情危急被送到医院儿科，“接诊时我们发现他患有复杂的先天性心脏病，已经出现肺炎等多个并发症，情况不乐观。”郭予涛说。

虽然在场的每个医务人员都深知该患儿的生还率微乎其微，但他们始终牢记科室主任林明祥的话：“即使只有 1% 的希望，也要尽 100% 的努力。”于是，儿科急救团队展开了一场与死神较量，他们的默契配合，在短短 10 分钟内就打通了两条可以用来液体复苏的静脉通道。抢救室里，是分秒必争的攻坚战，抢救室外，是医生和护士暖心的关怀，他们跟家属讲解病情，建立信任，保证了抢救流程的顺利进行。

虽然最后未能挽回患儿的生命，但在现场目睹整个儿科急救团队抢救过程患儿家属，被医生和护士感动了，孩子的父亲紧紧地握着主治医生的手，不停地道谢。回忆起这件事，医生和护士语气中还带着遗憾，但当他们说出“即使只有1%的希望，我们也要尽100%的努力。”言语中却是铿锵的笃定。

“视病人为朋友”

“记得要帮孩子翻身，每次喂奶要注意时间间隔……”这是陈倪与一位患儿家属的通话。她告诉记者，有些新生患儿家属在刚出院后没有掌握正确的护理方法，常常打电话来询问。“把他们当成自己的朋友，无论再忙，你都愿意抽点时间解答他们的疑问。”她补充说。

“视病人为朋友”成了科室里每一位医务工作者内化于心，外化于行的准则。

为了更好地提升医护质量，在长期的临床实践中，科室的医务人员还根据患儿及家属的需要，打造了“母婴同室”、医护一体化等贴心举措。刚刚康复的新生儿出院前，医务人员会安排患儿和母亲进入专门的病房，并安排医生、护士指导妈妈如何照料襁褓中脆弱的孩子，直到妈妈熟悉这一流程时才能过关出院。通过医护一体化制度，让医生和护士随时沟通患儿病情的变化、及时对症下药，这些贴心的举措无形中增加了医务人员的工作量，却让患儿得到最好的治疗和照料。他们正是这样用爱创造了一个个暖心的故事，让市中心医院儿科成为患儿和家属最信赖的希望之家。

（张琪　杨環鋈 / 文　图片由受访者提供）

档案

汕头市中心医院儿科现有干部职工95人，党员26人，45岁以下党员24人。该科室先后被授予“广东省青年文明号”“广东省工人先锋号”等省市级荣誉称号。

郑泽：三十载一片丹心献审计

微笑中展露沉稳，儒雅间蕴含干练，这是郑泽在工作中给人们的印象。从事审计工作30年，年过半百的他一直以共产党员标准严格要求自己，兢兢业业，忠于职守。多次被评为优秀共产党员、优秀公务员和审计系统先进个人。

“事务就是任务”

由于审计局工作的需要，郑泽先后担任过办公室、综合法规科、教科文审计科这三个科室的负责人，但不管在哪个岗位，只要是局里的工作，需要他去做的，他从不推诿，带领科室同事勤奋工作，屡屡被评为审计局的先进科室。

俗话说：“勤能补拙”。办公室工作既繁杂琐碎，但又马虎不得，一百件事情中哪怕只有一件办不好，都会产生不良影响。每天早上七八点上班、晚上七八点下班；白天做不完的事情晚上继续做；工作日做不完的事情休假日继续做，加班加点，早已成为郑泽的家常便饭。忙归忙，但也不是瞎忙活，在担任办公室主任时，他就常告诫办公室的同事，“事务就是任务”。他从庞杂的事务中理出清晰的工作思路，从笔墨纸张到痰盂扫把，从外出安排到室内照明，事无巨细，样样紧挂心头，力求服务到位。

“磨石不误砍柴工”

2012年，郑泽被局领导安排担任潮阳区社保资金审计组组长，潮阳区当时作为一个拥有167万人口的大区，社保资金审计涵盖社会保险、社会救助和社会福利等十二类十八项资金，涉及多个部门和单位，审计时间紧，任务重。郑泽深知“磨刀不误砍柴工”的道理，积极带头学习社会保障相关法律法规知识及业务操作流程，熟悉政策界限和标准。为了提高审计质量又不影响工作进度，他和审计组同事将各项工作任务细化，整个现场审计工作基本处于“白加黑”状态：白天去单位进行现场审计，收集证据材料；晚上组织研究填制表格，经常加班到深夜。

由于长期紧张和高强度的工作，郑泽患上了颈椎病，他却没有选择休息，买了一些膏药缓解疼痛后继续埋头苦干。在此期间，他家里83岁的老母亲因病卧床，郑泽在确认妻子能好好照顾母亲之后，自己则把孝心化为了工作的动力，正是他这种敬业精神和大局意识，深深地感染着审计组成员。在他的带领下，审计组人员忠于职守，严格执行审计纪律及各项廉政规定，确保潮阳区社保审计工作圆满完成，得到了上级领导和被审计单位的一致好评。

“业务管家”不争功

2015年，由于局内岗位安排调动，郑泽时隔6年又一次回到了综合法规科担任科长。科里一些熟悉的“老战友”已经调走，又来了一些新面孔，但这不妨碍他继续带领大家开拓进取。综合法规科作为审计机关的一个综合性的业务管理部门，门口挂有5个牌子，涉及工作内容广，包括审计业务计划管理、审计质量控制、审计业务材料综合、审计信息、审计项目复核、文件收发、档案管理、机关保密、审计统计等工作，另外还负责市审计学会和市内部审计协会的日常工作，可以说是局内的一个“业务管家”。郑泽深知，要当好这一角色，不仅需要会计、审计等专业知识，而且需要具备相应政策理论水平和相关业务知识，因此，他不断地加强政治理论和业务知识的学习，努力提高自己的综合素质。工作中积极思考如何为审计机关的业务工作服务，发挥综合协调全局审计业务工作的职责，为审计工作更好地提供一个服务的平台。

综合法规科所承担的事务多，文字材料更多，而且所上报的每份综合报告、审计专报的阅读者大都是市领导、省厅领导。为了完成好各项工作任务，他始终坚持高标准、严要求，做到会议活动精心组织，材料精益求精，不敷衍塞责。综合法规科每年完成的综合报告、会议材料、领导讲话稿、审计信息、审计专报等材料达近百篇，事务工作和综合材料质量得到了领导的充分肯定。

作为一名 30 年以上党龄的老党员，郑泽同时还肩负着审计局机关党委副书记、第四支部书记的重任。他以一个共产党人对审计事业的满腔热情，以为人民服务的强烈事业心在审计的第一线默默奉献着，坚持廉洁从政，对待名誉和地位，始终保持着平常的心态。他参加过的审计项目数不胜数，揪出过不少的违纪违规问题，但他从来没有叫过苦，争过功。他说："我只是审计组的一员，这是大家共同的成果"，朴实无华的话语彰显了一个共产党人无私的奉献精神。

（姚之瀚 / 文　袁笙 / 摄）

档案

郑泽，1964 年出生，1985 年加入中国共产党，现为汕头市审计局综合法规科科长。

南海维权护渔不辱使命

——“中国渔政 44608”船纪事

近日，记者来到停泊在汕头市区渔政码头的 44608 船上，船长杨志华领着记者走进船舱。得知 44608 船只是一艘 500 吨级的渔政船，却在几年间先后 5 次远赴黄岩岛、西沙海域进行长时间维权护渔时，记者感到有些惊讶与震撼。

远赴黄岩岛西沙海域维权护渔

2013 年 3 月，中国渔政 44608 船首次远航，代表国家赴黄岩岛执行巡航维权护渔任务。杨志华说：“第一次远赴黄岩岛，一路上碰到了航线海况不熟悉、人员经验不足、机器磨合不够诸多问题。从汕头到 490 海里之外的黄岩岛区域就航行了 38 个小时，到达后按上级指定的区域，实行三班倒进行全天候工作巡查，23 天都是紧张的工作状态。好在船上带队的支队领导指挥得当、党员带头作为，上下通力协作克服工作、生活上的困难，确保了首次维权护渔任务的圆满完成。”

2014年4月第二次执行黄岩岛巡航任务，44608船充分发挥自身的优点，结合第一次黄岩岛巡航护渔维权行动所积累的宝贵经验，主动作为，积极配合南海区指挥船协调各执法船的联合行动，圆满完成了在黄岩岛海域的各项巡航、值守、警备等任务。2014年3月受广东省渔政总队的指派，44608船开赴西沙群岛进行巡航护渔维权。抵达西沙后，该船和小艇协同出动对永兴岛、琛航岛、东岛进行监管，保护西沙海域渔业资源和生态环境，维护西沙海域正常的渔业生产秩序。

从2012年12月入列至今三年多时间里，44608船2次赴黄岩岛、3次赴西沙，完成3次国家海洋维权任务，1次省级巡航任务和1次省级应急救援任务，16次护渔巡航任务，参巡人员达450余人次，历时211天，航程达10456海里，巡航区域覆盖黄岩岛、西沙群岛、东沙群岛、台湾浅滩等重点海域和整个粤东海域，每一次都很好地履行职责并出色完成任务。

心系国家，难顾小家

作为渔政人员，其半军事化的工作性质决定了日常生活规律的不确定性。

该船指导员林卓洪说："由于工作的特殊性，渔政人员必须以国家利益为重，所以家庭生活不比常规的家庭，节假日都没法事先规划外出旅游之类的活动，来自家属对我们工作的理解支持十分重要。"

记者了解到，该船17人中多为复转退役军人，在退役后毅然选择维护海洋权益作为自己的人生追求和理想。由于长期出海执行任务，全体船员都面临来自家庭的诸多困难，船长、指导员、大副和二管轮等正值孩子上小学、初中，需要人接送和照顾，但他们主动做好家属的思想工作，想办法克服困难。

2013年10月1日，时值国庆长假，大部分船员轮休，船艇也处于休整状态。上午11时30分，该船接到省总队紧急指令，要求前往西沙海域参与"9·29"特大海难搜救。在接到任务后，全体船员以大局为重，快速反应，纷纷从四面八方赶回船上，于当天15时集合完毕。并仅用3个小时的时间快速完成了燃油、淡水、主副食补给等工作，于3日上午9时40分抵达西沙海域开展搜救工作。搜救过程中，该船顶着7级阵风和4米浪高，连续航行50个小时，对北礁、琛航岛等岛礁进行全方位、无死角搜索。期间还按照指挥部指令，成功劝离琼海01009船，圆满完成了“9·29”西沙搜救任务。

党员争先，用行动诠释渔政精神

2015年8月，为加强对渔政44608船的管理，根据广东省渔政总队汕头支队党总支的批复，成立了渔政支队直属大队党支部。该船在执行重大任务时还成立临时党支部，除了日常政治学习和教育外，对海上发生重大事项的决策，都要经过临时党支部的研究决定，而后由支部会来带头并带动全体船员坚决执行，确保各项任务的出色完成。

为增强全体船员的集体荣誉感，在外执行重大任务时，该船每周一开展海上升国旗仪式，在甲板列队升国旗、唱国歌，让全体船员增强责任意识、使命意识和为国增光的豪情。每一次急难险重任务面前，船上的9个党员都会率先垂范，争先出现在工作最前线，正是这样一种精神支撑着中国渔政44608船这个集体，一次次用自己的汗水和辛苦诠释“特别讲政治、特别能奉献、特别能吃苦、特别能战斗、特别有作为、特别守纪律”的渔政精神。

2013年，44608船被农业部南海区渔政局评选为“维权护渔先锋”，2014年“981”维权行动被广东省渔政总队授予“集体三等功”，2013年“9·29”台山渔船西沙遇险救援被广东省渔政总队“集体嘉奖”，2015年被省海洋与渔业局授予“集体三等功”。船长杨志华、轮机长等7人（次）荣立个人三等功，14人（次）被广东省渔政总队嘉奖。

（张春华／文　图片由受访者提供）

档案

广东省渔政总队汕头支队“中国渔政44608”船，2012年12月入列，船员17人，其中共产党员9人，45岁以下党员5人。

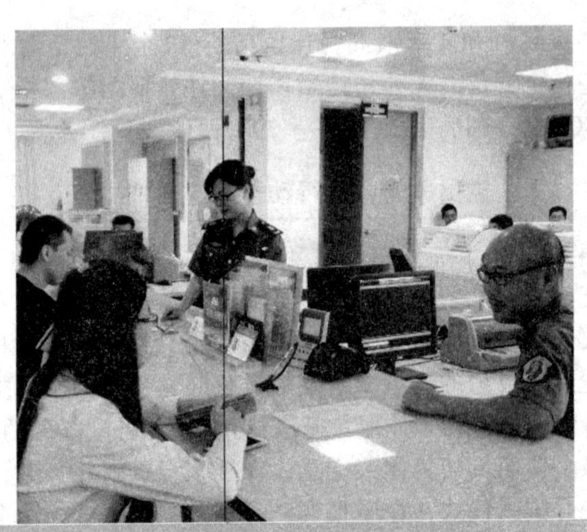

只有两个人的便民服务点

这是一个只有两个人的便民服务点，却凭借着优良的作风、细致的工作，创建跨部门“一站式”服务，使车主们足不出服务大厅，就可以办理好相关业务。这便是汕头市路桥收费管理处驻市行政服务中心便民服务点。

该服务点自 2013 年 12 月进驻市行政服务中心以来，致力于打造“阳光路桥”便民服务窗口。快捷便民的服务让他们收获零投诉的好评，2014 年、2015 年连续两年被评为市行政服务中心优秀窗口、文明窗口。便民，成了他们日常工作中的核心出发点。

一天核对 800 辆车信息，还要服务来站办理的车主

路桥处驻市行政中心便民服务点，主要负责全市车辆年票通行费缴交业务。其中，包括新车入户，原有汽车过户、转籍、变更、销户等，都需要通过服务点办理登记后，才能完成年票缴交业务。任务量之大可想而知。

但是，为了给车主提供敏捷服务，节省时间成本，服务点先后推出了“预约服务”“延时服务”“递延式车主服务”等服务举措。针对单位、公司集体车辆多的情况，他们推出了一次性统一办理服务，

即由单位集体统一提供车辆资料信息，待服务点核准车辆信息和交费数额后，开具缴费明细单据交予单位，收到单据的单位可凭此进行转账缴费，一次性完成全部车辆的年票缴交业务，省去了单辆汽车逐一缴费的麻烦。服务点首席代表杨明华说，这项举措推出后，收到了很多单位、公司集体的一致好评。比如像出租车公司这样拥有几百辆车的集体，如果每办理一辆车就得跑一趟，那着实得浪费不少时间。

这样的便民措施背后，是服务点工作人员加班加点的辛勤劳动。杨明华告诉记者，集体统一缴费前，她和另一位同事林少杰需要先对每辆汽车信息和缴交费用进行逐一核准，这需要花费大量的时间。不仅如此，集体转账后，他们还需要当天完成发票的开具和核对业务，与银行进行对接。一天核对四五百、七八百辆车的信息，同时还得服务好其他前来办理的车主，时间是对他们最大的考验。为此，牺牲午休时间成了家常便饭，延迟下班也是常有的事。

从最先、最后一公里着手，改变传统办事模式

每个便民服务点都需要有规定的程序，才能完成业务办理。但这无形中会给前来办理的市民增加负担。因此，该服务点不断强化窗口设施建设以优化服务，启用无纸化电子档案扫描系统，简化新车入户手续，每位新车入户的车主仅需填写简单的车主信息即可办理，有效解决“填表难，填表多，填表烦”等问题。

他们从最先一公里和最后一公里着手，实施改革新举措，跳出条条框框的传统办事模式，缩短了缴费时限，达到便民服务目的。

杨明华说，她和林少杰两人日常上班时，随身都携带着自己的银行卡，卡里还得储存一点金额，用作急需。这是为什么呢？细问才知道，原来也是为了给车主提供便捷服务。

根据规定，在服务点这里缴年票费用，不能收取现金，全部需采用刷卡或转账的模式，缴存入统一的银行账户。可是，很多车主前来办理之前并不清楚，有的车主来办理时，身上只带了现金。如果要现金缴费，需由服务点开具单据后，车主自行前往银行办理转账汇款，再凭借汇款单返回服务点办理手续。如此一来，车主需要往返跑两趟，还得去银行办理业务，需要浪费大量时间。

这时候，杨明华他们自己的银行卡就可以发挥作用了。他们用银行卡先帮车主刷卡缴费，缴费完成开具发票后，车主再支付现金，即可完成缴费业务，又节省了往返奔波的时间。

杨明华说，因为有明文规定不可收现金，可是有的车主本来就是工作中请假前来办理，根本没有那么多时间。为此，他们才想出了这个方法，既不违反规定，又可以帮车主节省时间。

创建跨部门“一站式”服务，常驻窗口毫无怨言

在行政服务中心点，进驻着各部门的服务窗口。有别于其他一些窗口实行半年轮换一次工作人员，路桥处的这个便民服务点采取的是常驻制，即这里就是杨明华和林少杰两人的日常办公地点。

为什么不采用轮换制？路桥处收费科副科长姚文华告诉记者，在这个岗位，需要有高效率的业务能力，还要有良好的素质，常驻才能更熟悉一切业务。

服务点自 2013 年入驻以来，零投诉的纪录，就是对他们工作效率和态度最好的说明。他们创建了跨部门“一站式”服务，在做好本职服务的同时，还跟人保窗口、环保窗口互联互通，信息共享，不让车主因为信息不对称而出现多次往返的情况。除了本窗口的服务外，涉及交强险、车辆购置税等业务的办理信息，杨明华他们也了然于心，只要有车主办理时问及，他们都详细一一告知，这样就能为车主的下一次办理节省时间，避免出现资料准备不齐全等情况。但这对于工作人员来说，又增加了一项额外的业务。而杨明华他们则毫无怨言，对他们而言，高效便民是该服务点设立的初衷，也是他们工作的核心，只要能服务好广大市民车主，让大家愿意来这里办业务，就是对他们最大的肯定、最有力的鼓舞。

（周晓云 / 文　袁笙 / 摄）

档案

汕头市路桥收费处驻市行政服务中心便民服务点，现有干部职工 2 人，全部都是共产党员，45 岁以下党员 1 人。

汕头有个“五星级仲裁庭”

不久前，特区青年报刊发的《一个硕士仲裁员的别样追求》在市民中引起了较大的反响，报道中的“主人公”陈锐城七年如一日为劳动者维权的事迹深深打动了读者，仅在本报微信公众号上就有近八千的阅读量和数百个“点赞”，还留下许多充满“正能量”的留言。那么，陈锐城所在单位有着怎样的优秀团队，他们又是如何做好调解仲裁工作的呢?

“五星级仲裁庭”带来的“信任”

2016年8月19日上午8时30分，记者如约来到汕头市仲裁办。再过半小时，这里将开庭审理一宗劳动者与劳务派遣公司及用工单位之间的劳动争议案件。

开庭审理?没错，在汕头市调解仲裁管理办公室，还挂着另一块牌子——汕头市劳动人事争议调解仲裁院，而且，早在2013年，该院就获得省人社厅授予的粤东地区首个“五星级仲裁庭”的殊荣。

上午9时，庭审如期进行，由市仲裁办副主任林灿辉独任审理。庭上，作为申请人的青年打工者及其代理律师按仲裁员的要求，依程序出示身份证、劳务派遣合同、电子邮件、薪酬收入凭证等证据进行申诉，提出要两个被申请人就违法解除劳动合同支付其劳动补偿金的要求，两个被申请人及代理人对证据进行核验后，针对申请人的诉求分别做出反驳和申辩。其间，仲裁员林灿辉就案件中有争议的关键点逐一发问，要求申请人与被申请人如实回答，书记员则在键盘上飞快地记录下每一个人的发言。

一番唇枪舌剑，双方交锋火星四溅，对立情绪尽显，但在经验丰富的林灿辉依法依规的审理下，一切都在理性、可控的范围内有条不紊地进行着……

两个多小时后庭审结束，在征询申请人、被申请人均得到“不同意调解”的回答后，仲裁员要求被申请人在五个工作日内必须提交补充证据材料，候待裁决。

尽管还没出裁决结果，但从申请人、被申请人和委托代理人在庭审后的表情可看出，他们对庭审过程的程序公正是满意的，对林灿辉的审理也充满信任。

这种信任的力量来自哪里？也许庭外门口闪闪发光的“五星级仲裁庭”牌匾，就是一个无声的答案。而这块金字招牌的背后，正是仲裁员们无数个日夜的辛勤付出所铸就的“公信力”！

7个人撑起“共产党员先锋岗”

作为粤东地区唯一一个获颁“五星级仲裁庭”荣誉、承担了全市40%以上劳动争议案件量的市级仲裁办（院），如此“高大上”的单位编制规模有多大？说出来绝大部分人都意想不到：7人！而且只是一个科级单位的建制！

不过，尽管只有区区7人，他们却都是能独当一面的仲裁员，而且全部为具有本科以上学历的共产党员，是一个名副其实的“共产党员先锋岗”。那么，在2015年里，市仲裁院一共办了多少宗案件？答案是1263宗。即使考虑到有部分兼职仲裁员参与的因素，这一数字也远超人社部规定的年人均办案量50宗的标准。如此亮眼的数字，足以看出这个团队不凡的凝聚力和战斗力。

中国人喜欢把团队的领导视为“领头雁”，但在记者眼里，市仲裁办主任、党支部书记刘建平更像是一匹“头狼”——军人出身的刘建平，做事雷厉风行，身先士卒，对下属要求严格，在他的带领下，全体干部职工上行下效，团结协作，勤奋干事氛围浓厚，形成了一支以维护劳动争议双方当事人合法权益为己任，在巨大办案压力和困难面前勇于迎接挑战、善于攻坚克难的战斗团队。

除刘建平和之前报道的硕士仲裁员陈锐城之外，其他5位共产党员的事迹同样可圈可点：副主任李清娇虽身为女性，却勇挑重担，兼任着审理庭庭长，从未缺席一次庭审活动，所有仲裁裁决书均经其严格把关后再逐级上报主任、仲裁委领导审批，确保了裁决书的质量；另一位副主任林灿辉兼任立案庭庭长，由于工作繁忙，新婚不到一周就返回了工作岗位。他说：“蜜月旅行可以以后再补，工作决不能落下！”；张楚君以女性独有的柔情，办案热情周到，给了当事人以家人般的温暖，曾有当事人特地送来一面写着“工作热情，为民解忧”的锦旗；林峰则被誉为“金牌调解员”，因为调解技巧“有一手”，再“难啃”的案件都被其成功“拿下”；叶海工作极其细心，繁杂的统计报表数据从未出现任何纰漏……

由于工作出色，李清娇、林灿辉先后被广东省人社厅、省劳动人事争议仲裁委评为“全省优秀仲裁员”。而在大家的共同努力下，市仲裁办（院）除获颁广东省“五星级仲裁庭”之外，还获得了“全省人社系统先进集体”和“广东省劳动人事争议仲裁工作先进单位”等殊荣，并于2016年6月被中共汕头市委党的建设工作领导小组评为“汕头市先进基层党组织”。

做公平公正的“社会和谐稳定器”

劳动争议关系到人民群众最关心、最直接、最现实的切身利益问题，是影响社会和谐稳定的一个重要因素。而在汕头市仲裁院，由于”案多人少“的矛盾突出，为尽快结案，给群众一个公平公正的处理结果，工作人员利用周末和晚上加班加点就成了大家共有的“常态”。

但是，要做到仲裁的公平公正，使仲裁工作成为调解劳资纠纷、维护社会和谐的“稳定器”，仅靠“勤奋”是不够的。近年来，市仲裁办就如何贯彻落实中央“八项规定”、践行“三严三实”、开展“两学一做”，提高党员干部的政治素质以防腐拒变；如何建立健全《仲裁员及书记员职责及管理规定》《重大疑难案件集体讨论制度》等办案制度来规范仲裁员行为，以程序公正保证处理结果公正，有效杜绝金钱案、人情案；如何提高队伍的服务意识和工作效能，推行首问负责制和一次性告知制度以减少当事人往返次数，以及为包括农民工在内的弱势群体开辟维权绿色通道，在利民、便民和公平、公正、公开上下功夫，对弱势群体优先开庭审理，化解集体劳动争议案件带来的潜在风险；如何加大调解力度、提高案件调解结案率，以实现“案结、事了、人和”；如何完善裁审衔接机制，定期或不定期与人民法院进行信息交流与沟通，确保法律法规适用的统一性和规范性等等，都做出可喜的尝试和创新。如在处理汕头高新区某有限公司和汕头市某仪器厂有限公司共 66 名员工提起劳动仲裁、请求尽快为其解决被拖欠的工资和经济补偿金等问题的案件时，市仲裁办考虑到这是因企业经营不善导致的群体性欠薪案件，如处理不当有可能引发社会不稳定，于是决定统筹仲裁办案力量，全体工作人员加班加点，全力以赴，快速稳妥开展工作。通过减少立案审批环节，打破原有案件排期，“插队”开庭审理，并顺利结案。从立案、审理到结案仅用了 17 个工作日，真正做到优先受理、优先开庭、优先审结的“三优先”方略。

经过不懈的努力，2015 年，汕头市仲裁办的调解结案率达 89.6%，远高于省人社厅要求的 70% 以上的目标。其中案外调解率超过 80%，法定审限内结案率达 100%，在保障劳动争议双方合法权益的同时，也有力地维护了社会的和谐稳定。

（郑康华　文 / 摄）

档案

汕头市调解仲裁管理办公室，现有干部职工 7 人，全部为党员，45 岁以下党员 6 人。

办大事也办小事麻烦事

——记汕头市住房公积金管理中心办事窗口

走进汕头市住房公积金管理中心服务大厅，发现前来办理相关业务的市民络绎不绝，人潮熙攘、人声鼎沸。与服务大厅门庭若市的情况形成对比的是办事窗口的井然有序，放眼一长列窗口，每位工作人员或在不厌其烦地答复市民的咨询，或是细心严谨地为市民办理相关手续。从他们沉着的神态和熟练的动作可发现，他们忙碌但不仓促。站在办事窗口工作人员身后，进行监督与指导的正是中心主任郭松，他代表汕头市住房公积金管理中心办事窗口的全体工作人员，接受本报记者采访。

大事·简化流程缩短时限

“以前市民前来办理住房公积金提取业务，需要提供多份证明、历经多道程序，非常耗时耗力。我们在制定惠民新措施时，重点就放在如何简化办事流程、缩短办事时限上面。”郭松说。

在 2015 年实现惠民制度改革之前，住房公积金的提取业务需要

3天至7天的办理周期。惠民制度改革不仅优化、简化了办理窗口内部流程，而且对外部证明的材料需求进行大刀阔斧的删减。如今，对个人住房公积金提取业务采取即来即办的原则，正常情况下只需半小时即可完成办理。而中心放贷审核审批业务，在制度改革前需要15天的办理周期，如今将办理时限压缩到3天。

采访过程中，多次有工作人员前来向郭松请示各种问题。记者了解到，每天前来办理公积金业务的市民的数量有300—400人，办理窗口的工作人员从上班到下班，几乎没有一刻空闲。而且在制度改革后，对多项工作要求当天完成甚至是即时完成，办事窗口的所有工作人员几乎每天都得推迟下班，对当天的工作进行整理、收尾。郭松作为主任，每天的下班时间均在夜晚7点后。郭松与同事还多次放弃节假日休息时间，深入售楼现场，为购房职工提供住房公积金提取、贷款业务咨询。

小事·美丽窗口微笑服务

2015年以前，公积金办事大厅环境简陋、服务设施较为匮乏，经常出现办事群众拥挤、办事效率低下等不良现象，所以优化办事大厅的环境成为改革计划中的重要事项。如今，办事大厅增设了叫号机、座椅、饮水机、填单台、资料架、大匹量空调等设施，不仅为群众提供了良好的办事环境，还提供了高效的办事效率。

为进一步提升服务品质，“微笑服务在窗口”活动迅速开展。该中心要求办事窗口全体职员发扬不怕烦、不怕累精神，耐心做好宣传解释工作，细心做好登记办理工作，用心做好形象展示工作。郭松向记者表示，自从优化了办事环境和服务态度，办事群众的满意度明显提高，误解和争执的情况再没发生。同时在融洽的环境中工作，办事窗口的职员的归属感和荣誉感也更强，工作起来更加积极。

麻烦事·直面质疑执着惠民

2015年以来，汕头市公积金管理中心办事大厅推出20项惠民改革措施，其中包括"简化办事流程、提高办事效率”“推进汕潮揭跨市住房公积金贷款同城化”“家庭物业管理费可提住房公积金”“重大疾病或突发事故可由直系亲属代提公积金”等多项措施，极大程度实现了便民利民，得到社会的充分肯定。但其中不少改革措施在施行初期，也面临非议和阻力，例如在“简化办事流程”一项，删减了部分材料的需求，导致办事大厅需要承担更大的审核责任和工作压力，一些工作人员有怨言，但办事窗口直面质疑、坚定执行、执着惠民。

郭松向记者展示汕头市住房公积金的微信公众号，该微信号可供缴存职工查询个人住房公积金账户明细，了解我市住房公积金政策及各项业务流程。未来还将进一步丰富微信号的信息和功能。“希望我们的不断努力，不仅能让已缴纳公积金的职工与企业感到满意，还能对未缴纳公积金的职工与企业构成吸引力。”郭松对记者说道。

郭松向记者展示一封上传到汕头市网络问政平台的表扬信，内容简短：“很感谢公积金管理中心窗口一位杨姓工作人员，办理过程中遇到不少因自己或开发商粗心导致的问题，但最终在其耐心帮助下，顺利办理了业务。感谢！望再接再厉！”

（辛挺　文／摄）

为创建平安汕头尽责尽心

如果你是特区青年报的忠实粉丝，尤其是该报《潮汕少年周刊》的小粉丝们，一定不会忘记该报在2015年举办的“小记者走进法治前沿·为创建平安汕头呐喊”宣传系列活动，该活动以活泼创新的形式培养了汕头市青少年知法、懂法、守法的意识，并让他们自觉参与到汕头法治建设工作、创建平安汕头中来，获得社会各界的点赞。

联合主办活动的单位，就包括为创建平安汕头不遗余力的汕头市委政法委机关党委综治维稳党支部（下称综治办）。对更多市民来说，也许这个部门还略带神秘感，那么，就随记者一同走进该部门，看看他们如何将平安汕头的创建责任一肩挑吧。

走基层，为治安维稳搭起一座桥梁

2013年9月的超强台风“天兔”可谓重创汕头，而在潮南区陈店镇，因治安视频监控系统机房水浸全面瘫痪，镇内辖区监控的镜头损坏严重。副主任杨克明告诉记者：“监控系统的损坏，导致的后果就是2014年镇内辖区治安状况恶化，治安警情大幅上升，当年便被列为重点地区实施整治，更一度被市综治委给予黄牌警告。市民的安全，就是我们的责任，我们的工作人员，多次深入镇区进行调研、检查、督导，并协调各部门联合从经费上和人力上给予支持整治工作。”在综治办的努力下，整治工作高效且有序地进行起来，区、镇投入160万元对10个区际治安卡口进行修缮，对原监控机房进行升级改造，对监控盲区增加监控点318个，动员商铺、住户安装自录视频6000多支；同时，对全镇2667家各类场所及5家危化物品仓库进行检查，查处“三合一”场所33家，拆除宿舍107间，转移人员215人，责令停产整顿19家，较好地落实了整改要求。2015年刑事立案同比下降6%，治安案件同比下降37%，全镇治安大局稳定，社会秩序井然，成功摘除黄牌警告的帽子。

这就是综治办，既接地气发现问题，又与相关部门紧密联系反映问题，搭建起一座维稳的桥梁。据杨克明介绍，如今，综治办平均每年都会将10个以上的地区列为重点整治地区，为这些地区的治安维稳出谋献策，并协调督导，让一个个地区平安起来，最终"汇成"平安汕头。

创新方式，让汕头更平安

说到创建平安汕头，党交给综治办如此重要的任务，办公室里的每一个工作人员都用尽全力、用更多更好的方式让全体市民参与进来，他们将治安情况良好的社区设立为“平安社区”、将谨守安全生产的企业设立为“平安企业”……再逐步把其经验及做法普及开去，助力创建平安汕头。与特区青年报联合举办的“小记者走进法治前沿·为创建平安汕头呐喊”宣传系列活动更是一次创新且成功的尝试。

在系列活动中，特区青年报《潮汕少年周刊》的小记者、小读者们先后走进汕头市人民检察院、汕头市中级人民法院、汕头市公安局交警支队、“平安社区”及“平安企业”等等，不仅为孩子们在课堂之外开设了一个法治第二课堂，更让他们了解到创建平安汕头的具体内容及意义。

各方的声音表明了综治办这次尝试的重要性。汕头市政协副主席、汕头市中级人民法院副院长王桂元在小记者们走进汕头市中级人民法院采访、体验当“小小法官”"之后便说：“法治建设是一个漫长的过程，需要全社会共同参与推动，青少年儿童作为祖国未来发展的生力军，更应该让他们从小接受法治知识的熏陶，学法懂法、知法守法，做社会主义法治的宣传者、践行者和捍卫者。这场活动小记者们更深刻地理解法官承担的角色及责任，用手中的笔，以少儿的视角向社会传递公平正义的法治精神。”而作为从活动中直接受益的学生们，在每一场活动结束后，总会由衷地表示“参与过活动我才知道，原来创建平安汕头，我也有份，我也可以贡献力量”。杨克明告诉记者：“让每一个人都参与到创建平安汕头中来，正是我们努力的方向。”

争当多面手，人人都有“洪荒之力”

说起来大家可能不信，虽然工作多而繁杂，但综治办只有干部职工 14 人，这也就要求每个人都要尽力发光发热。而在杨克明的带领下，综治办的每个人都有 " 多功能 "，副主任科员林振雄，无论是日常文件资料的传阅、归档，还是协助起草各类文字材料；无论是维稳机要电报的送阅、传达、保管，还是参与处置群体性事件，都风雨无阻、任劳任怨，常常得到领导及组织的肯定，被评为优秀共产党员、先进个人等。年轻的党员张烁，来到综治办仅仅两年，在积极向上的工作氛围中，很快便将自己打磨成一个熟悉业务的能手。不仅积极参与综治信访维稳平台建设、社会矛盾化解攻坚、严重精神障碍患者救治救助等工作，更在“小记者走进法治前沿 · 为创建平安汕头呐喊”宣传系列活动中成为小记者们的知心大姐姐。她说：“有了平安才有稳定，有了平安才有梦想，综治办一直致力于提高老百姓的安全感和满意度，这是党赋予我们的责任，永远在路上，不容我有一丝松懈。”

正如张烁所“洪荒之力”换来汕头的社会稳定。

（蔡维驹 / 文　图片由受访者提供）

档案

汕头市委政法委机关党委综治维稳党支部，现有干部职工 14 人，其中党员 13 人，45 岁下党员 5 人。

郑钟锋：国税信息高速路上的筑路人

建设“汕头国税涉税大数据应用平台”，挖掘税源逾 7.4 亿元（截至 2016 年 6 月底）；创新开发“微信申报”，全省首创推行纳税人电子身份证，助力营改增；推行建设微众税银服务平台，助推中小微企业解决融资难题，自 2015 年 10 月以来，共惠及企业 574 户，发放信用贷款 7.37 亿元……这一张张耀眼成绩单的背后，是汕头市国税局信息中心开拓创新、努力拼搏，为汕头国税事业发展尽心尽力的写照。而这一切，怎么也无法与信息中心主任郑钟锋分得开。

不忘自己是书生，从严律己尽显本色

郑钟锋总说自己是书生，不忘“书生”本分。1994 年中山大学微计算机硕士毕业后，郑钟锋有感于工作需要，仍不断学习，并接连考取了公共管理硕士和中国注册会计师，不断提升自己的工作能力和综合素质。

作为信息中心党支部书记，郑钟锋总是把党的理论学习放在重要位置，学习“十八大”精神、参与“群众路线教育实践”“三严三实”

作风建设等活动，他总是走在最前面，抓得最紧。日常工作、生活中，郑钟锋不为名，不为利，坚守党员本色，坚持职业操守。近年来，在“两学一做”学习教育中，郑钟锋带领科室同事积极投身当中，做到既学到位，也做到位，凝心聚力，探索创新，把工作一处处、一件件落实好，努力为全市深化国地税征管体制改革服务。

不忘自己是头羊，抢险应急冲锋在前

信息中心担负着全市国税系统计算机信息网络安全运行的重大责任，任何安全意外事故，后果都相当严重，不仅影响国税工作运行，而且影响广大纳税人办税。对此，郑钟锋总是绷紧着弦，用他自己的话说，就是“如履薄冰”。

2016 年 4 月 25 日下午临近下班时，“嘟嘟”一条警示短信弹了出来，一个国税分局的电子标识在全市国税网络监控上消失了！在“营改增”的关键时刻，这样的事故将产生极其重大的影响。郑钟锋第一时间就同该分局取得联系，了解到该分局所在片区的变压器由于自然灾害发生爆炸，分局及周边区域全部停电。作为信息中心"领头羊"的郑钟锋当机立断，带领科内业务骨干迅速启动应急预案，紧急测算该分局不间断电源容量及支持供电的时间，并按支撑基本纳税服务的需求制订出备用发电机、备用 UPS（不间断电源）等解决方案。在与供电局联系并确认变压器恢复工作的时间远超该分局 UPS 支撑时间后，立刻筹借小功率发电机作为备用电源，同时做出利用“同城通办”分流该分局纳税人到其他分局办税的方案，落实该分局做好向纳税人宣传、引导和辅导纳税人使用微信进行办税的工作。经过一番努力，应急供电电缆终于铺设到该分局，一场风险终于消弭了。

不忘自己是黄牛，兢兢业业探索创新

长期枯燥的信息技术工作，并没有磨灭郑钟锋的工作热情，凭借强烈的责任意识和丰富的工作经验，他总是时时走在前面。“要抢时间，跑在前，才能应对在先！”这是郑钟锋对“营改增”必将在税务管理、服务提出新需求上的判断。

2016 年年初，他带领信息中心业务骨干，将升级“汕头国税”

微信公众号的工作提前实施。在近一个月加班加点的时间里，几个为“汕头国税”微信公众号建设而组建的微信群从早到晚信息提示响个不停，一天下来就有成百上千条微信留言。有时候深更半夜两三点钟，郑钟锋还和几只“夜猫”就某个技术、业务问题讨论不停，测试、试运行、各类问题排查解决等工作紧张有序进行。4月1日，“汕头国税”微信公众号正式投入使用，集政策宣传、纳税申报、纳税服务、个性化提醒、税企沟通和税银服务等功能于一体，各模块功能在“营改增”改革中发挥强力效用。其中，“微信申报”覆盖增值税、企业所得税两大主体税种，惠及53600户纳税人，提供指尖上的简洁高效办税服务。“办税地图”实时显示全市各办税服务网点忙闲程度和办税地图线路导航，为纳税人办税提供科学、合理的调度和实时参考。此外，还为纳税人提供办税温馨提示和涉税风险警示服务，做到让纳税人涉税风险早知道、咨询热点简易查。2016年6月，在迎接“营改增”试点全面推开后的首个征期的关键时候，郑钟锋又带领信息中心业务骨干研究开发并推出了基于微信的纳税人电子身份证，发挥电子身份证便携易用、增效提速、覆盖面广、功能强大的优势，化解国税前台办税压力，提升了纳税服务质量，促进纳税人实名制的推行。“好在我们跑得快！”，在回顾这段工作时，郑钟锋如是说。

（姚之瀚／文　袁笙／摄）

王开颖：这个媒体人累并快乐着

自 1985 年 8 月进入新闻单位以来，王开颖在采编一线上已度过了 31 年个春秋。无论是做编辑还是当记者，他都坚持做到勤勉有加，爱岗敬业。他在长期的新闻实践中采写了大量有价值的新闻作品，多次获得省、市好新闻奖，2007 年荣获“汕头市优秀新闻工作者”称号，2011 年被评为“汕头市‘五五’普法先进个人”。

拒收红包，客观报道新闻解决纠纷

“作为一名共产党员，无论在什么单位、什么岗位，首先都要立足本职，发挥模范带头作用。" 王开颖对此有着深刻的认识，他在新闻采访工作中，自觉加强学习，提高自身的政治素质，同时在业务工作上带头讲奉献、挑重担，严格遵守新闻纪律，保持客观公正、廉洁奉公。

有一次，汕头中心城区某建设项目的工地上发生了一宗工伤事故，一名外省籍民工从高处坠下致受伤瘫痪，其家属与责任方协商赔偿未果而向报社投诉。王开颖接受了这个采访任务并立即与当事双方联系采访事宜。受伤民工的家属在接受采访时见周围没人，偷偷塞给他一个红包，请求他给予帮忙。可王开颖立即将红包推了回去，并正色告诉对方："报道这件事既是我的工作，也是出自对你们处境的同情。你如果再这么做，我就不帮你了。"对方听后羞愧地笑了，收起了红包。随后，他深入了解整个事件的来龙去脉并听取双方观点后，及时写成报道并在《汕头特区晚报》头版上刊发，产生了较大的影响，使一宗久拖未决的纠纷很快获得解决，伤者一方获得了满意的赔偿。

不顾病痛，牵线搭桥促成一段佳话

白天乘车奔波一两百公里路程，夜里和双休日在家里加班加点写稿对王开颖来说早已成了"家常便饭"，多年来他从未休过一次年假。由于过度的奔走及伏案工作，王开颖近年来的颈椎、腰椎和双膝骨质增生病情逐渐加重，经常需要依靠药物止疼，但他从未放下自己手中的笔，坚持边治疗边工作，每月均大幅超额完成岗位目标任务。

2015 年 11 月，经《汕头特区晚报》编辑部负责人牵线搭桥，黑龙江省绥芬河市公务员李萍千里迢迢南下汕头寻亲。原来，李萍的父亲李培启 1947 年跟随堂兄李培江一起参加解放军，在烽火连天的战场上失去了联系，从此音信杳然。后来李培启在去世前吩咐当时只有 10 岁的大女儿李萍今后有机会要找到堂伯父李培江。李萍长大参加工作后始终牢记父亲的临终嘱咐，多年来一直通过各种渠道打听堂伯父的下落，始终未能获得有效线索。2015 年 10 月，她无意中在网上看到了《汕头特区晚报》编辑部负责人十余年前专访全国战斗英雄李培江的通讯《英雄本色今犹在》，通过文中的描述判断这位李培江应该就是自己苦苦寻找多年的堂伯父。通过多次交流及核实，李培江的家人决定"认亲"，但当时 93 岁的李培江老人已病重住院。11 月 20 日，李萍与侄子辗转来到汕头认亲。

接受这一采访任务时，王开颖正因骨质增生发作而腰部和右膝盖疼痛不已，但意识到该题材的重要新闻价值，他还是不顾家人的再三劝阻，服下消炎止痛药片并使用腰带控制，坚持随同李培江的大女婿贺中年、李萍一起乘车前往位于潮州市区的解放军第一八八医院，进入重症监护室探望因重病住院治疗的老英雄李培江。堂伯侄女相见的场面十分感人，王开颖也因亲临其境而深受感动，回家后他顾不上休息，立即打开电脑，边梳理思路边开始写稿。次日，近千字的消息《晚报报道促成一段千里寻亲佳话》及一幅照片在晚报头版刊出，好评如潮。

调整思路，独家采访“两弹”工程师

在长年累月的新闻采写工作中，王开颖积累了比较丰富的工作经验，能够随时针对不同的采访对象灵活调整采访思路，力争取得最佳采访效果，并一气呵成以最快的速度形成稿件。2007 年 6 月，他根据采访部领导提供的一个手机号码，联系了汕头唯一一位当年曾参与我国“两弹”研制工作而又不为人知的退休高级工程师吴仕鸿先生，但对方先后两次婉拒了他的采访要求。在此情况下，王开颖根据吴先生在交谈中披露的其退休待遇等实际情况，及时调整采访思路，帮助其分析报道的好处，最终促使他改变了想法，积极配合采访。

整场采访持续了近 3 个小时，王开颖回家后连夜写稿至次日凌晨 2 点多，前后花了近 8 个小时的时间，一篇 4200 多字的人物通讯终于脱稿。该文不但题材精彩，而且写得生动感人，以精练且带有哲理性的文字将主人公具有传奇色彩而又不为人知的人生经历充分表现出来。当天，《汕头特区晚报》在第二版以近三分之二的版面刊出了这篇题为《参与研制中国“两弹”的汕头人吴仕鸿》的长篇人物通讯，并配发了两幅珍贵的照片，成为真正的“独家新闻”。事后，受访人吴仕鸿先生对王开颖的扎实工作作风及驾驭文字的功力深表敬佩。

“五彩缤纷的生活是新闻的富矿，每天沉下身子采写新闻，你常常会沉浸在感动之中，感受到生活的神奇魅力。新闻记者的工作无疑是很辛苦的，但苦中有乐，这种乐趣就是对记者辛勤付出的最好回报！”这是王开颖对自己长期新闻生涯的最大感悟，也是他能数十年如一日热爱新闻事业的源动力。

（姚之瀚 / 文　图片由受访者提供）

档案

王开颖，1962 年出生，广东潮州人，2008 年加入中国共产党，现为《汕头特区晚报》记者。

李沛源：中山小伙子乐当“新汕头人”

一番握手问候后，李沛源将记者领进员工休息室。休息室中央位置有一大方桌，桌上摆置一套齐整的工夫茶具，李沛源提议一边喝茶一边采访。观察李沛源冲泡工夫茶的手法，你很难相信他非潮汕本地人，他对“关公巡城”“韩信点兵”等茶艺的精准掌握，源于4年的潮汕生涯。“喝——”李沛源礼邀。“喝。”记者回礼。

优质生转变为出色基层干部

李沛源来自广东中山，在基层公务员队伍中，他的教育履历可谓出类拔萃：2005年获得全国化学奥林匹克竞赛金牌。同年被保送进入北京大学，就读临床医学专业。在北大完成六年的课程后，回家帮忙做一年小生意，并对自己将来的职业与人生进行思考、规划。李沛源于2012年8月通过公务员考试，离开家乡，来到汕头，成为社会保险基金管理局潮阳分局医核股的一名办事员。

对于为何会来到潮阳区当基层公务员，李沛源有一玩笑般的解释：因为他在北京读的大学（北京市朝阳区），所以工作也想找在潮阳（汕头市潮阳区）。记者询问，来潮阳工作前对潮汕地区有何认知或印象。李沛源称只有一点印象，潮汕女子比较贤惠，因为读大学时有一潮籍女同学，做得一手好饭菜。相较家乡中山市，李沛源觉得潮阳虽生活环境稍差一点，但人文气息和空气质量都优于中山。

过去4年的职业生涯，李沛源勤恳的工作态度与积极的学习热情，深得同事与领导的赞赏，同时业务能力、服务态度与专业素养也是其优势。2014年，李沛源从基层办事员队伍中脱颖而出，成为局重点培养的基层干部，多次代表潮阳分局参加省市等各大交流、学习会议。李沛源出色地完成了由优质毕业生向出色基层干部的转变。

四年扎根潮阳培养乡音乡情

上岗初期面临的最大挑战，李沛源觉得是语言。他告诉记者，来到潮阳社保局窗口办事的群众，多是潮阳本地居民，他们不懂或不愿说普通话，这令对潮汕话完全陌生的李沛源头痛不已。好在他坚持学习，专注听客户的乡音，尝试用乡音和同事交流，三年下来，李沛源基本能听懂潮汕话，而且能用潮汕话进行简单的日常交流，“买菜时我就用潮汕话和小贩交流”。李沛源自豪地对记者说道。

李沛源刚到岗就碰上为期半年的“加班潮”，每周加班三次合计约14小时，因为正值国家推行全民医保政策，而潮阳区属于人口大区，社保管理局的窗口办事员每人需要承担14万人次的办理及相关手续。李沛源所在岗位，不时需要执行外勤工作，哪怕碰到极端天气，也不得延误。暴雨时去谷饶镇办事，积水淹到膝盖以上；寒流中开摩托车执行外勤，结果被冻伤，感冒好几天……这些都是李沛源难忘的记忆。

谈到工作4年印象最深的事件，李沛源说起潮南某精神病人的来访故事。有位潮南籍的精神病人，在家属陪同下前来申请报销相关医疗费用。但依照法规，报销需要先做鉴定，眼见报销不成，精神病人的情绪被激化，在社保管理局服务大厅大吵大闹，继而演变成暴力打砸，在工作人员及家属的协力制止下才恢复平静。社保局领导自掏腰包给了病人家属几百元，李沛源及其他工作人员积极联系相关部门，为病人争取到每月各项福利或补贴数百元。4年的工作时间，李沛源不仅掌握了乡音，而且收获了乡情。

见证汕头进步乐当“新汕头人”

李沛源积极的工作和踏实的为人，不仅打动了社保局的领导，而且打动了社保局某女同事。如今，李沛源已与该女同事完婚，并育有一女儿，在潮阳社保局附近购置房产。再过一段时间，等女儿到了上学年龄，就和妻子一齐将户籍地迁到汕头。

记者对李沛源提及汕头市市委书记陈良贤提出的“新汕头人”的称谓和定义，并询问李沛源是否愿意当“新汕头人”？李沛源这样回答：“如今我也算是大半个潮阳人，对于自己的孩子将来能掌握多门语言我也感到欣喜，汕头这两年的进步大家有目共睹……”说到这，

李沛源顿了一下，语气坚定地说道，“我愿当‘新汕头人’，也乐当‘新汕头人’。”

（辛挺／文　袁笙／摄）

档案

李沛源，1984年11月出生，广东中山人，2016年10月加入中国共产党，现为汕头市社会保险基金管理局朝阳分局办事员。

陈沛丹：拥抱正能量担起重大教学任务

很多人对于教师的工作有误解，觉得他们每年不仅有寒暑假，每天工作也不累，上上几节课就完事了。可当你了解了一位老师的日常工作后，才能明白教师这个职业的辛劳。

陈沛丹是粤东高级技工学校潮菜烹饪与旅酒管理系的一名老师。在其校北沙湾校区第一次见到她时，她正在给学生们上形体训练课。毕业于星海音乐学院舞蹈专业的她，带领学生翩翩起舞，姿态甚美。这样一位年轻的美女教师，每天在班主任、科任老师、参赛选手、教练、母亲、妻子各种角色中转换，用充满正能量的拼劲，出色完成学校的重大教学任务。2015 年 11 月，带领学生参加广东省茶艺师技能大赛荣获师生团体金奖，她自己也荣获广东省技术能手称号，同月份还与其他同事获得市直机关第九套广播体操比赛银奖。荣誉背后，是她默默的努力和付出。

三大任务挑战教学极限

陈沛丹日常负责的教学任务是形体和礼仪两门课程，每周大约有 20 节课时，相比学生一周 28 节课的学习时间来说，20 节课是一个较大的工作任务量。可陈沛丹不仅要担任好教学课程，还要兼顾大型赛事的指导训练工作。

2015 年 6 月，她接到学校的安排，带领学生备赛 11 月省茶艺师职业技能大赛。考虑到自己不是茶艺专业出身又缺乏参赛经验，接到任务后，她就迅速进入了备战状态。不仅认真复习理论知识，还再三训练确定茶艺表演主题、设计表演动作。就连暑假期间，她也丝毫不敢放松训练。那时的她，孩子还未满两周岁，暑假在家，为了给孩子更多的陪伴时间，又不耽误练习，她只能在每天晚上哄女儿睡觉之后，才能对着镜子进行一遍又一遍的练习，直到深夜……

9 月份，距离比赛的时间越来越近，训练进入更加紧张的阶段，这时她接到新学期担任茶艺专业班主任的任务。陈沛丹告诉记者，由于他们系对学生采取的是军事化管理，对学生的上课情况、作息、日常生活等都有严格的规定，作为班主任，就必须盯紧学生，让他们从新生入学起就养成好习惯。而这样无形中又加重了她的教学任务，她的备赛训练只能安排在中午休息时间和下午放学后进行。

早已应接不暇的她这时又接到新任务——担任学校教职工广播体操队教练并备赛 11 月汕头市直机关广播体操比赛！同在 11 月的两场比赛，既是选手又是教练的双重身份，紧迫的时间，巨大的压力，已让她来不及犹豫，只能咬紧牙关与时间赛跑！忙忙碌碌地到了比赛的前一个星期，却突然接到奶奶去世的消息，这犹如晴天霹雳几乎令她精神崩溃。

陈沛丹回忆起那段日子，坦言那是最累且压力最大的一段时间。她说，那段时间如果没有家人的关心、学校领导和同事的支持鼓励，她说不定都坚持不下来。

匆匆回家参加完丧礼，她重新调整状态，坚定信心迎接前方的挑战。终于，功夫不负有心人，广东省技术能手、茶艺师技能竞赛师生团体金奖、市直机关第九套广播体操比赛银奖……这些比赛结果传来，现场的同事、学生纷纷上前与她击掌庆祝，她也流下了喜悦的泪水！她自豪：因为自己用行动，践行了党章的责任和义务，无愧于一名中共党员的光荣称号！

发挥专长多次担任演出任务

回忆 2014 年 4 月，初为人母的她，本该利用产假努力学习如何当一位母亲，那时却接到校部系领导的电话，希望她返校指导《茶香琴韵绕梁回》节目，该节目准备代表省、校参加第二届亚太经合组织青年夏令营闭营仪式的演出，意义重大，不容有失。

抱着对工作负责的态度，简单地与家人商量并得到全力支持之后，她信心十足地接下这一任务！她迅速调整好状态，投入到训练工作中。历时一个半月的排练，陈沛丹尽职尽责，即使是每天都依依不舍离开刚出生的女儿到校排练。而这一切的付出都是值得的，该节目在第二届亚太经合组织青年夏令营闭营仪式上受到高度赞誉。

像这样的表演任务，陈沛丹已经不是第一次参加。作为舞蹈专业出身的她，充分发挥自己的专业特长，除了完成日常工作，多次担任学校元旦晚会、迎新晚会、五四晚会、教师师德演讲比赛、教师讲课比赛等活动的主持人，并代表学校参加合唱比赛、演讲比赛取得良好成绩；同时担任系部第二课堂茶舞队指导老师，编排的舞蹈作品多次代表学校参加各种演出受到广泛好评。

与学生心连心当好他们的“保姆”

在学生面前，陈沛丹说自己更像是保姆。她说，学生们来学校是为了学一技之长。可是由于文化成绩不理想，很多学生刚进校时对自己没信心，甚至会否定自己。面对这样的情况，陈沛丹说，她常常“现身说法”。把自己的过往心路历程和同学分享。面对不同的学生时，更要转换不同的角色，这样才能拉近与学生的距离。

“只有当他们信任你的时候，才会对你吐露心声。”沛丹说当了解到他们的所思所想，她便会根据不同学生的情况，给他们加油打气，让他们重新认识自我，树立信心。她说，作为一名老师，最高兴的莫过于看到学生的成长和收获，这是这份职业最令她感动的地方。

（周晓云／文　袁笙／摄）

档案

陈沛丹，2007 年加入中国共产党，现为广东省粤东高级技工学校专职教师。

蔡宏佳：让学生在追求艺术道路上不掉队

他，是一位出色的胡琴师，在各类潮乐比赛中多次荣获金奖；他，是一位敢于拓荒的传承者，在提胡技艺的传承上大胆创新；他，是一名学生交口称赞的引路人。他就是汕头文化艺术学校教导处副主任、校团委副书记、潮乐专业二胡主科教师蔡宏佳。

暑假的一个午后，当记者来到蔡宏佳的办公室时，他正忙着和学生讨论即将到来的演出。学生泡着工夫茶，一会儿虚心听着蔡宏佳强调的演奏技巧，一会儿跟蔡宏佳耍宝，气氛十分融洽。用学生们的话说："蔡老师，是一位能跟我们'走心'的好老师。"

当学生的知心大哥

自 2011 年年以来，蔡宏佳始终坚守在教书育人的第一线。除了担任学校二胡专业课的老师，作为班主任的他，还时常为学生的事绞尽脑汁，加班加点。

回忆起 2011 年初到学校接手综合班的情景，蔡宏佳说："一开始学生都很散漫，这让我很诧异，也恨铁不成钢。但当我慢慢和他们交流，发现他们都是热爱艺术的孩子，他们都有梦想，只是比较贪玩。”

经过一段时间的调整，蔡宏佳摸索出了和学生的“相处之道”。他认为，理解宽容学生就是懂得学生心里想的，相信学生口里说的，明白学生手中干的。而和学生之间建立起这样的信任和默契，蔡宏佳也是颇费一番心思，他把更多的时间和精力放在了学校。下班后，他和学生一起吃饭，晚上排练完，他就索性在学校宿舍休息，这样一来，学生和他接触的机会多了，自然也更愿意和他分享心事。在学生眼里，蔡宏佳既是学业上的良师，也是生活中的知心大哥。

在他的努力下，班里的学生从一开始的散漫渐渐成为一个有向心力，有凝聚力，有人情味的集体，专业成绩在学校名列前茅。多名学生先后荣获第十七届中国少儿戏曲小梅花荟萃最高奖、广东省第四届少儿戏曲小梅花荟萃最高奖、2014·2015年度潮汕星河奖文艺一等奖等全国、省市专业比赛的奖项及各类奖学金。

如今，班里的学生都已经毕业走上工作岗位，其中有的考入高等艺术院校，有的进入省、市专业文艺团体工作，有的在其他市、县的艺校或艺术培训中心担任专业教师。

以校为家，用爱筑梦

对于学艺术的学生来说，每一次演出，对他们都是一次难能可贵的锻炼，但是，因为条件限制，学校一直没有组建乐团，学生没办法在课余时间得到更多的训练。为了给学生提供学习交流的平台，蔡宏佳向学校领导提出要在学校组建乐团的建议。2015年，在学校领导的重视下和潮州音乐专业师生的共同努力下，成立了汕头艺校潮乐管弦乐团。但这样一来，大量的排练演出任务就占用了蔡宏佳的休息时间。

说他以校为家，一点也不为过。为了让学生有更多的表演机会，蔡宏佳有时候连过年也顾不上与家人团聚。他调侃说：“很多朋友看到我每次和爱人、孩子出去都会在朋友圈晒‘吃’，就评论说‘你们全家都是吃货’。其实，是因为我只剩下吃饭的时间可以陪伴他们了。”然而2016年春节，他连吃年夜饭的时间也是和学生一起度过的。

2016年年初，学校接到了参加2016年央视春晚的演出的任务，春节前一个月，蔡宏佳和学校的其他几名老师一起带着学生赴广州筹备。当时天气条件恶劣，加上长时间高强度的排练，多名学生身体相继出现不适，让蔡宏佳忙得不可开交，也一直悬着一颗心。但学生们都很争气，一直坚持排练、走台……说起这段经历，蔡宏佳很感慨：“很累，很苦，但很值！学生们克服困难，向全球华人展示潮汕传统艺术的精神让我特别感动。”

专注潮乐推广不停歇

出身于提胡世家的蔡宏佳，自幼习艺，师承潮乐名师杨祥加、杨应强学习潮乐，主修提胡。作为家族第四代潮乐乐师代表，在长期的伴奏实践中，蔡宏佳发现，当潮剧伴奏中遇到一些旋律歌唱性较强、跳跃性较大、音色变化较多的唱腔时，运用潮乐提胡领奏反而会起到意想不到的效果。

在2004年的广东省第四届戏剧演艺大赛上，蔡宏佳就尝试以提胡领奏《沈园绝唱》和《忆十八》两个剧目，打破了潮剧乐队以二弦、唢呐领奏的固有传统。2005年9月，他创作了一首提胡独奏曲《长恨追梦》，填补了原来提胡只作为合奏乐器，没有独奏曲的这一空白。曲中加入了大量传统潮乐演奏中不曾用过的拗拄法、双擦弦、抛弓、跳弓、快弓、大抠弦、大滑揉等弓指法，丰富了提胡的演奏技巧。蔡宏佳的创新，逐渐颠覆了提胡仅是一件默默无闻的伴奏乐器的保守看法，使提胡引起更多人的重视。

一方面，蔡宏佳在提胡的演奏方式上进行创新，另一方面，作为潮州音乐非遗传承人，他多次在澄海、潮阳、潮南等地为农村中小学校、乡村乐社培训潮乐人才，协助组建学生音乐锣鼓队。

随着时代的发展，越来越多的90后、00后对潮州音乐缺乏认识和了解，蔡宏佳发现，每逢传统节日，农村地区都会举办一些民俗活动。他想：“如果利用这些节日，到农村地区推广潮州音乐，那一定能事半功倍。”于是，现在每逢节假日，蔡宏佳常常会带着学生一起走入乡村，推广潮乐。

经过一段时间的宣传推广，越来越多的人对潮乐产生了浓厚的兴趣，有正值学习年龄的孩子甚至主动找到蔡宏佳要到学校报读潮州音乐专业。“这几年，潮州音乐专业的招生人数逐年上升。”蔡宏佳说道，嘴角挂着满足的笑容。

2015年，蔡宏佳被评为汕头市中职系统优秀班主任。采访中他一直谦虚地强调：“其实这些事都是作为一名老师应尽的本分。”怀着赤诚之心，蔡宏佳在平凡的工作岗位上，以行动诠释了教师这一职业的神圣职责，诠释了敢于担当、甘于奉献的共产党员形象。

（张琪　杨環鎏/文　袁笙/摄）

档案

蔡宏佳，1980年出生，广东汕头人，2003年加入中国共产党，现任汕头文化艺术学校教导处副主任、团委副书记、潮乐专业二胡主科教师。

为绘就城市蓝图提供技术支持

——记汕头市测绘研究院地理信息室

不管是步行，还是开车，电子导航地图已经成为人们生活中不可缺少的部分。无论你身在何方，只要用手机开启导航功能就不怕迷路。享受着如此便捷的服务，有多少人能联想到每时每刻在幕后为地理导航系统提供数据支持的工作者呢？

为重大工程项目提供数据支撑

俗话说，没有规矩，不成方圆。数据质量作为地理信息行业的“规矩”，它的水平直接影响着重大工程项目能否顺利实施。地理信息室将“争先创优”要求落实到部门职责和岗位任务中，在做好信息处理的基础上，积极推进以地理信息系统为依托的城市交通管理、城市规划管理等信息系统软件的开发与服务。其面向地理信息系统（GIS）的地形图数据，具有广阔的应用前景，已在汕头市城市总体规划的修编和市民政局、市公安局、市电力系统、市城管局等部门的系统开发中得到很好的应用，数据质量受到专家的肯定。

2008年，为配合汕头市“创建国家园林城市”的自查申报工作，地理信息室开始了“汕头市园林绿地遥感调查与测试”项目。在时间紧、范围大、工作重的情况下，科室党员发挥先锋作用，加班加点对影像数据进行数据统计分析，为创建国家园林城市提供科学可靠的基础数据，为完善城市总体规划和城市绿地系统规划、实施城市绿线管理提供依据，为汕头建设绿色家园尽心尽力。

勤于学习，开发地理信息系统

作为汕头市测绘研究院的一个部门，地理信息室主要负责基础地理信息系统的维护与管理，为城市规划、建设、管理和社会各行各业提供基础地理信息服务。或许是受过《禅林宝训》的熏陶，地理信息室主任杨萍将“志之端谨、行之精进、守之坚确、修之完美”这一句修身处世名言作为人生的宗旨，指引自己在工作中做到尽善尽美。

1993年杨萍刚来到汕头市测绘研究院时，GIS在国内几乎刚起步，还有待发展。在以后的日子里，测量专业毕业的杨萍不仅在工作中积累了非常丰富的地理相关经验，也慢慢知悉到了“数字中国”

“数字城市”等数字化建设将在纷繁复杂的地理技术发展中发挥举足轻重的作用。1999年，在她的主持下，地理信息室完成了汕头市区1：500、1：1000地形图数字化项目，此项目数据质量优良，成图方法和技术均达国内先进水平，荣获汕头市2000年度优秀勘察设计一等奖。2000年，杨萍参加了汕头市基础地理信息系统（一期工程）的建设，该项目制定了比较完善的数据规范化、标准化方案，建立了统一的GIS数据前端采集平台，并改造与更新了原有的地形图数据，建立了全市大比例尺地形图数据库管理系统，也获得2003年度全国城市勘察测量优秀工程二等奖。

为了对地理信息系统的发展前景和社会意义有更为清晰的认识，杨萍还特地到中山大学地图学与地理信息系统专业研究生进修班学习。“测绘技术发展得很快，所以要不断学习”，深谙此道的杨萍带领科室同事认真践行“三严三实”，学习专业知识，专研技术，提高自身素质和能力。她还积极开展传帮带活动，大家时常分享经验和交流心得，提升业务水平。

实地勘测完成城市三维模型建设

在许多人印象里，测绘地形应该由专门测绘人员去做，地理信息室的人员可能只需要坐在电脑前处理数据，但实际上，为了保证数据的准确性，他们经常也要去现场勘测。“因为我们科室的人少，所以大多数工作每个人都要做，这样大家都被锻炼成全能人才。”杨萍向记者介绍，2010 年才来地理信息室工作的党员陈玉娜和费小睿，今年已经有资格申报高级工程师了。

2014 年，地理信息室在实地勘察之后完成了对汕头试点片区的三维模型制作。三维模型是根据建筑物的实际三维地理坐标构建的城市三维景观模型。建筑物采用真实纹理，生动客观地展现了全市的地表、地貌、建筑物形状，数据具有可量测性，准确、可靠，可为地质灾害防控、城市规划、建筑规划、房地产开发、交通管理、旅游宣传等工作提供三维可视化辅助决策支持，有利于推动城市建设又好又快发展。从二维到三维，地理信息室开发的项目正被社会上的企业和个人所需要。讲到三维模型对民生最直观的好处，杨萍说：“三维模型和电视上看到的房地产广告有相似之处，但它更加真实，老百姓买房的时候如果看三维模型就可以更加清楚了解自己居所的周边情况。”

（姚之嫲／文　袁玺／摄）

李建勤：邮递员是邮局最后一公里

“邮递员是邮政局的最后一公里，在我刚当邮差那会儿，这最后一公里可不好走。”说罢，李建勤举起茶杯，一口喝尽。1982 年初春，李建勤成为一名乡村投递员，踩着自行车不仅穿街串巷，而且翻山越岭。在电子通讯尚未普及的时代，书信、电报的价值不言而喻，李建勤栉风沐雨只为将信件准确、及时投递到收件人家。拉起裤脚，他向记者展示足癣的斑迹：“那年代的邮递员都患有足癣。”20 世纪 80 年代乡村路况差，摔跟头、踩泥路、蹚积水都是邮差必修课。而且当时的邮递员全年无休，一旦邮局收到加急电报，即使深更半夜都得外出派送。而这份艰辛的职业检验了李建勤的勤恳敬业，他于 1999 年升任邮政支局长，并在 2005 年受汕头市政府委派下农村进行扶贫建设。不同阶段的不同职责，李建勤都交出一份出色的答卷，回顾其漫长的“邮差”生涯，李建勤曾接收三封意义重大的信件——

一封家书：附寄大海彼岸的乡愁

1988 年，一封来自美国的平邮信让李建勤犯愁，原因是收件人地址不详。收件地址标注“潮阳贵屿玉窖乡”，但玉窖乡下面还有三个自然村，合计数万人口。按当时的信息条件，派送此信无异于海底捞针。但那特殊的时代环境，许多海外华侨只能通过书信进行寻亲，所以邮局与邮递员对每一封海外来信，不轻言放弃。

李建勤告诉记者，因为年份久远，收件人有搬家或改名的可能，哪怕收件信息填写完整，都可能无法成功派送。如果长时间无法完成派送，就只能选择将信件退回。

李建勤用最原始的办法派送此信，在三个村子挨家挨户打听，问哪家有美国的庄姓亲戚，并寻求各村干部协助调查。他不在上班时间派送此信，因为那样会影响正常的工作效率，导致其他人家的书信派送滞缓，他只能下班后再到玉窖乡进行串门打听，期盼某天能敲开收件人的家门。

功夫不负有心人，虽然李建勤一整周的敲门造访没能寻得收件人，但村干部那边传来了佳讯，找到庄姓华侨的亲人了。李建勤随即前往约定地址，进行书信派送。敲开收件人的家门，一家三代几十人在等待李建勤和他邮包里的家书。收件人是 80 岁的老爷爷，寄信人是他兄长。兄弟失散 30 多年，终于凭此信成功寻亲。

李建勤后来得知，平信里还附有一张汇票，汇票金额是 1 万美元。那时，1 万美元可兑换 4 万多人民币。当时，4 万多人民币能在村里盖两座“下山虎”民居。信件送达后第二年，这位爷爷的兄长在子女带领下从美国来潮阳寻亲。他亲自到和平邮局送来感谢信，感谢李建勤让他们兄弟俩能在晚年重聚。

李建勤的事迹登上报纸，成为美谈。同年，李建勤获评广东省优秀投递员。

一封委任书：赢得乡亲惜别的眼泪

任潮阳邮政局营销中心副经理的李建勤，收到来自汕头市政府的一封委任书，受调前往贵屿镇浮山村任党支部副书记。

当时，中国正处经济飞速发展的大好时代，但城乡差距大的弊端也越发显著，省政府发起＂十百千万干部下基层锻炼＂活动，要求全省各事业机关单位推选有才干人士作为代表，赴贫困村进行扶贫建设工作，勤政务实的李建勤成为汕头市邮政局的推选代表。

到达浮山村，李建勤协同村相关干部，积极开展各项建设工作：整理学校校舍，改善教师与学生的生活、学习环境；落实环卫工作，优化浮山村的村容村貌；带领村民铺设水泥道路，为村未来进一步发展打下地基；协调各方资源，让村民的农作物成果实现利益最大化；修建16间平房供村里孤寡老人居住，不定期对孤寡老人进行探视慰问并发放救助物资……

“干部下基层”的活动为期三年，三年时间浮山村的发展条件和生活水平有了显著提高，李建勤可以安心卸任。2007年，李建勤离村之际，村干部和村民前来相送。看到队伍里有几名孤寡老人哭了，李建勤鼻子一阵酸涩。

从浮山村卸任，李建勤回到邮政公司贵屿支局任支局长。同年，李建勤获评全省优秀驻村干部。

一封情书：相守三十载代替回信

1981年，经友人介绍，李建勤结识郑丹娥女士，两人结为夫妻。并牵手白头。

李建勤漫长的“邮差”生涯，妻子郑丹娥不仅是他的贤内助，还是他的强外援。2013年，时任潮阳邮政公司和平支局支局长的李建勤面临挑战，在落实中央“新农保”政策项目过程遇到任务繁重、期限紧迫、人手不足三大难题。李建勤带领支局骨干人员进行为期两个月的加班加点，提前完成22个村居2.91万户“新农保”的存折开户与发放工作。加班队伍中，便有妻子郑丹娥，她每晚陪在丈夫旁边帮忙审核资料；2015年“双11”电商促销活动导致邮局严重爆仓，李建勤带领员工每晚加班分拣包裹，加班持续近一周时间，其中加班时间最长的两个人，是李建勤和妻子郑丹娥，每晚分拣包裹到12点；升任支局长后，李建勤经常晚上到客户家进行业务走访，妻子总是陪伴同往……

“老婆加班干活是没加班费的”“老婆跑业务比我强”，李建勤对记者笑谈。“李局长以局为家，嫂子以李局长为家”，同事们常常这么与李建勤开玩笑。

李建勤到浮山村任副书记那三年，忙起来一个月才回家一趟，妻子便独自照顾好家里的老和小。在质朴、沉默的年代，李建勤用卖力工作作为给妻子的情书，妻子以悉心守候作为回信。

20 世纪 80 年代，邮递员因为差事苦使命高，受到尊敬。李建勤给村民送信过程，经常碰到村民给他送水送饭，这让他感动不已。记者询问李建勤："刚开始干邮差，有没有想过自己会在邮局干一辈子？"

"干上了，就爱上了。"李建勤额上的皱纹随嘴唇一道笑了。这一年，李建勤年满 58 周岁，在邮局工作了 34 年。

（辛挺 / 文　袁笙 / 摄）

档案

李建勤，1958 年 7 月出生，广东潮阳人，2005 年 7 月加入中国共产党，现任中国邮政集团公司汕头市潮阳区分公司党支部书记、支局长。

黄诗虹：扎根海岛开拓进取的“小女子”

有这么一位基层党员，她坚守自己的信念，扎根南澳海岛。从事客户工作14年来，她始终坚守一线，冲锋在前，用自己细心、周到的服务，为移动集团争取到一个又一个项目。她用积极进取的态度，圆满地完成一次又一次的艰巨任务，又以朋友式的服务关系，认真做好售后服务，耐心解答疑难，赢得了客户的信任。她就是汕头移动南澳分公司南澳区域客户经理黄诗虹。

扎根在业务拓展第一线

对于客户经理来说，业务拓展是他们工作中的首要任务。作为一名资深的客户经理，黄诗虹所负责的是南澳县的政务市场和校园市场。它们都是集团在南澳的主要业务。要拓展，依靠的就是客户经理的经验。

黄诗虹告诉记者，在刚刚过去的4个月里，他们正攻坚克难，成功与南澳县政府政务外网签订项目合作合同。作为推进政务行业信息化的重点工程，“政务外网”是三大运营商的必争之地，南澳分公司在项目洽谈前期面临着严峻的竞争态势。

黄诗虹在其中负责的是产品的挖掘和推介，通过演示展示产品的核心竞争力。为此，黄诗虹协助收集121个单位的联系资料，在此基础上详细地为客户介绍产品的实施方案等。为了凸显产品优势，她还精心挑选了以往的优秀案例，逐一进行细致、深入的解析和介绍，让客户能了解产品特点，赢得客户的信赖。在项目进行过程中，由于有的客户不理解，不配合他们的项目勘测。这时，黄诗虹又冲上了第一线，一次又一次地说服、解释，让客户充分理解项目意义。经过多方努力，最终成功拿下了这个项目。充分契合地方政府的需要，为公司推进区县管道资源的全面覆盖，稳步推动政务信息化的全面应用。

在日常工作中，黄诗虹还经常深入了解和挖掘各个政务集团客户的需求，深耕政务市场。在走访南澳县人民政府集团客户时，发现客户使用的友商OA产品有5年时间，但对其OA产品后续维护服务存在意见。她以此作为契机，向客户推广移动政务OA，并获得了客户的认可，南澳县政府以及全县75个机关行局使用该公司OA产品，同时还一次性拓展了75条专线。目前该项目已经成功开展并已经顺利进行试运行阶段。在项目建设期间努力协助其他同事做好项目的支撑协调工作，让项目得以更加顺利进行。正是她这种不遗余力、积极进取、深耕政务市场的精神，成功拓展了“南澳县政务OA”“后宅镇中心小学校讯通项目”等多个项目。

朋友式服务提升客服水平

售后服务也是客户经理工作中的重要环节。黄诗虹说，之所以能取得客户的信任，优质的售后服务也很关键。客户在产品使用过程中，遇到任何难题，比如有的客户刚使用产品时操作不熟悉、产品使用过程出现故障等，随时都可以向她反馈，她一定第一时间赶到，了解问题所在，如果是她可以立即给予解决的，即刻办理，若是技术问题，她也会第一时间向技术部门反映。为此，黄诗虹说，客户经理的手机都是24小时不关机，方便客户随时联系。可以说，哪里需要她，她就第一时间出现在哪里。

此外，对于已在使用的项目，黄诗虹每个月都会定期回访，了解各项目的使用情况，以便及时发现问题，优化工作流程，帮客户把可能存在的问题提前解决。平日里，她也和客户建立了良好的互通联系方式，以便及时帮他们解疑释惑，用朋友式的服务赢得客户的信任。

带领团队争当先锋模范出色完成任务

面对客户组人员缺少的情况，黄诗虹发挥了作为党员的先锋模范精神，起到传帮带作用，引导带领团队成员维护好集团大客户，客户遇到任何疑难，她总是第一时间给予解答。在“5·17”世界电信日大型促销活动现场，她时刻谨记自己的党员身份，与一线工作人员并肩作战，帮引导、推宽带、填单据，来回穿梭于活动现场，一直忙碌到夜幕降临。

“最美”不是英雄的称号，而是平凡者的荣耀。黄诗虹在平凡的岗位中散发着“最美”党员的光芒。她十多年如一日地细心投入、默默坚守在自己的岗位上，为维护集团客户、深耕政务市场竭尽所能、持之以恒地奉献着。作为一名党员，她在工作中切实起到先锋模范带头作用，扎扎实实推进工作的开展，出色地完成分公司的各项任务指标。

（周晓云 / 文　图片由华访者提云）

档案

黄诗虹，1980 年 5 月出生，2003 年 1 月加人中国共产党，现为汕头移动南澳分公司南澳区域客户经理。

杨志华：带头践行渔政人的理想信念

在中国南海及粤东海域上，担负着维权和护渔重大使命的中国渔政船引人关注，这些长年工作在海上的渔政船中，就有“中国渔政44608船”的身影。该船在近年参与黄岩岛巡航护渔维权、西沙海域巡航、南海专属经济区巡航护渔维权管理，积极开展“护渔”系列执法及海难救援等工作，表现出色，多次受到上级的嘉奖，这些成绩离不开广东省渔政总队汕头支队副大队长兼船长杨志华的带领和从中发挥的模范作用。

浪高风急中勇于担当

长年工作和生活在船艇上，有着常人无法想象的辛苦和枯燥，因此，不少有多年船艇工作经验的人出于家庭和个人的种种原因选择了离开，出于对祖国大海的热爱和心中的责任，2012 年杨志华从海警部队转业后，毅然选择了到广东省渔政总队汕头支队的基层船艇上工作，先后担任大副、船长、副大队长（兼船长）。对于杨志华来说，虽然转业了，但多年来在部队的历练让他时刻以一名优秀党员的标准严格要求自己，爱岗敬业、率先垂范，充分发挥军转干部的素质和业务优势，带领中国渔政44608船成为诠释“特别讲政治、特别能奉献、特别能吃苦、特别能战斗、特别有作为、特别守纪律”渔政精神的中坚力量。

2013年3月，中国渔政44608船代表国家赴黄岩岛执行巡航维权护渔任务，这对于船长杨志华来说是一个考验，当时44608船入列刚刚几个月，首次远航就要远赴距汕头490海里的黄岩岛，因而面临航线海况不熟悉、船员远航经验不足、船机磨合不够诸多问题。但在杨志华的精心指挥下，44608船航行了38个小时到达上级指定的黄岩岛区域，然后实行三班倒进行全天候工作巡查维权。杨志华说：“南海海域天气变化无常，在那里的23天时间，我们经常是在风高浪急的情况下工作和生活，为了发现和应对突发情况，我的精神都是处于高度警觉的紧张状态，因为在南海巡航护渔维权，是一项维护国家主权与利益的大事，一点都不能出错！”全体船员在杨志华带领下，牢记维权护渔的崇高使命，在实战中锻炼队伍、打造战斗力，凭借过硬的技术圆满完成了各项巡航、值守、警备任务，充分展示了中国渔政队伍过硬的素质和良好的风貌，受到上级领导的高度赞扬和好评。

率先垂范的船长

杨志华对记者说：“渔政人即使节假日也必须时刻保持出海的状态，身体可以休息，但精神却不能松懈。”

例如，参加2013年“9・29”特大海难搜救任务，杨志华就是在10月1日国庆日告别妻儿出发的。当时，44608船大部分船员轮休过国庆长假。杨志华突然接到紧急指令，要求44068船取消休整前往西沙某海域参加“9・29”特大海难搜救任务。接到任务后，杨志华马上召集全体船员以最快的速度完成了燃油、淡水、主副食补给等工作，然后全速赶赴西沙事发海域，与兄弟单位一道开展搜救工作。虽然44608船是所有参与搜救的渔政船中航程最远的，但却是第一个抵达指定海域的渔政搜救船只。在搜救过程中，杨志华带领船员顶着7级阵风和4米浪高，曾连续航行50个小时，对北礁、琛航岛等岛礁进行全方位、无死角搜索，最终圆满完成了“9・29”西沙特大海难搜救任务。

在同事们眼里，杨志华是一名合格的船长；但对家里人来说，他却不是一个合格的丈夫和父亲。2014年6月，杨志华领受任务前往西沙某海域执行“981”平台维权行动，出发前恰好小孩生病需要住院，领导得知情况后决定让他留下照顾家庭，可是身为船长的杨志华深知群龙不能无首，于是怀着无比愧疚的心情将孩子托付给妻子一人，毅然带领44608船踏上了征途。杨志华说：“作为一船之长，面对家人难免产生的不理解，在小家和大家的选择面前必须选择后者。这是一名共产党员的选择，也一个渔政人的选择！”

廉洁自律服务渔民

作为船长的杨志华在全体船员面前，始终讲操守、重品行、做表率，以身作则，严于律己，作风民主。在粤东沿海渔政执法的过程中，坚持"务实、规范、服务"的理念，加大海上执法力度，严厉打击海上违规拖网、电鱼、炸鱼等违法行为，同时也决不侵占渔民的利益。而对于船员的管理，则坚持严管厚爱，如个别年轻船员因工作性质的原因而失恋，杨志华以老大哥的热情主动关心，及时帮助化解他心中的不快情绪。在杨志华的得力领导下，44608船形成了朝气蓬勃、充满活力的和谐工作氛围，船员对集体的归属感和凝聚力得到进一步加强，真正成为一个具有铁的纪律、优良作风和强悍执行力的集体。

2013年以来，44608船被农业部南海区渔政局评选为“维权护渔先锋”，同时受到广东省渔政总队等上级的多次表彰，杨志华荣立了个人三等功。面对集体获得的诸多荣誉，船员们认为，这些荣誉的取得离不开船长杨志华对44608船的得力领导，更离不开他本人对渔政事业的执着与奉献！

（张春华/文　图片由受访者提供）

档案

杨志华，1972年7月13日生，汉族，广东茂名人，1992年11月加入中国共产党。现为汕头渔政支队直属大队副大队长兼中国渔政44608船船长。

段卫东：用严谨和勤奋打造精确

在汕头市质量计量监督检测所力学室主任段卫东眼中，计量的精确不仅来自尖端的计量仪器和测试技术，更来自计量人的严谨和勤奋。这份信念源自他28年的计量工作经验。自参加工作以来，段卫东始终坚持一名共产党员的政治信仰和模范标准，认真践行“用心做事、追求卓越”的核心价值观，恪守所里各项规章制度，本着“服务社会，服务企业”的责任使命感，充分发挥计量岗位职能，不断改进工作作风，在本职工作岗位上做出了突出贡献。

迎难而上勇担当

力学计量部门的主要岗位经常在工地、野外，给人的感觉就是工作环境恶劣、条件艰苦、干着粗重活和安全系数低。但作为一名计量人，段卫东时刻不忘老一辈计量人吃苦耐劳，不怕脏不怕累的精神，脚踏实地、团结同事坚守在计量检定岗位上。

近几年来，伴随着国家加大基础设施建设，中铁十八局集团有限公司承建惠来高铁站，力学室负责该标段的千斤顶、配料秤等计量器具的检测工作。由于该工程施工难度大，为保证其施工质量，段卫东带头与室内各同事平均每个月 4 次到工地现场对千斤顶进行校准，确保千斤顶校据实时准确。有一次，段卫东与同事到现场施工，当时正下着大雨，电线就直接浸泡在湿漉的地面上，工作环境非常恶劣且十分危险，同事和现场施工人员建议返回改天再来检测，但段卫东深知该项目施工进度紧且任务重，为了进度、保证施工质量，仍然决定留下来检测。

还有一次，段卫东与同事完成现场检测工作后准备返程时发现，工地出口被当地居民用布条围起来，而且不放任何车辆通行。随后他知道是中铁十八局集团在征地事宜上与当地居民协商时出现分歧，他主动找来工地负责人，与当地居民代表进行协调，并向他们解释说明计量工作对工程质量的保证以及日后高铁通车将便利周边居民生活，带动当地经济发展等好处，说服了当地居民，为工程顺利施工赢得了时间和进度。据统计，在段卫东的带领下，力学计量室千斤顶校准工作达 300 多台次，成功赶赴了惠来高铁站完工进度，保证了施工的质量。

爱岗敬业不言累

除了参与日常的计量检测工作之外，段卫东还负责力学室日常工作的调配，带头做好电厂皮带秤项目动态、静态现场检测工作。电厂皮带秤可以说是电厂的经济命脉，为保证安全高效完成皮带秤的检测工作，段卫东多次到现场考察研究，依据自动衡器检定规程，制订可行有效的皮带秤现场检测方法。在现场，身为负责人，段卫东凡事都要亲力亲为，做在最前面，不仅带头做好安全帽和口罩等安全防护措施，更不忘对同事交代好安全注意事项再开展工作。做皮带秤动态参数检测时，皮带秤一转动起来，整个车间瞬间被煤尘笼罩，一次动态参数检测下来，耳朵、鼻孔、嘴巴尽管有戴口罩，还是进了很多煤灰。而且皮带秤运行的噪声非常大，现场实测超过 100 分贝，听力受到很大影响。据统计，从 2013 年到 2015 年，力学室共完成皮带秤校准工作 70 多条，涉及皮带秤动态参数现场检测工作几乎无缺席，按时保质完成了电厂大客户的委托。

与时俱进树榜样

自加入中国共产党以来，段卫东便坚持学习党的理论知识，毫不放松政治学习。尽管日常的检测工作十分繁忙，但他仍坚持学习党章党规，通过报纸、电视和网络关注时事政治，做到与时俱进，保持着一名共产党员的先进性。他时刻牢记党的宗旨，全心全意为人民服务，在工作上、学习上和生活上经常对身边的同事给予关心和帮助。有同事家里遇到困难，他就主动带头捐款给予帮扶；有员工生病住院，他安排好工作就前往医院探望；有同事工作生活上需要帮忙，他也热心积极地去帮助支持。他经常告诫自己："我是一名共产党员，我就不能给这个身份抹黑，任何时候都要无愧于这个身份。"

"方法要科学、立场要公正、数据要准确。"这是段卫东一直遵循的计量精神。计量工作来不得半点虚假，因为失之毫厘谬以千里。段卫东始终以高标准、严要求来规范自己，他以"三严三实"为标尺，用实际行动为同事树立榜样，传递正能量。用自己的付出和努力书写着一名基层共产党员的精彩人生，用自己的实际行动诠释了什么是最美共产党员！

（姚之翰／文　袁笙／摄）

档案

段卫东，1966年出生，内蒙古呼和浩特人，1996年加人中国共产党，现任汕头市质计所力学室主任。

崔苗苗：潮汕女子的从容人生

在龙湖供电局第一次见崔苗苗，记者发现该女子眉清目秀，佩戴无框眼镜，前刘海后麻辫，清瘦，笑容带亲和力，有着典型潮汕女子的姿容。经确认，崔苗苗生于汕头澄海，在汕头龙湖供电局担任营销分析员，18 年扎根基层，勤恳敬业地服务客户，为客户解惑解难。2016 年，受汕头龙湖供电局推荐参加“最美基层党员”评选。

技在手，能在身，思在脑

崔苗苗很喜欢南怀瑾的一句名言：技在手，能在身，思在脑，从容过生活。这句话也成为崔苗苗工作、生活的最佳概括。作为一名营销分析员，必须掌握大量的数据理论与分析技能，多年来崔苗苗一直保持学习、累积经验、深化技能，体现出“技在手”；而拥有“技”后还得懂运用“技”，她经常将原有理论、技能进行改革创新，实现更便捷有效地解决解决营销和客户问题，这一点诠释了“能在身”；小到应对家庭用户的用电咨询，大到预测企业、行业的未来用电量都是崔苗苗的职责所在，其职责可谓烦琐、繁重，这要求崔苗苗不仅要有严谨细致的工作态度，还要有敬业奉献的工作精神，这些应验了“思在脑”。

做到“技在手，能在身，思在脑”后，崔苗苗在职岗上交出了一份份出色的答卷。连续13年352份报表零差错。实现这样的成绩，需要崔苗苗在制定报表时无比细心，还需要在制定报表后进行多次校对；2015年电网系统升级，导致不少用户无法通过认证、无法正常扣款，崔苗苗放弃国庆休假，加班一周进行数据比对和信息认证。因为严谨和耐心的工作态度，崔苗苗结合大数据与个人思考，总能对企业、行业的未来用电量做出精准预测，她兴奋地告诉记者，通过参考近期城市用电量，对汕头未来两年的发展态势她怀有信心……

参赛最难忘，茶水溢乡情

当记者问，18年职业生涯所经历的事情哪件最难忘。崔苗苗迅速回答：参赛。

崔苗苗口中的“参赛”是指参加2013年首届南网“服务之星”比赛。“服务之星”比赛一共历经6轮选拔，崔苗苗经过市局、省局、南网五省层层比试，最终顺利跻身决赛并荣获三等奖。

当崔苗苗成为代表广东电网参加半决赛的5名选手之一后，她便离开汕头前往广州，进行为期半年的脱产封闭式学习。这半年的学习经历让崔苗苗记忆尤深。工作多年后重返课堂，5位选手接受8名教师密集式授课，所授知识既是为选手参加半决赛及总决赛打下扎实理论基础，又是对选手多年的工作实践进行归纳、比较和提炼。

半年的脱产学习，崔苗苗啃下许多教材书，很大程度提升了自己的职业技能与业务水平。但密集的学习计划让崔苗苗只能一个月才回家一趟，当年幼的女儿询问妈妈出门原因时，崔苗苗告诉女儿：“妈妈要去学习，人只有不停学习，才能变强大。”

经过面试、笔试、现场抢答、现场模拟等项目的考核检验，崔苗苗闯入决赛并荣获三等奖。此次赛事增强了崔苗苗作为南网人的自豪感与归属感。还有件事值得一提，决赛上有一才艺表演的项目，崔苗苗选择演绎工夫茶这一潮汕传统文化，并以茶和水的关系借喻供电局和客户的关系。

心怀感恩，从容生活

“潮汕女子的家庭责任感较强。”采访过程，这句话崔苗苗多次提及。

崔苗苗认为家庭氛围和工作效益是相辅相成的。在父亲身体有恙、入院治疗那段时间，同事与领导给予她许多帮助与照顾，让她得以悉心照顾父亲直至其康复出院。此事件让崔苗苗对同事深怀感激、对企业高度认同，这对她以后的工作起到积极的持久的促进意义。而当崔苗苗前往广州参加培训与比赛，家中大小事务均由丈夫打理，“家人的支持，让我没有后顾之忧地投入工作、投入比赛”。崔苗苗自豪地说道。

记者询问崔苗苗，如何才能实现“从容过生活”？崔苗苗回答：“在企业是得力的员工，在家庭是称职的成员，有能力服务别人，有能力帮助别人，对生活心怀感恩。做到这几点，就算是（从容过生活）了。”

“人生很美好，有爱我的父母，有爱我的丈夫，有我爱的女儿，有我愿意为之付出努力的家人。还有工作氛围融洽的企业。”说完这句，崔苗苗流露出典型潮汕女子的甜美笑容。

（辛挺　文／摄）

三尺小窗口服务大舞台

——记汕头市文广新局驻行政服务中心窗口

如果说行政服务中心是地方政府连接党心民心的桥梁，那么窗口单位则是代表地方政府部门形象的名片。窗口虽小，责任重大。其中，汕头市文广新局驻行政服务中心窗口围绕“便民、高效、廉洁、规范”这一服务宗旨，坚持从日常工作的点滴做起，不断强化责任和服务意识，树立惠民惠企的良好形象，通过窗口服务，让人们看到了“小”窗口背后，彰显出来的“大”服务。

服务是第一品牌

近年来，市文广新局服务窗口狠抓作风建设，积极转变观念，创新服务理念，树立“一份真诚、十分努力、百分满意”的服务理念，实施“宁可自己麻烦百次，不让百姓多跑一次”的服务承诺。窗口服务工作亮点纷呈，服务质量和效率明显提高。在缩短办事时限、延伸政务服务范围方面取得了显著成效。在便民服务上，窗口人员以“始于当事人需求，终于当事人满意”为目标，在窗口办件过程中提倡举止文雅、礼貌待人、热情周到。做到一次性告知，一切手续依法从简、从速，提高办事效率。对当事人的来电、来信、现场咨询，做到来有迎声，问有答声，走有送声，接待热心，解答细心，处理问题耐心，群众满意率达到100%。2015年市文广新局服务窗口被市行政服务中心评为文明窗口，2016年也在工作中实现无差错、无超时、无违纪，得到企业和群众的广泛赞誉。

为突出“主动服务、主动创新”的服务主题，让服务更加人性化，窗口人员建立“市文广新局内部资料QQ群”，将市文广新局的相关通知和表格放在群共享，方便各单位下载；同时，窗口审批人员在线及时解答各单位负责人提出的问题，顺利完成《广东省连续性内部资料出版物登记证》换发为《内部资料性出版物准印证》58宗，受到各出版单位的好评。

效率是第一追求

“为企业排忧、为发展给力”“为民利民、方便快捷”……该窗口不断收到办事企业、群众的锦旗、感谢信，窗口高效办事的形象得到众多人的好评。

2013年7月，汕头华易印务有限公司负责人将印有“高效便民”的锦旗送到文广新局服务窗口，感谢窗口工作人员热情周到，优质高效的服务。当时，窗口工作人员在得知该公司报批《印刷经营许可证》是为了尽快投产完成客户订单的情况后，他们积极指导企业准备申报材料，开展跟踪帮办服务，大大缩短了企业《印刷经营许可证》的获批时间。该公司负责人深受感动，称赞文广新局窗口工作人员能够“急企业所急，想企业所想，解企业所忧”，为企业投产节省了宝贵时间，值得点赞。

一句感人的话语，一面鲜红的锦旗，一张热切的笑脸。公司负责人紧握住工作人员的双手，久久不愿松开。办事群众对窗口工作人员的浓情厚意，全部浓缩在了这面代表着荣誉、代表着信任、代表着感谢的锦旗中。

便民是第一责任

2007年，吴芝娟被派驻到市行政服务中心文广新局窗口工作，至今已近 10 年。自从到窗口上班的第一天起，吴芝娟就把这里当作阵地守护，像螺丝钉一样牢牢钉在那里，默默地做好服务工作。

面对新事务和新挑战，吴芝娟没有退缩。在窗口工作，接待企业和群众办理事务，既要掌握文化政策、法规条例，又要熟悉每项审批事务受理要件的审查。吴芝娟接手后，利用晚上和节假日的时间加强对文化政策、法规条例的学习，主动向窗口老同事虚心求教，很快就掌握了行政审批的办理方法。她办事认真负责，一丝不苟，有条不紊，对每一受理完成的事项，都牢记在心及时跟踪追进，确保在规定时限内完成办结才放手。

有一次，一位群众前来办理出版物刊号事宜，由于材料没带齐，事情没能办成。他不高兴了，憋红着脸对吴芝娟恶语相向，吴芝娟请他坐下并泡了茶递给他，笑着向他耐心解释，在吴芝娟的热情接待和细心指引下，该群众明白了需要补齐的材料并且认识到自己的错误。

窗口人员少，工作多，想要休假不容易，对于吴芝娟来说，她甚至难以有更多的时间去照料还在读小学的儿子。有一次，市区下暴雨，孩子蹚水去上学，校服都湿了。学校老师打电话给吴芝娟让家长拿校服来换，然而吴芝娟抽不开身子，作为党员的她说："我必须在这个'三尺窗口'干好本职工作才行。"服务便民，早已融入她的一言一行中，融入点点滴滴的平凡工作当中。

（姚之翰 / 文　袁笙 / 摄）

档案

汕头市文广新局驻行政服务中心窗口现有干部职工人数 3 人，其中共产党员人数 3 人，45 岁以下党员人数 3 人。

陈静莹：永远奔走在新闻第一线

她长期奔走在本地时政新闻一线，时刻秉持着牢牢坚持党性原则、牢牢坚持马克思主义新闻观、牢牢坚持正确舆论导向的责任，在围绕中心、服务大局中找准坐标定位，牢记社会责任，俯下身、沉下心，察时情、说实话、动真情，写出了许多有思想、有温度、有深度、有品质的作品，用自己手中的笔讲好汕头故事，传播汕头好声音。她的作品荣获省、市新闻奖以及中国地市报好新闻等20多个项奖项。她就是《汕头日报》记者陈静莹。

随时待命奔走新闻一线

陈静莹从事新闻工作至今已有17年。她长期奔走在时政新闻一线，每天需要采写大量的会务、会见、调研等活动稿件。这些稿件时效性高、要求严格，不容有疏漏。因此，每次采写时，都需要严谨再严谨。有时即使稿件已经送审通过，自己紧绷的神经还是不敢放松，即便是个别用字、用词，仍然是一再斟酌。

跑时政新闻，随时待命对她来说成了家常便饭。作为“跟贤团”的一员，从2016年4月初汕头市委书记陈良贤到任的第一天开始，陈静莹就跟着他跑遍了汕头的重点项目建设现场、企业生产车间、基层窗口单位……白天采访、晚上写稿、送审，常常得忙到凌晨一二点钟。同时，她还要兼顾家庭，当一位好妈妈。傍晚时分，当别的妈妈都回家为孩子准备美味佳肴时，正是她最忙碌的时候。家中的厨房和书房正好相邻，陈静莹说：“常常是厨房里熬着汤，书房里同时又在写着稿，两间房两头跑。”

马不停蹄跟团采写新闻

采写政务新闻，跟随市委书记出访，是不可或缺的任务。这项任务在外行人看来，可能觉得很风光，可以跟着领导出访，还能游览美景美食。可是，其中的辛苦，只有记者自己知道。

几年前，陈静莹跟随时任汕头市委书记李锋出访东南亚三国。十天的时间走访泰国、马来西亚和新加坡，每天的活动都需要当天发稿。因此，每天白天她得跟团采访、摄像，一上车或回到宾馆，就得利用一切时间撰写稿件、整理图片，以便传回后方报社大本营交付编辑下版。整整十天，每天如是。陈静莹说，那次采访时间之长、强度之大，至今令她印象深刻。

2014年，她跟随时任市委书记陈茂辉走访台湾，与当地台属台胞会面。出发之前，她提前仔细了解出访团的大致行程，包括所到之处，本次出访的目的、意义，同时还上网搜寻资料，了解当地的人文风情等。随团走访那几天，又是白天采访、摄影一肩挑，晚上再抓紧时间写稿、送审。陈静莹说：“那次随团在台湾待了一个星期，可是著名的台湾夜市，自己都没时间去尝试。”

走基层写出鲜活文章

新闻媒体“走转改”活动开展以来，报社、编辑部领导号召全体记者、编辑到基层中寻找鲜活新闻。作为报社的一员，她也不例外参加了这些走基层接地气的活动。“在‘走转改’活动中，我最大的感受就是，走基层真的不仅仅是一种形式，更多是我们与群众心灵与心灵之间的触碰。离生活越近，离真实越近，只有真正脚踩在泥泞的山间小路上，心里才能踏实，才能更好地做一名党报的记者，写出真正的好文章。”静莹这样告诉记者。

2016年春节前夕，她接受了两个任务，就是到企业里去采访领工钱回家过年的外来工和到雷岭镇去采访被帮扶的贫困户，看看他们是怎样温暖过年的。虽然年底的采访任务很繁重，整天大会小会开不完，但她还是觉得不能靠电话、邮件来完成这两个任务。所以，在联系好了采访对象后，她挤出开完会后的一点时间，飞车而去，一路赶得气喘吁吁，回到家则早已是披星戴月。但当亲眼看到外来工们拿到辛苦劳动所得的报酬时那份由心底溢出的笑意，与农民大哥一起站在田野上聆听他对未来生活的憧憬，就有了一股想要赶快把它们写下来的冲动。最后写出来的稿子也比平常多了几分鲜活与生动，多了几分感情色彩。

在一篇采访札记中，陈静莹这样写道：“记得有一句话这样说：温室里的玫瑰再鲜艳也不值得骄傲。是的，不到基层去，冷暖不相知，和群众的感情就不够深入。基层蕴藏着最鲜活、最生动的新闻资源，到了基层，就有了报道的素材，就有了思想的火花，就有了写不完的故事。我也期望能够在所挂钩区县和线条的各位通讯员的帮助下，发现更多的基层新闻，写出更有生命力和感染力的好文章。”

（周晓云 / 文　图片由受访者提供）

档案

陈静莹，1977年10月出生，广东饶平人，2011年加入中国共产党，现为《汕头日报》记者。

国境之南坚守崇高使命

——记汕头出入境边防检查总站龙湖执勤二队

“现在码头停靠的船只不算多，有时多艘大型货轮同时靠港，场面很是壮观。”郑捷摇下车窗，让记者观看龙湖区国际集装箱码头港边的景象。郑捷指向大海彼岸的华能电厂，说，“华能电厂那边也有一个码头公司，距离较远，过去执行外勤任务在路上要多费点时间。”汕头作为一座海滨城市，漫长的海岸线上设立多座进出港码头，供各国及国内各省的货轮泊岸进行物资运输。而为汕头港上众码头构筑安全防线、维持稳定秩序的，正是郑捷所在的汕头出入境边防检查总站龙湖边检站执勤二队的职责。

国境之南：坚守岗位应对挑战

对所有往来船只进行物资与船员的审查，并对海上各类突发事务进行紧急处理，是边检民警的使命。因为船只靠港时间不定，所以要求边检执勤二队的警员 24 小时待命、出勤。没有实行日夜轮班制，值班警员都要经过 24 小时的执勤和 8 小时的备勤，在 32 小时的工作时间后，才得以轮休。

汕头海岸线漫长，为进一步发展海上经济，沿岸建设多座进出港码头。执勤二队的警员每日往来穿梭于各个码头间，相距较远的码头需要驱车1小时才能到达。正是边检民警不论冬夏、不分昼夜、不辞辛劳的执勤，才确保汕头海港的安全、有序运作。

郑捷告诉记者，遇到海上事故或台风天气，经常是全员出动，齐心协力救灾或抗灾。2016年发生的韩国大型拖轮翻船事件，及2013年发生的强台风“天兔”事件，都是执勤二队参与解决的棘手任务。执勤二队用他们的专业技术、严谨态度及奉献精神，为国境之南的汕头海港修筑一道坚固的防线。

郑捷对记者提起同事罗佳俊婚后加班的趣事。普宁小伙子罗佳俊于2016年7月新婚，休完婚假后逢G20杭州峰会安保期，从8月15日加班到9月6日，加班半个多月。峰会安保期结束，罗佳俊又被调往汕头某高校担任军训教官，军训于9月12日结束，接着台风“莫兰蒂”来了……历经足足一个月的加班，罗佳俊才得以回家与新婚妻子团聚，共度中秋佳节。郑捷说，执勤二队的全体成员都和罗佳俊一样，积极分担、乐于奉献，面对工作从不推诿。因此，边检站繁重的工作才能有序开展、顺利完成。

故乡在北：山东大汉喃喃嘱咐

据了解，汕头出入境边防检查总站龙湖边检站执勤二队职员中约有半数为外地人员，他们一年仅享有一次探亲假回家团聚。郑捷对记者表示，执勤二队的外地人员中，属岳康的乡愁最浓。

岳康是一名典型的山东大汉，身材魁梧、为人豪爽，和队中的同事相处融洽，所以大家都知道岳康儿子4周岁，由妻子单独抚养照顾。岳康每天晚上都会给家里打电话，问今天家里发生什么事，问妻子今天买什么菜，问儿子今天在家干什么……而最后总会嘱咐儿子，在家要乖乖听妈妈的话。尽管每晚都是相似的对白，但这一通电话一声嘱咐，系了亲情、缓了乡愁。挂断短短的电话后，岳康又全身心地投入边检任务。

郑捷提到，岳康在远赴国境之南任边检民警前，在山东担任一名村官。因为内心一直怀有当一名守家卫国的军人的理想，所以他考取了汕头出入境边防检查总站龙湖边检站执勤警员一职，至今干了6年时间。将自己的青春与能量，奉献给理想与信念，像岳康这样的人，是崇高也是幸福的。

家国同安：家人的支持最宝贵

罗佳俊、岳康、郑捷还有执勤二队其他成员，他们的工作都得到家人的理解与支持。“从事边检执勤警员的事业，离不开家人的理解与支持。”郑捷对记者说道。

郑捷描述回家所见的两个场景：一是，打开家门看见妻子怀抱刚出生的小儿子，在厨房炒菜做饭，大儿子在一旁搭手帮忙，同住一屋的郑捷的父母也捣腾各种家务活；二是，晚餐后郑捷陪父亲看电影，看不到一会儿，60岁的父亲睡着了。这两个场景令郑捷难忘。由于自己远离家里，所以妻子、父母甚至儿子便得承担起更多的职责。但从警察岗位退休的父亲告诉郑捷，专心顾好工作，家里交给他们打理就好。

有了家人的支持，郑捷与执勤二队的其他成员才能更好地投身于国家边检事业。有了边检事业各职员对“大家”的敬业奉献，才有千千万万“小家”的幸福安康。

以大型起重机体为背景，四名年轻边检民警朝镜头走来。照片定格住他们青涩的笑容，好像日光泛映在浪花上，闪闪发光。

（辛挺/文　袁笙/摄）

档案

汕头出入境边防检查总站龙湖边检站执勤二队，现有干部职工41人，其中党员37人，45岁以下党员30人。

汕头橄榄台：抢占新媒体战场高地

从成立之初“无场地、无人员、无编制”的“三无”状态，到2016年坐拥70万用户，成为汕头市委书记每天都会“刷一刷”的新媒体平台，汕头橄榄台仅用了一年多的时间，就在实施新媒体战略工作中有所突破，走出一条适合自身发展和形势需求的媒体融合发展新路子。

近日，记者来到橄榄台所在的汕头市广播电视台媒体拓展中心。虽说该中心位于台里旮旯处，然而曲径通幽，迎面而来的是满眼的橄榄绿意，颇为清新。

走廊墙壁是中心的文化墙，最为吸引人的是“橄榄苗苗成长记”板块，上面条理清晰地记载了橄榄台成立至今的大事记——

2015年1月1日南澳大桥开通，橄榄台微信、微博、网站首次尝试参与全台联动微直播，创建互动大师“汕头大件事”单项阅读量超5万；

2015年8月18日汕头橄榄台正式上线，当日新增用户超过2万户，当天累计用户总数超过15万；

2016年8月13—15日汕头橄榄直播团队，在深圳成功直播第二届“侨交会”盛况，并采访众多的海内外潮团领袖，图文并茂报道大会风采，受到海内外嘉宾的称赞；

……

眼前一目了然的成绩，见证了橄榄台团队一年多来一步一个脚印的努力。截至2016年8月18日正式上线一周年，橄榄台用户数已突破68万户，名列粤东地区新媒体平台影响力榜首。

打响广电媒体融合第一炮

回顾成立之初的艰辛，媒体拓展中心党支部书记张忠民告诉记者："2015年，对于传统媒体来说是一个危机四伏的年份，如何积极探索一条适合广电新媒体融合发展之路，已成为当务之急。新媒体技术发展日新月异，等待只会被淘汰。唯有下定决心搏一搏，主动出击，才能把握住媒体融合的机会。"

2014年12月15日，汕头广播电视台正式打响新媒体战略工作，从各部门抽调12人，组建包括技术团队、新闻团队、运营团队为一体的媒体拓展中心，承担起整个新媒体的建设任务。在做了大量的调研准备工作之后，中心与深圳城市联合网络电视台（CUTV）达成合作，正式开展新媒体手机APP业务。张忠民相信，广电行业开展新媒体业务，靠传统媒体的公信力、传播力、整合社会资源的能力，只要用心经营，一定能开创出一片新的天地来。

小部门传递大能量

在潮汕地区，橄榄寓意着"苦尽甘来"，代表了潮汕人骨子里努力拼搏换取幸福生活的性格特点，而张忠民则赋予了"橄榄"新的内涵——"敢想、敢做、敢干、敢担"的创业文化以及"E揽胸怀，心系群众"的使命。

媒体拓展中心共有18名工作人员，其中党员有14名。虽然人手少，但在媒体拓展中心综合部主任张晓光眼里"是一支精英团队"，团队成员经常是身兼数职，不仅要会采写，还要懂点产品运营。新闻学研究生毕业的曾眉妮是去年加入到橄榄台团队中的一名年轻的党员。经过一年的磨炼，如今的她也和团队里的其他党员一样，成了全能型新闻工作者。曾眉妮告诉记者，橄榄台是一个乐享工作的团队，虽人员不多，但大家拧成一股绳，相互学习、相互配合，认真研究新媒体传播特点，不断学习和提升自身的新媒体采编能力。

为了能将新媒体的新闻工作做好，团队里的每个人常常牺牲业余休息娱乐的时间，牺牲与家人团聚的美好时光，力争为汕头市民与潮人们呈现出汕头的全方位信息资讯。2015 年台风“莲花”登陆当天，橄榄台的办公室里通宵灯火通明，党员们主动留在办公室里加班加点。前线一有记者发回照片和视频，后台编辑立即进行编辑推送，以微直播的方式及时更新动态信息。由于突发信息发布及时权威全面，当天汕头橄榄台手机客户端可谓刮起了“橄榄风”，一天下载新用户达到 1.2 万多户。“观众在哪里，媒体的使命就在那里。”橄榄台的记者黄刚认为，每一个新媒体新闻工作者同样必须坚守在新闻第一线，坚持新闻真实，这样才能生产出观众满意的具有传播力、影响力和公信力的新闻作品。

坚守党媒使命为群众服务

作为党的新型舆论阵地，汕头橄榄台积极创新报道形式，提高设置话题的能力，肩负起新时期党媒的使命。

2016 年 5 月以来，为了全力支持汕头“创文”，橄榄台结合自身新媒体具有交互性以及有效实时的传播优势，策划推出了“曝光台”和“回音壁”这两大栏目，市民一旦发现身边的违法违规行为，都能通过这个平台进行曝光，而政府部门也会及时根据市民的举报采取有效措施，并把整改情况通过 " 回音壁 " 栏目向市民公开。如此一来，市民群众的监督通道畅通了，政府的政务工作也更加公开透明了。

2016 年 5 月 25 日，汕头市委书记陈良贤在橄榄台考察时，就对橄榄台的做法大加肯定。他讲道：“十几个人能办得这么有声有色，影响力在不断扩大，得到了社会的广泛认可，这很不容易。你们要越办越大、越办越好！”

（李培煌 / 文　辛挺 / 摄）

档案

汕头橄榄台（市广播电视台媒体拓展中心党支部）现有干部职工 18 人，其中党员 14 人，45 岁以下党员 10 人。

陈林藩：驻扎小窗口服务市民不松懈

“以前办个房地产手续，挨个找部门要找一整天，一个地方要跑好几趟，还不一定能办好。现在好了，几天之内就能办好审批手续”，因购买第二套住房前来办理登记手续的市民老刘发出了由衷的感慨，在汕头市国土资源局驻市行政服务中心窗口，经常能听到办事群众这样的肺腑之言。陈林藩作为窗口的一员，凭着对事业的无比热情和扎实的工作态度，于2009年至2014年连续6年被评为窗口先进个人，2015年更是获得市行政服务中心服务窗口优秀共产党员称号。

勤于学习精业务

窗口虽小，但涉及国土资源部门大部分行政审批的项目。如果业务达不到精通，就无法满足窗口服务要求，陈林藩深深懂得这一点。每天不管工作多忙，他都坚持抽出一定的时间读书看报，学习业务知识。对一些疑难问题总是做好笔记，然后向熟悉业务的老同事请教，不断积累、总结经验。功夫不负好学人，长期的学习使他打下坚实的理论和业务基础，成为窗口的行家里手、业务骨干，工作中做到了办理业务快，解答咨询明，服务质量高。

一直以来，他多次主动参加市国土部门组织的土地管理等专业知识学习培训，他学以致用，将自己掌握的专业知识，为企业和群众提供有关业务咨询达上千次。对群众提出的问题，他总能给予满意的答复。该告知的事项总是一次性告知，因此有人称他为“国土通”。他定期参加窗口人员业务培训，及时掌握新政策、新法规，积极倡导加强与其他兄弟单位的业务往来与沟通，取长补短，提高服务效能。他还经常和年轻同事探讨问题，交流心得，提高他们的业务技能。

讲解答复不厌烦

答复群众咨询，大家可能会觉得这项工作很简单，但7年如一日，就不是一件简单的事。在服务态度上陈林藩严格要求自己，个人有再不顺心的事，他也总是面带微笑。陈林藩所在的窗口每天接待的群众，有年轻的，也有年长的；有素质水平高的，也有素质水平低的。但对他们的服务态度他一视同仁。他认为：作为一名窗口工作人员，热情和蔼是最起码的工作要求。很多时候，对群众的服务态度好一点，对他们的询问解答得细致一点，对有关事项交代得清楚一点，就会省却了办事群众不少麻烦，减少一些不必要的误会。

有一次，在受理补交地价款时，一位户主只有房屋产权证，没有土地使用证。陈林藩确认土地权属时发现，房屋占用的土地是他人以前私人用地，已经收为代管产，如果要补办土地证，必须缴交占用地100%地价款。可户主坚持说房屋已经确权在他的名下，占用土地也应该属于其名下，对于要补交那么多地价款表示无法接受。陈林藩耐心地用国家土地政策慢慢向他解释，晓之以理，一点一点与他对话，使他渐渐接受事实，心平气和理解这一问题。陈林藩说，在购买商品房时，如果房源是划拨地，户主需要补交30%的出让金。大多数买房者在了解到这件事之后，经常会认为这应该由开发商来交，有些人还会反复提问，但陈林藩还是不厌其烦地给他们作解释。虽然电话和现场咨询的群众很多，陈林藩仍做到一一给予答复，耐心解答。一位来这里办完事情的老人动情地说：“这位工作人员服务态度真好，很难得，他给我解释十分耐心细致，我们老百姓办事容易多了。”

事不办妥不下班

在工作中，陈林藩“宁愿自己迟一步下班，也不让群众白来一趟”。每天前来国土局窗口咨询和办证的群众不下几十人次，陈林藩经常忙到下班时间，还有群众在等待办事，看到群众那期待的目光，他不忍心按点下班，常常延时下班。国土局窗口原件材料多，资料复杂，陈林藩一件一件认真校对，需要一定时间。有一天，一名企业人员来办理三旧改造项目，原厂房的出让合同或划拨书、原土地使用证、原缴交地价款凭证、三旧办公室批复文件、政府批复文件、原厂公司与开发商合作协议书，陈林藩要校对的材料有厚厚一沓。眼看快到下班时间了，办事者开始担心当天办不了，陈林藩看出他的焦急和顾虑，当即向他承诺：没有办理完毕决不下班。于是他当晚一直加班到办完手续才下班，受到办事者的好评。

自从2009年3月进驻市行政服务中心以来，陈林藩始终坚守岗位，执着敬业，以窗口为家，从没有因私事而请过一天假，也没有休过年假。他就像老黄牛一样默默地耕耘，把困难留给自己，把方便让给群众，从没有半句怨言。每当别人对他工作赞许时，他总是说：“我的工作很平凡，我做的每一项工作只是为了对得起自己的良心，对得起自己的岗位，对得起前来办事的每一位群众。”他用自己的实际行动，履行着一名普通国土人员的职责，展现出新时期共产党员应有的精神风貌。

（姚之翰／文　袁笙／摄）

档案

陈林藩，广东揭阳人，1964年生，1990年加入中国共产党，现为汕头市国土资源局驻市行政服务中心窗口干部。

詹瑞云：文学女子从基层收获勇气与干练

走进汕头市外经贸大厦的业务科室，见到詹瑞云与另一名同事正在解答某企业主关于办理外贸相关手续的种种疑问，并利用办公室电脑为他展示相应的申报流程。一阵忙碌后，詹瑞云终得以歇息一下，接受特区青年报记者采访。她说，“30 年前是（引进来），现在中国企业是时候（走出去）了。”在中国企业积极“走出去”的大背景下，担任汕头市商务局商务交流与经济合作科副科长的詹瑞云，见证着祖国经济与实力的大发展，也承担着串联汕头企业与境外贸易的重要职责。

助力汕头企业“走出去”

经贸展会、经济论坛、境外投资、对外工程、品牌并购……国内外各项经贸活动，都涉及詹瑞云所在科室的服务职能。而詹瑞云不辞劳苦的工作态度和敬业奉献的工作理念，让她在职岗上克服一而再的困难，交出一份出色的答卷。“汕货全国行”“福州食品展”“海上丝绸之路国际博览会”的顺利开展，都有詹瑞云的一份付出。

在“走出去”的浪潮中，汕头本土上市公司超过半数增设对外业务，还有不少中小型企业主攻境外市场。詹瑞云的主要职能便是为申报企业修改和完善资料，以便企业快速备案，完成申报流程。而申请国家财政支持的大型项目，则对詹瑞云的工作精神和专业技能提出更高要求。詹瑞云积极协助企业完成申请材料，一旦企业顺利获得资金支持，她的内心喜悦与企业主相等。据她回忆，谷饶某企业获得资金支持后在阿联酋开设经营“手机城”，业务蓬勃发展。

谈到职岗上面临的棘手任务，詹瑞云提到中煌投资的事例。中煌投资企业尚未完成外贸申报流程，便与欧美某企业签订合作协议，时间在2016年春节前夕。各行政机关部门迎来春节长假，而中煌投资则担忧一旦春节无法完成申报，无法按时履行与外企的合同职能，便要承担高额的违约金。见此情况，詹瑞云牺牲自己的假期，加班加点协助企业完成申报材料，并向市、省有关部门汇报情况，积极协调各部门在春节期间完成中煌投资的申报流程。当该项申报流程如愿如期完成，詹瑞云提吊着的心终于放下。中煌投资老板在称赞詹瑞云的商务交流与经济合作科室时，直言不讳：“本以为得托关系找高层领导才能办好这事，没想到商务局的基层办事员就把难题化解了，感激不尽。”

汕头的外贸经济总额，在广东省位列第二梯队，仅次于广州、深圳，和东莞、珠海保持同一水平线。这个成绩让詹瑞云感到欣慰、欣喜，这个成绩有詹瑞云的一份贡献。由于在职岗上表现出色，郑瑞云获得2008年汕头市龙湖区优秀团员、2008年和2014年汕头市年度优秀公务员等殊荣。

在基层锻炼收获勇气和信心

谈到工作表现优异的原因，除了奉献精神和严谨态度，詹瑞云认为自己的文学功底和勤奋好学也对工作起到促进作用。

“文字功底扎实，才能写出丰富且有深度的公文。"詹瑞云告诉记者，学生时代的她有着美好的文学理想，虽然最终没能如愿成为一名作家，但扎实的文字功底还是给她的职业和仕途带来帮助。詹瑞云勤奋好学的习惯，则让她掌握一定的财务、法律知识，并及时了解国外政策的变化，她开阔的知识面总能协助企业完成优质可靠的审核材料。而当谈到此前在村街道的基层工作经历，詹瑞云连称"获益匪浅"。她在汕头市广兴村街道组织工作长达4年时间，多数大学生受不了街道工作的苦和累，大多干不到一年就离开，而她选择坚守是想通过基层工作锻炼自己。在街道，詹瑞云抓计生、忙妇检、搞创卫……经历过的种种人、事、物，都让她得到锻炼、变得强大。

詹瑞云告诉记者，在街道工作最难忘的一件事。街道下辖的某村涉及土地纠纷，一班上年纪的村民聚众到街道办公室闹事抗议。当时街道领导不在，指示几名值班的女职员保持镇静，避免冲突。值班女职员都是年轻女大学生，詹瑞云就在其中。老村民找不到领导，便将怨气发泄到女职员身上，口出污言秽语进行人身攻击，当时，除詹瑞云外，其他女职员不敢说话、不断流泪。某位老村民说出一句“你们都是妓女”后，詹瑞云停止忍耐进行反驳：“大叔，我们都是正规大学毕业的大学生，都是通过学习通过考试来到街道工作，我们清清白白，不存在你所说的通过潜规则谋求职位的情况。大叔你的孙女应该和我们同龄，试想一下，如果现在坐在这里的是你的孙女，有一群人蛮不讲理地对她进行人身攻击，你的孙女会是什么感受？孙女的爷爷会是什么感受？“大叔被反驳后哑口无言，自知理亏情愧，便领着一班老村民离开了街道办公室。

生活中是一名“爱心妈妈”

詹瑞云性格开朗、乐于助人且富有正义感，所以人缘一直很好，和同事、朋友建立了深厚的情谊。工作之余，詹瑞云还热心公益，经常参与义工社团或机关单位举办的公益活动，曾经参与“爱心妈妈”慈善公益活动，对一名贫困家庭的小学生进行三年捐款，帮助他完成小学学业。

因为工作量大、工作进度急，詹瑞云经常将工作带回家，晚上和周末进行加班加点。詹瑞云的丈夫也在政府单位就职，对于妻子的工作，不仅理解而且支持。但刚上小学一年级的儿子不仅不理解，而且对母亲提出抗议：“妈妈，你为什么总把工作带回家里做？”

詹瑞云思索一下后回答：“把工作带回家，才能一边工作一边照顾你呀。”说完，母子都笑了。

（辛挺／文　袁笙／摄）

档案

詹瑞云，1979年8月出生，广东汕头人，2008年1月加人中国共产党，现任汕头市商务局商务交流与经济合作科副科长。

许晓瑜：尽职尽责的财务小能手

8年，在历史的长河中只是沧海一粟，但它足够让一个没有经验的懵懂女生锻炼成为在专业领域独当一面的“女强人”。她，工作起来风风火火，平素里大大咧咧的外表下有着一颗细腻的心，让靠近她的人如沐春风。在财务领域内，她是毋庸置疑的专家，时刻保持不卑不亢的态度，在坚持财务原则和底线的前提下，用专业解决问题，令同事纷纷点赞，她就是汕头市公共资源交易中心的员工许晓瑜。

虚心学习，把好财务审核关

2008年，毕业于广东技术师范学院的许晓瑜，应聘进入汕头市土地与矿业权交易中心，担任财务部门会计一职。主动、热情的她，很快融入了单位这个大家庭。她虚心向前辈请教、学习，认真总结财务实践经验。她明白自己还有许多不足，做事需要更细致、缜密。所以，在每次数据的核算和报表的填制中，都会多花一些时间去核对。发现问题，及时向主管汇报、请教。牢牢把关，脚踏实地地做好自己的本职工作。

2014年，汕头市公共资源交易中心成立，市土地与矿业权交易中心原有的职能和人员编制也被整合进了这个新单位里面，许晓瑜服从领导分配来到了新的办公地点——汕头市行政服务中心担任综合部财务管理。虽然还是原来的职位，但不管是业务工作还是员工协调方面，都有了新的挑战。综合部是市公共资源交易中心人数最少的部门，在这个在编职工只有3人的团队中，许晓瑜无疑要承担起重要的责任。她常说："财务工作最需要的就是细心和耐心，一星半点都马虎不得。"作为一名肩负监督管理和服务双重职能的财务人员，她一直提醒自己，一方面要坚持原则，按照规章制度办事；另一方面要增强服务意识，加强和各部门的沟通交流。在新环境中，她积极配合上级应对各类检查、审核，发现新情况、新问题，及时提出意见和建议，及时向其他财务人员学习请教。她的虚心学习和宽以待人的优点，很快得到领导和同事们的认可，2016年，她获得了汕头政务服务青年岗位能手的荣誉称号。

热爱本行，工作再琐碎也不怕

长期的财务工作，在许晓瑜身上留下了深刻的印记。除了数字，工作中的其他方面都被淡化，面对记者的采访，她居然回想不起任何印象深刻的过往事例，因为只有准确的数字才是她工作的全部。在她心里，接受采访需要能说会道讲故事，可说起自己的工作，许晓瑜不好意思地笑了，因为两个字就概括完毕——琐碎。琐碎到什么程度，就是每天满眼都是票据。一个月下来光是要经手的票据就这么多，说着她用两只手比了比，厚厚的一沓。日复一日，年复一年，每天干着一样的事，久而久之就总结出琐碎两字。"可别小看这琐碎，只有正视了琐碎，你才能兢兢业业，认认真真，因为每一笔账都来不得半点马虎。"许晓瑜说，工作时自己心里有个"小算盘"，就是提前做好工作计划，这样再琐碎的事情都能有条不紊地完成。

雷锋曾经说过，"共产党员是块砖，哪里需要那里搬"。在公共资源交易中心部门建设和人员配备还没到位的时候，许晓瑜不只要做财务一项工作，还需要同时承担人事、办公室、信息技术等部门的相关工作。面对任务重、事务杂的工作性质，许晓瑜做到"眼勤、手勤、腿勤”，以高度的责任感和工作热情，积极开展工作。经过一段时间的磨炼，她很快上手新的岗位，顺利完成角色转换，配合领导圆满完成各项工作任务。她就像一颗小小的螺丝钉，拧在哪里，就“钉”在哪里，勤勤恳恳、兢兢业业。

廉洁自律，追求更卓越的目标

作为一名财务工作者，廉洁意识不可缺，树立廉洁意识不仅是一名财务人员的基本素质，更是一个单位员工，一个社会人所必备的条件。许晓瑜笑称，自己最自豪的事就是经常经手八位数以上金额的单据，分分钟手里头就攥着上亿的资金。玩笑归玩笑，许晓瑜在工作中时刻提醒自己，要把廉洁放在首位，做到了政治上坚定、思想上清醒、工作上有作为，对党、对国家、对人民无限忠诚，时刻保持着思想上的纯洁和先进。

“一碗水端平，一把尺子量到底”是她对生命价值的追求，作为一名共产党员，她恪守着“奉献不言苦，追求无止境”的人生格言，她知道作为新时期的共产党员，她所做的这些努力离她心中的目标还远远不够，为此，她将进一步加强学习，严于律己，继续加倍努力，提高自己的思想政治觉悟和业务水平，为成为一个名副其实的优秀共产党员而不懈努力奋斗。

（姚之翰 / 文　袁笙 / 摄）

档案

许晓瑜，1984 年出生，广东汕头人，2006 年加入中国共产党，现为汕头市公共资源交易中心综合部财务人员。

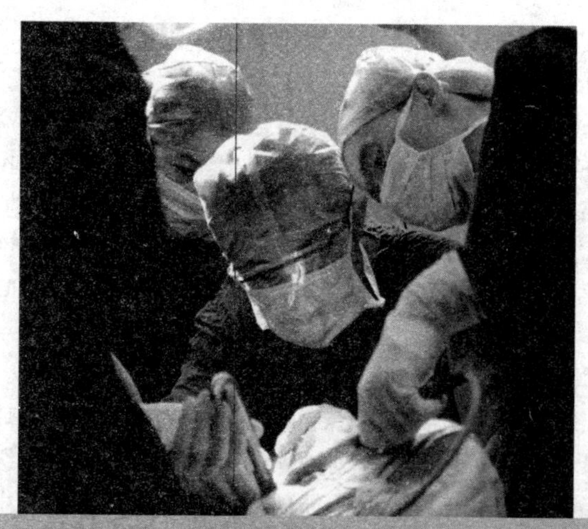

唇腭裂患者的守护天使

唇腭裂是最常见的先天性畸形之一，我国发生率约为1.62/1000，照此估计，唇腭裂新生儿患者每年以大约2万病例的速度增长，高居出生缺陷发生率的第二位。可是，许多家庭因贫困而无法负担治疗费用，更有些唇腭裂孩子一出生就被遗弃。

汕大医学院附属第二医院唇腭裂治疗中心多年来为5000多例唇腭裂患者提供全方位的医疗护理服务，其中2976例为慈善医疗项目病例。他们不仅有高水准的治疗技术，更有着医者父母心，通过慈善义卖等方式，为贫困家庭患者筹集医疗费、路费，让患者可以及时得到治疗。他们用自己的行动，告诉千千万万的患者及其家庭：唇腭裂是可以治愈的！他们相信，自己做的外科手术虽小，却能翻转生命，让患者重塑信心、重燃希望。

专业的技术，让患者焕发新希望

在汕大附二院医疗中心大楼15楼里，许多刚刚做完手术或正在等待接受手术的患者，正安静地休息着，医生们的办公室里，还有患者不时前来看病、咨询。唇腭裂治疗中心主任唐世杰告诉记者，经过治疗，加上后期的妥善护理，这些患者，即使是重度患者，也能基本恢复到普通人的容貌，和常人一样地生活。

唐世杰说道，在发病的患者中，地处偏远农村的贫困家庭人口占患者数的一半以上。这些患者的家庭，很多都因为无法负担医药费或者昂贵的路费，而放弃治疗，或者治疗不彻底。因此，他们从1999年就开始了慈善医疗项目。通过李嘉诚基金会的帮助，为许多经济困难家庭提供医药费等。那时候，医生们常常利用周末的时间，到潮汕地区、陆丰、福建漳州、江西吉安等多个乡镇义诊，到县一级医院免费举办唇腭裂专业知识讲座。

可是，唇腭裂是需要序列治疗的，治疗环节一环扣一环，义诊虽然能帮助患者，但却达不到序列治疗的效果，部分乡镇一级医院对术后的护理、防止伤口感染等问题处理不妥善，还是无法给患者最佳的治疗效果。因此，他们决定开展以医院为平台的定点医疗。

从2005年开始，先后派遣专业人员分批分别到中国香港威尔士亲王医院、美国UCLA医学中心以及中国台湾长庚医院等学习。通过对医疗、护理、语音、麻醉、管理等围绕唇腭裂及相关畸形治疗的各学科的学习，并与长庚医院建立了长期密切的联系，整体提升唇腭裂治疗水平。经过筹备，2007年9月，唇腭裂治疗中心正式成立，并成为李嘉诚基金会和中国民政部的合作项目“重生行动”的首个承办单位之一。

为了让贫困家庭的患者也能持续完整地接受治疗，中心的医生护士们每年都利用节假日进行义诊，到汕头市区南国商城百盛等商场门口义卖，所得的款项，就用于贫困家庭患者的路费、差旅费，让这些家庭不用因为旅费阻挡了及时治疗的脚步。

广泛开展宣传，让患者及时就医

对于唐世杰他们来说，有了高水平的专业和设备，治疗唇腭裂不是难事，难的是如何说服患者尽早、及时进行治疗。很多患者对于唇腭裂的治疗不了解，因此错过了治疗的最佳时间。为此，多年来，治疗中心通过不同的方式，进行大众宣教。网站宣传、派发宣传单是基本的宣传方式。每位进入医院准备接受治疗的患者，都会通过文员、护士、医生这三轮的讲解，让他们清楚唇腭裂治疗的过程。而护士们还会以房间为单位，定期给患者开展知识小讲座。

此外，他们还定期到基层医院、乡镇一级的学校进行讲座，给基层医院的医生、护士进行专业培训，给学校的老师、学生们进行唇腭裂知识讲解。因为这些地方的医生护士、学生老师，最能接触到乡村贫困家庭的唇腭裂患者，通过他们的传达，可以鼓励更多的患者勇敢地接受治疗。

术后护理回访，让治疗序列化

唇腭裂的治疗需要序列化、规范化，从发生唇腭裂开始，到手术中、术后的护理，是一个系列的持续治疗。为此，中心开展了全能照护的服务。他们和妇产科联动，及时了解出现唇腭裂的新生儿，从出生开始，给予科学的护理，并根据情况及时进行手术。

术后护理上，首先做好的是肉体上的护理，包括怎么带鼻膜、鼻撑，伤口要如何保护，等等。其次，更重要的是心灵的呵护。由于发病，很多患者对自己不自信，许多患者的母亲更是产生了内疚的情绪，医护人员都会根据他们的情况，及时给与疏导，让患者不仅肉体上康复了，还能重拾生活的信心。

此外，中心还建立了术后随访体系。每位患者都有各自独立的档案，医护人员会根据进程，在术后3个月、6个月、12个月后通知患者前来复查。每个月定期到汕头周边地区，以当地医院为中心，辐射周边的患者，回访、查看已经接受治疗的患者的康复情况，及时发现问题并纠正。对于唇腭裂治疗中心的医护人员来说，治疗序列化、规范化、人文化，是他们孜孜不倦努力的目标，他们希望通过自己的专业能力，帮助更多的患者重获美好的人生。

（周晓云/文　周片由受访者提供）

档案

汕头大学医学院第二附属医院唇腭裂治疗中心，现有干部职工30人，其中党员15人，45岁以下党员13人。

张林田：敢攻“老大难”的检验检疫人

在汕头出入境检验检疫局技术中心食品实验室，张林田是一名基层检验员，作为一名共产党员，他凭着对党的忠诚，在检验检疫事业上以过硬的技术本领和求实的工作态度，在平凡的岗位上书写了检验检疫人精彩的人生篇章。

近日，记者来到汕头出入境检验检疫局采访，在技术中心食品实验室，看到张林田正在陈设着一台台精密检测仪器的实验室中忙碌。安静的环境中，他认真地盯着仪器上闪烁的指示灯和仪器屏幕跳动的数字，对接受检测食品的各种数据做出判断，因为它关系着广大消费者舌尖上的安全。

敢于尝试，攻克检测上的“老大难”问题

1995 年，毕业于福建农业大学的张林田进入汕头出入境检验检疫局工作。如今 20 年过去了，他已是食品检测岗位上一名攻克疑难问题的“行家”。

2004 年 10 月，日本对来自中国的烤鳗产品中的喹诺酮类药物实施命令检查，大幅影响我国相关产品的出口，国家质检总局下文要求各地检验检疫实验室尽快开展相关项目检测，以确保烤鳗产品顺利出口。当

上级把这项新任务交给张林田时，尚没有行之有效的标准检测方法。接受任务后，张林田积极查找资料、反复摸索尝试，很快建立了以酸化乙腈为提取液、四丁基溴化铵为流动相的四种喹诺酮类药物同时分析的检测方法。但他在实际样品检测时又发现烤鳗样品的本底干扰较大，易出现假阳性问题。为消除测定干扰，提高测定结果的准确性，张林田经过反复试验、研究比较，采取在制样时剔除样品表面的酱油等调味料、并摸索采用另一套液相条件进行互相验证等技术解决了这些技术难题，终于在总局规定时间内开展了烤鳗中恩诺沙星等项目的检测，为粤东地区的烤鳗产品顺利出口日本提供了技术保障。2006 年 9 月，在开发液相色谱—串联质谱法检测水产品中硝基呋喃代谢物时，张林田又排除了盐酸及二硝基苯甲醛试剂干扰硝基呋喃代谢物测定这一技术难题，解决了长期以来汕头口岸出口水产品需要送到外地确证检测的“老大难”问题。

张林田告诉记者：“汕头市出口的海产品不少，而国外对进口食品的检验标准也在不断更新变化，作为把守食品安全的检测人员，就要不断地接受这些变化带来的技术挑战。”正是基于这种理念，他在工作中善于动脑筋，不断开发新的检测方法以提高工作效率，自 2002 年以来，共主持制订了《动物源性产品中氟喹诺酮类兽药残留量检测方法——高效液相色谱法》等十几项广东公定分析方法，这些方法成为标准方法的有效补充，为提高进出口食品的检验质量、加快通关速度发挥了重要作用。

出色应对多起食品安全突发事件

多年来，张林田和同事们发扬检验检疫人“招之即来，来之能战，战之能胜”的优良传统，出色应对了多起重大食品安全突发事件。2008 年 9 月初，“三鹿”牌婴幼儿奶粉添加三聚氰胺导致的重大食品安全质量事故震惊了全国。事件爆发后，根据上级的有关部署，要求实验室在最短的时间内建立奶粉中三聚氰胺的检测方法。任务的重担再次压到了张林田和他的同事们身上。张林田带领的技术攻关小组仅用 2 天时间建立了奶粉中三聚氰胺的高效液相检测方法，率先在粤东地区开展了该项目的检测。紧接着，上级又要求将三聚氰胺的检测灵敏度降至 0.01mg/kg。张林田再次“披甲上阵”，经过 20 多小时的连续奋战，建立了检测灵敏度达到 0.01mg/kg 的高效液相色谱—串联质谱检测方法，汕头局由此成为广东局内首批可以痕量检测三聚氰胺的实验室。

可以说，从“三聚氰胺”到“塑化剂”，从“红心鸡蛋”到“毒胶囊”，在每个食品安全事件突发的日子里，张林田和他的同事们忠诚地守卫着进出口食品安全的每一个关口。2015 年，张林田获得了国家质检总局进出口食品安全局授予的“进出口食品安全忠诚卫士”荣誉称号。

首建国内“五种生物碱”检测方法

近年来，国内滥用食品添加剂、非法添加违禁物质的事情时有发生。2010 年，社会上不时有某热销的火锅食品或小食品中有可能添加罂粟壳的传言。2011 年 3 月，卫生部将罂粟壳列入第五批非食用物质名录中，并禁用于“火锅底料及小吃类食品”中，但当时国内外并无食品中非法添加罂粟壳的检测方法。张林田以其敏锐的“嗅觉”，率先向汕头市申请“火锅食品及小食品中非法添加罂粟壳的检测技术研究与应用”科研立项并获批准。经过近两年的摸索研究、比较试验，在国内首次建立了“固相萃取—高效液相色谱串联质谱同时检测火锅底料及小吃类食品中非法添加罂粟壳所产生的罂粟碱、那可汀、吗啡、蒂巴因、可待因五种生物碱”的检测方法，该方法由于灵敏度高、选择性强、准确度好，具有一定的前瞻性，得到了省市科技鉴定委员会和有关监管部门的肯定，获“国内领先”的评价并被评为 2014 年“汕头市科学技术奖”二等奖。

从事检验检疫工作 20 年，张林田先后完成国家质检总局、认监委、广东省局及汕头市科研项目 16 项，获“汕头市科学技术奖”二等奖二次、三等奖六次，获广东出入境检验检疫局“科技兴检奖”二等奖 2 次。

（张春华 / 文　袁笙 / 摄）

档案

张林田，1971 年 9 月出生，福建省龙岩人，2005 年 7 月入党，现为汕头出入境检验检疫局技术中心食品实验室检验员、高级工程师。

郑桂亮：闪耀光辉的生命励志

“您需不需要先休息一下再接受采访？”

记者很少会以这样的开场白来接触一位采访对象，但这一次不同，没见面之前，已对他与病魔抗争的故事略有耳闻。他就是汕头市委机要局副主任科员郑桂亮。13 年工作历程，9 年对抗重大疾病，他说，身为一名共产党员，生命不息，奋斗不止。

寒门学子担密码工作重责

2003 年，毕业于华南师范大学计算机系的郑桂亮被择优招录，成为一名机要部门密码工作者。“从事的职业与大学所学专业对口，又是一项与党和国家政治命脉息息相关的工作，这对于我这样一个寒门学子来说，既感到感恩，也自觉身上责任重大。”郑桂亮告诉记者，从入职那一天开始，他便把感恩的心化作对事业的责任心。

对于密码工作者来说，确保通信畅通就是第一要务，这也决定通信设备一旦出现故障就要随叫随到，他说：“故障就是命令，容不得片刻迟缓。”所以，不论是夜里、节假日或碰上狂风骤雨，只要碰到设备故障，郑桂亮就算用尽“洪荒之力”，也要赶回单位处理。不仅如此，由于市里几个区（县）机要部门的技术力量比较薄弱，机器发生故障，也常能见到郑桂亮忙碌的身影。

在本职工作上尽职尽责，而工作之余，郑桂亮还不忘开拓创新，他向记者展示了他和同事合作开发的“电报登记转发管理系统”“收报核对管理系统＂等业务办公软件，在提高工作效率的同时，大大降低了工作差错率。

责任驱使，一次次与病魔抗争

也许，许多基层党员都能像郑桂亮一样，为了工作近乎忘我，然而，这种忘我在郑桂亮身上显得特别难能可贵，因为除了工作这一战线，在健康这条战线上，郑桂亮可谓已经成为一名“生命斗士”。

2007 年年初，正值青春最美年华的郑桂亮一下子走到了人生的十字路口，他被确诊患了白血病。这样的遭遇，足以一下子击垮一个人的意志，然而对一个共产党员来说，对事业、对家庭的责任高于一切。病魔袭来，就要坚强面对，完成了骨髓移植，还在休养期的他便不顾家人和同事的劝说，毅然要求返回岗位，他说：“一直在家待着没事做，反而容易意志消沉，做点工作多好，让自己的精神能有点寄托，也才能显得我与正常人一样。”于是，接受骨髓移植不到半年，那个为了密码工作甘愿付出一切的郑桂亮便再次出现在岗位上，他边工作边治疗，在力所能及的前提下，认真、细致地完成手头上每一项工作。

然而，祸不单行，由于受化疗药物的影响，郑桂亮的肾脏受到了极大的损害，2014 年 6 月，又一项令人谈之色变的疾病向郑桂亮袭来——尿毒症，从那时起，他的生命便须依靠每周三次的透析来延续，一段时间之后，为了能顺利进行透析，他在手臂上植入了一条人造血管，而两年多的透析，已经让他的双臂千疮百孔，然而，既然前一次疾病没能打倒郑桂亮，这一次也依旧不能打倒，何况，他在透析过程中还认识了另外一位“生命斗士”——庄宜生，同样与疾病抗争，同样不屈不挠依然奋战在公安战线的岗位上，他们互相打气鼓励，为了那份责任，无惧病魔、热爱工作热爱生活。

以感恩的心燃烧生命

其实，除了身为党员那份难以卸下的责任心，郑桂亮心中还充满了感恩，他说：“自从我患病以来，身边的领导及同事从精神上鼓励我，从工作上尽量减轻我的负担，而家人给予我的帮助更令我感动至深，姐姐当时为了帮我完成骨髓移植，主动终止了 3 个月的妊娠，父亲母亲更是陪着我四处奔波治病。越是这样，我就越不能轻言放弃。”

正因为有着这份感恩的心，有一次做完血液透析，在单位确实需要郑桂亮协助排除通信设备故障的情况下，他强忍身体的疲惫，依然出色地完成了任务。而家人也成了他工作之余最大的牵挂，因为父亲在 2015 年去世，郑桂亮说：“如今我与母亲相依为命，我一定得照顾好她，不能倒下。”

都说人生如戏，在很多节点上，郑桂亮也许能问一声“为何是我？”“为何总是我？”自怨自艾，最终演成一出悲剧，然而，生命越是给他考验，他便越是坚韧不拔，将自己的人生变成一出励志剧，而这出励志剧，也闪耀着共产党人的光辉。

（蔡维驹 / 文　袁笙 / 摄）

谢秀香：坚守窗口的铿锵玫瑰

从深圳边防武警部队到碧石风景区管理办公室，再到汕头市住房和城乡建设局服务窗口，转眼11个春秋过去，谢秀香已从一名工作“门外汉”蜕变为服务之星。作为一名退伍多年的铿锵玫瑰，她始终以共产党员的标准要求自己，以永葆共产党员本色的精神面貌，用实际行动践行着共产党人全心全意为人民服务的宗旨。

从熟练业务中提升效率意识

“踏踏实实做人，认认真真做事。”这是谢秀香最常说的一句话。走进住建局窗口，你始终会看到谢秀香微笑地站着为群众办事。从军营到地方工作岗位，环境虽然改变了，不变的是她艰苦奋斗的精神。业务知识不熟，不能及时办理办事人的申报事项，是她刚来窗口时遇到的最大难关。为尽快熟悉审批办证业务知识，谢秀香自己购买了相关书籍，并虚心向窗口的业务骨干请教，不断提高自身综合素质和业务水平。通过不懈努力，她很快掌握了施工许可证、房地产资质、建筑业资等审批项目所需材料、审批流程和收费标准，两年来，她经手的行政审批服务事项，从未出现过错办和超时限办结情况。

与此同时，谢秀香还常常在承诺时限的基础上为有特殊需要的办事群众提供方便，做到特事特办，急事急办。2016 年 6 月 16 日下午快下班的时候，汕头市建筑工程总公司工作人员到住建局窗口要求办理企业外出登记手续。谢秀香在仔细检查完企业提供的资料后，告知对方欠缺《广东省建设行业企业出省经营及诚信证明申请表》。但是，该企业工作人员计划当天赶到惠州，车票已经买好了，没时间补齐材料了，心里非常焦急。了解到这一特殊情况后，谢秀香汇报给首席代表为该企业开辟“绿色通道”，先办理加公章给企业，再由企业补全材料给窗口。企业负责人对谢秀香这种"急企业之所急、想企业之所想"的服务态度大加赞赏，表示了由衷的感谢。这些成效都得益于她业务的精通，高效的服务。

从为民办事中提升服务意识

“原以为办理《施工许可证》要很久，没有想到两三天便办下来了。”粤东房地产开发有限公司工作人员到市住建局窗口领取证明时说。在申请证书时，他在录入部分数据到省厅系统“建筑市场监管与诚信一体化”平台的操作过程中遇到了困难，谢秀香发现后对其手把手地教，使得他能顺利完成申报。事后，他称赞汕头市住建局窗口是真正为了群众、方便群众的窗口。

为满足企业和群众的需要，谢秀香经常放弃休息时间，为前来办事的群众服务，得到大家的普遍好评。2016 年 3 月，市住建局通过整合行政审批流程环节、改变审批模式，集中实施全局的行政许可管理事项，进一步提高行政审批管理工作效率，申请审批的项目一下子增加了许多，窗口工作变得更繁重了。但当看到服务对象满意地离去时，她由衷地感到欣慰。

近日，汕头港务集团有限公司向住建局窗口申请汕头港广澳港区一期工程生产、办公和联检业务用房装饰工程施工许可证，由于该公司办事人员第一次办理，对需要提交的材料和办事过程不清楚。谢秀香通过现场手把手的操作指导和讲解，帮助他们完善许可资料，让他们不用来回奔波，帮助企业少走弯路、减少损失。面对办事人员的感谢，谢秀香淡定地说：“这只是工作中的一部分，是每一名住建窗口工作者都应该做的。”

从遵章守纪中提升责任意识

作为一个每天面对群众的窗口工作人员，谢秀香爱岗敬业、遵章守纪。她说，遵守工作纪律，在有些人看来只是一件不起眼的小事，但是作为窗口工作人员，严格遵守工作纪律不仅代表自己对工作的要求，更展示了政府、部门的形象。看似简单的制度要长期坚持却不是一件容易的事。

为树立依法行政的良好形象，谢秀香严格要求自己，在审批过程中，常常有熟人、朋友打招呼，但谢秀香坚持公开、公正、公平的原则，坚决不办人情件和关系件，树立了清正、廉洁的政府形象。一次下班回家的途中，谢秀香突然接到同事的通知，说有家企业按照有关规定已办完了所有施工许可证核准审批事项的申报材料，就差发放施工许可证，可同事有事脱不开身。为了不影响企业开工，谢秀香立即折返赶回汕头市行政服务中心，为这家企业发放了施工许可证。企业为表达感谢之情，提出请她一起到酒店去吃晚饭，她婉言谢绝。

4 年多来，谢秀香无论严寒酷暑都能做到不迟到不早退、不请一天事假。坚持一天不难，天天坚持却不是每一个人都能做到的。正是这种坚持，这种对工作高度负责的态度，让她成为严格遵守规章制度的典范，成为服务群众的典范，成为年年被评选为先进个人的铿锵玫瑰。

（姚之翰 / 文　袁笙 / 摄）

档案

谢秀香，广东汕头人，1988 年出生，2009 年加入中国共产党，现为汕头市住建局驻市行政服务中心窗口职工。

精心监测护一方水土

——记汕头市环保局环境保护监测站测试室

受委托检测 786 家，监测企业 2647 次，监督性监测 833 厂次……这样庞大的监测量，只是汕头市环保局环境保护监测站测试室 2015 年一年的工作量，这还只是全部监测任务的二分之一，在环境监测上，他们也花费了大量的时间和精力。测试室是监测站最主要的业务室，主要负责汕头全市环境质量和污染源排污状况监测，涉及地表水、海水、空气、土壤、噪声、废水、废气、固废、辐射等近 300 个项目的环境采样和分析工作。

近几年，该室每年实际监测过程中产生的数据超过 100 万个，报发的有效数据约 15 万个。为完成监测任务，党员带头加班加点，经常工作到深夜。大家都甘当先锋，勇于拼搏，无私奉献。每次发生环境事故，不管是节假日还是深夜，大家都冲在最前面，第一时间到达现场，不怕危险，开展应急监测，为事故的处置提供第一手数据。

冲锋在第一现场采样

进行环境质量和污染源排污状况监测，需要依靠现场采样获得第一手数据。这其中，采样是关键。该站气声测试室主任黄宜耀告诉记者，为了及时取得第一手样品，测试室的工作人员都是24小时待命，遇到突发环境事故时，即使是凌晨两三点，他们也毫不犹豫立即出动。对于采样工作来说，时间也是重要因素，晚到一分钟，所取得的样品都有可能与事发时产生差异，无法取得最有效的数据。

近两年，练江整治和贵屿重金属污染整治是我市环境保护工作的重头戏。为了配合有关部门的暗访工作，测试室人员常常半夜里随执法人员同行，到练江周边抽取样品，以确定周边企业的排污等状况是否达标。

在贵屿的采样也十分辛苦。每次采样都需要连续5天的时间。工作人员需要在多个地点架设采样监测仪器，每天连续采样4次。由于采样地点多，常常是刚完成第一轮最后一个地点的采样，就又得开始第二轮的采样。每次都得到晚上八九点钟才能吃上晚饭，吃完晚饭，又得投入工作。

工作量庞大，假期如同摆设

近年来，随着市民环保意识的增强，对环境污染等的投诉也越发增多。在诸多的投诉中，关于噪声污染，投诉得最多。由于夜间环境比较安静，噪声污染比较明显，所以噪声投诉常常以夜间噪声为主。每当接到投诉信息，测试室的工作人员们一次次放弃休息的时间，及时到达投诉现场监测，以判定污染是否超标。为此牺牲自己的休息时间，对于他们来说早就是家常便饭。

采样需要花费大量的时间精力。但这还只是第一步。样品抽取回来后，还得及时进行上机分析，以保证样品不变质，得出的分析数据准确有效。所以，有时即使采样回来已是深夜，测试室的工作仍不得停歇，需继续进行上机分析。

黄宜耀介绍说，很多样品在上机分析前，还需要冗长的前期处理时间。像重金属的分析，就需要先用酸进行消解。消解的过程，动辄需要好几个小时，时间长的需要耗时一整天，工作人员都得全程跟进，及时掌握消解情况。黄宜耀开玩笑说，公休假对他们来说，几乎如同摆设。很多工作人员多年来几乎都没有休过公休假。他告诉记者，测试室中主要骨干技术人员都是年轻的共产党员。他们不仅冲锋在前，放弃年休假，有的年轻党员为了工作，还主动缩短婚假和生孩子的陪护假，把时间奉献给了环境保护事业。

在他们看来，环境监测是一项关系民生的工作。牺牲自己的一点休息时间，能争取更快捷的数据统计分析，为后续的环境改善工作提供重要依据，为市民创造一个宜居、健康的环境，是他们的职责所在。

参加科研课题，发挥专研精神

责任感，是驱动他们不断冲锋在前的源动力。他们每年要完成国家指定的大量常规环境监测、定期污染源监测1000厂次、监督性监测800多次，以及突发性的环境事故监测，还有大量的验收监测等。在此情况下，他们还积极参加科研课题的研究，发挥钻研精神，完成了包括机动车尾气排放监测的课题研究、海门电厂近岸海域海水质量监测课题等多个项目的研究。

同时，他们还积极开展大气细颗粒物源解析科学研究，通过结合全市污染情况、地域特征、产业结构等因素，对本地主要污染源进行分类，构建汕头市本地化的特征污染源谱库，采用在线高时间分辨率飞行质谱直接测量法，对汕头市六个市区国控点和南澳县、贵屿镇及环境监控中心三个典型点位以及大量的源谱库样品进行了实时在线或离线检测，经过数据处理和科学分析，结合汕头环境空气质量数据、产业能源结构、污染源统计数据以及气象资料等参考信息，形成了汕头市大气细颗粒物来源解析研究和防控措施建议技术报告。该项目于2015年11月20日通过了省专家组的验收评审，汕头市成为广东省内继广州、深圳、佛山、东莞之后第5个，也是除珠三角外首个完成大气细颗粒物源解析研究工作的城市。

（周晓云/文　袁笙/摄）

档案

汕头市环保局环境保护监测站测试室，现有干部职工28人，其中党员11人。

姚苹：14 载青春书写无悔“税月”

“您好！这里是汕头地税。”遇到涉税疑难，不少汕头市民都会想起汕头市地税局 12366 纳税服务热线这句简单却让人踏实的问候语。在这个平凡的工作岗位上，所有座席税务人员常年坚守，耐心地解答着纳税人的疑惑，共产党员姚苹就是其中的代表，她 14 年如一日，爱岗敬业、恪尽职守、任劳任怨，以实际行动诠释了一名优秀共产党员的责任感和使命感，真正做到了“想纳税人之所想，急纳税人之所急”。

业务上的“活字典”

在日常工作中，姚苹得到最多的评价是：“业务能力很强。”但她却谦虚地说：“面对纳税人的提问，回答不出来我觉得是一件很羞愧的事。所以只有不断学习，提升自己的业务能力，才有底气回答每一个纳税人的疑问，帮他们解决问题。这也是我的本职工作。”

作为 12366 纳税服务热线的座席人员，姚苹进行业务学习的时间是地税局其他岗位工作人员的数倍，每逢新的税收政策法规出台，她都会加班加点学习相关的新知识，确保能在新法规推行之后第一时间准确地解答纳税人的疑问，让纳税人少跑一趟，节省时间。

几乎每天下班后，姚苹都会和同事一起讨论业务，在他们看来，总结每一天纳税人最关切的问题，寻找解决的办法，才能最大限度地方便纳税人。让自己成为税收知识的“百科全书”已经是姚苹工作中的座右铭。在2012年全省“大比武、大练兵”活动中，她凭借扎实的基本功获得“广东省地税系统岗位能手标兵”称号。

服务上的“贴心人”

除了接听热线的任务，姚苹还承担了科室里多项重要工作，是不折不扣的多面手。在工作上，她是领导眼里的好帮手，是群众心里的贴心人，而在生活中，她是一个平凡的母亲。每天下班回家，她还必须承担起家庭主妇的责任。然而，这丝毫没有影响她刻苦钻研，提升自己的业务能力。每天晚上10点多，当儿子入睡时，姚苹又开始忙碌起自己的工作：整理纳税人咨询热点、更新纳税服务热线法规库、在微信群和同事交流当天遇到的新问题……“汕头地税12366热线的服务宗旨就是（急纳税人之所急，想纳税人之所想），对受理的各类事项做到（件件有落实，事事有回音）。我不仅是其中的一员，更是一名共产党员，所以我必须想得比别人周全，做得比别人多，这样才能对得起组织和纳税人的信任。”姚苹说。

对于很多市民来说，哪些问题涉及12366热线的受理咨询范畴，他们还没有很明确的概念。所以每天除了要回答与受理咨询范畴有关的问题外，还要回复一些与他们业务内容并不相关的问题。记得有一次，姚苹接到了一位阿姨的电话，因为在电话中了解到阿姨年纪比较大，姚苹不仅向她详细介绍了办理的流程以及需要准备的相关证件，还告诉她乘坐几路公交车可以到达办理的地点。

姚苹通过一根电话线，让每一个咨询的纳税人都感受到纳税机关的走心服务。

纳税人的“心灵氧吧”

有时也会碰到纳税人对主管税务机关的执法行为和有关税收政策

不理解，或因具体情况不符合而无法享受税收优惠，因此在电话里反复提问甚至一时情绪激动就对接线人员无理谩骂进而人身攻击，有时通话时间长达半个多钟头。一开始常常觉得莫名委屈，恨不得马上挂断了对方的电话。但是姚苹从未这样做过，14 年来她始终谨记换位思考、服务至上是做好纳税服务必需的“黄金法则”，耐心细致地向纳税人解释说明，凭借春风化雨的人格力量化解纳税人的怨忿。

姚苹印象最深的是 3 年前的一个电话，一位纳税人到车船税征收网点缴纳车船税，到了缴费窗口才发现证件没有带齐而无法办理，折返时又发现因违章停车受到处罚。一肚子怨气又无处发泄的他拨通了“12366—2”，对着座席人员开口就是一通责怪和谩骂，而当时接电话的正好是姚苹。对这样的无理发泄，她虽然满肚子委屈，但她还是觉得应该替纳税人考虑，他们受了委屈无处发泄，如果这样的方式能让他们心里舒服一点，对办税人员多一分理解，个人受点委屈又算什么呢？

自 2002 年以全市地税系统第一名的成绩考入汕头市地税局纳税人服务中心工作起，姚苹就始终牢记自己身为共产党员所肩负的使命和责任，时刻做到业务专业化、服务人性化，有效地维护了纳税人的权益，增进了税务机关和纳税人彼此的沟通和理解，诠释了共产党员无私奉献的精神。

（张琪 / 文　袁笙 / 摄）

档案

姚苹，女，2003 年加入中国共产党。现任汕头市地方税务局科员。

郑福川：测绘人生如此精彩

有人说，一个人的梦想，好似还未打磨的玉石，一步一步地精雕细琢，这块石头终会绽放出璀璨的光芒。从 2005 年到汕头市测绘研究院工作，至今已过去了 11 个年头，郑福川用对测绘工作无比的热爱和至诚不断书写着自己的人生内涵和真谛。

冒着生命危险在灾区开展现场测绘

不管时间过去多久，有一件事郑福川终生难忘：2008 年 5 月 12 日，一场大地震给四川灾区人民的生命财产和社会经济发展造成了难以想象的损失。在得知灾害发生之后，才进入测绘院没几年的郑福川自告奋勇加入汕头规划援建队，冒着生命危险进入汶川县草坡乡开展重建规划调研。

当时，余震不断，郑福川和其他队员需要随时观察周围山体的情况，大地震所引起的悬石、山体滑坡、泥石流、房屋坍塌等次生灾害时刻威胁着援建队队员的生命安全。尽管如此，滑坡边、危房处、杂草丛生地形复杂的峡谷中，凡是脚能够走到的地方，每一处都留下了他们的身影。据郑福川回忆，海拔 1500 多米的山区上十分潮湿，昼夜温差很大，不少队员因水土不服，出现了感冒、湿疹、腹泻等方面的症状，受条件所限，每天一身泥一身汗的户外作业，大家基本上是几天才能轮到洗个热水澡。

克服了气候、水土方面的不适应等困难，市规划援建队的付出赢得了回报，在充分进行现场踏勘、调研工作后，他们高效、务实地完成了草坡乡灾后恢复重建规划，指导草坡乡未来的恢复重建与社会经济发展工作，为草坡乡全面展开灾后重建工作奠定了坚实的基础。如今，草坡乡人民已在他们所描绘的蓝图下恢复了昔日的生活。

为新农村建设提供测绘保障服务

坑坑洼洼的乡村土路，变成了平滑结实的沥青路面，杂草丛生的荒郊野外，变成了绿树成荫的生态公园，破败不堪的残垣破壁，变成了规划整齐的图书室、活动室……随着千村整治和社会主义新农村建设步伐的加快，我市越来越多的农村正在发生翻天覆地的变化，而这离不开测绘人员背后的技术支持。

郑福川说，以前，由于缺乏规划指导等，汕头的农村在建设过程中普遍存在发展空间不足、用地布局杂乱、特色缺失、市政与公共服务设施供应短缺等问题。为加快汕头新农村规划建设，加强对村庄规划编制的指导，汕头市测绘研究院积极主动提供服务，开展农村基础地图测制、影像地图生产、区域地图编制、实用专题地图制作，为农村基础设施建设、生态环境治理以及丰富农民的物质文化生活等提供了快捷、实用的测绘保障服务，体现党中央、国务院的惠农政策，充分发挥了测绘在新农村建设中的基础性作用，创造了很好的社会效益。

潮南区红场镇、雷岭镇的乡村是郑福川所在单位对口帮扶的对象，为了让革命老区的乡亲们早日脱贫致富，在改善生活方面尽一份绵薄之力，郑福川在测绘各个环节严格把关，使帮扶项目更好地落到实处，为子孙后代打下良好的发展基础，一幅幅风景优美的农村新画卷正展现在人们眼前。

排除万难做测绘事业的排头兵

随着时间推移，郑福川已经成长为测绘院的专业技术骨干，受领导和同事认可，2015 年，他被推选为新成立的第五测量队队长，承担建筑规模测算和竣工规划核实两项汕头市刚刚实行的新业务。

万事开头难！所有的工作可以说都是从零开始，需要制作什么样的图表，图表的大小以及文字的注释等都是个问题，郑福川通过借鉴其他测绘部门和上网下载有关资料，不断调整、制作后经相关职能部门审阅认可，才确定了成果图表的格式。对于开发商单位来说，早一天完成建筑规模测算就能早一天审批早一天开工；规划核实早一天完成就能早一天验收早一天交付使用。但对于郑福川讲，工作不仅要高效，更要高质量。在做建筑规模测算时，几乎每个项目设计数据都要修改三次到五次，多则七八次以上，每一次修改，代表前面所做的成果均要重来。

一花独放不是春，万紫千红春满园。第五测量队刚成立时只有6个人，但随着任务越来越多，越来越重，最多的时候有23个项目同时进行，人员也就不断地增加，现在队里已有15人。郑福川也意识到：一个人的能力是有限的，要想更好地完成工作，需要整合团队的力量，才能取得更丰硕的成果。于是，郑福川一边潜心钻研技术，一边注意发现培养年轻专业技术人员成长，为测绘院整体技术素质的提高做出突出贡献。

内业外业两班倒，一个星期最多只有周日休息一天，加班加点早已成为测量队的常态。在竣工规划现场核实时，郑福川和队员经常会去到一些环境比较恶劣的地方：有的电梯不能使用，他们要爬几十层楼采集数据；有的地下室照明未完全可以使用，甚至有积水，他们需要穿着雨鞋拿着手电筒边照明边作业。

工作再苦再累，郑福川在本职岗位上始终甘于奉献，敢于担当，在急难险重任务中充分发挥了党员的先锋模范作用，彰显了共产党员的优秀品质。他用自己的实际行动，为广大干部职工特别是青年人树立了一名优秀共产党员的光辉形象。

（姚之瀚 / 文　袁笙 / 摄）

档案

郑福川，1973年生，广东汕头人，1994年加入中国共产党，现为汕头市测绘研究院第五测量队队长。

王伟刚：热线电话接通汕头速度

你是否曾经拨打过 12319 城管热线、12315 工商热线进行相关事务的咨询与求助？你是否曾经苦恼于相关事务所涉部门不明确、所涉部门众多，而自己的诉求得不到妥善解决？你是否曾经一度认为，政府职能部门之间合作不力导致效率不高……这一切情况，在 2013 年 12 月发生转变。汕头市 12345 服务热线整合了全市非紧急类政府服务热线，合并 59 个单位的 66 条热线。自 12345 服务热线成立，相关部门的有力支持结合热线办人员的敬业付出，热线的服务不断提质、提速，深入基层影响并改善市民的生活，取得积极良好的社会效益。2015 年，某份社会调研结果显示，汕头市 12345 服务热线的综合服务品质在 333 个地级行政单位的政府热线里排第 38 名。因职能表现突出，汕头市热线办先后获得省、市“巾帼文明岗”“工人先锋号”“青年文明号”等荣誉称号。12345 热线管理科副科长王伟刚，在职岗上尽职奉献、表现优异，被推荐参评“最美基层共产党员”。

事事有回音，件件有落实

“在任何岗位，都需要有责任感和奉献精神，在政府部门尤为如此。”王伟刚对记者说道。正是这份责任感和奉献精神，让12345政府服务热线得以克服种种挑战、承受各界压力，不断完善与发展，实现便民利民的创办宗旨。

12345服务热线的开放时间为7×24小时、全年无休。为确保不遗漏任何一次市民来电，要求12345服务热线的话务员必须轮值夜班，节假日仍需出勤。当发现不少市民来电是为咨询相关部门的各项规章制度或服务条例，市热线办创立“知识库”系统软件，软件涵盖大部分政府部门的规章制度或服务条例，话务员通过培训掌握“知识库”的使用方式，如遇市民来电咨询便可直接给予回复。遇到“知识库”无法作答的问题，话务员再转派给相关行局人员。

王伟刚告诉记者，接到市民来电后后台系统会自动生成工单，工单里填录市民来电诉求内容及来电时间。一个工作日内热线工作人员便会将工单转派给各政府部门，并跟进此工单的后续受理进度。一旦市民诉求内容涉及多个职能部门，热线工作人员会将工单进行拆分，将多份呈现不同诉求内容的工单同时转派给各个职能部门，要求各行局同时受理这份工单。例如遇到市民反映超时施工噪音扰民的情况，热线工作人员按群众诉求形成2张工单，噪音扰民部分转派给环保部门，超时施工部分转派给住建部门。

“本着‘事事有回音、件件有落实’的工作原则，热线中心组织协调各职能部门、各区县政府，受理社会公众通过热线电话提出的办事咨询、社会救助、投诉举报和意见建议。热线成立至今，在全市各部门、各级政府的大力配合、协作下，越来越多的市民感受到热线给生活带来的便利。”王伟刚笑着告诉记者。

台风来袭检验“汕头速度”

刚过去不久的22号台风“海马”，便是对12345服务热线的一大考验。台风“海马”虽不在汕头正面登陆，但给汕头带来严重的风、雨、潮影响。所以服务热线接到的每一通电话，很可能意味着一处险情。12345热线中心的全体工作人员进行加班值岗，增设接线席位，进入紧急戒备状态。

每接到一通涉灾电话，工作人员都会先安抚市民的焦躁不安的情绪，然后迅速将市民的诉求转交到相关承办职能单位。相较市区，潮阳、潮南片区的台风灾情更为严重，两区部分群众来电反映住宅屋顶难抵强风，出现房屋破裂、雨水内积情况。热线中心马上启动应急机制，及时衔接潮阳、潮南区政府开展救助工作，紧急转移受灾群众，保障他们的人身安全。

台风过后，汕头一片狼藉，大量树木倒塌、无数公共设施受损。在灾后修复工作中，12345 服务热线再次起到关键作用。市民来电反映所在片区出现倒树或其他灾后情况，热线人员便迅速联系有关部门进行处理。全市各有关职能部门，快速响应，把群众生命财产的安危摆在第一位，奋力拼搏，短短两天，汕头各城区的灾后修复工作基本完成。不少市民戏言前些年的台风“天兔”，树倒下半个月都没扶起，现在只要两天时间各项灾后修复工作便得以完成。市民高度评价本次台风“海马”的救灾工作为“汕头速度”，这其中有 12345 服务热线全体工作人员的一份功劳。

敬业爱岗，真情服务，点赞频频

“12345 服务热线中心的所有工作人员，本着急事急办、特事特办、难事尽力办的原则，带着责任和感情去受理每一通群众来电。”王伟刚对记者说道，“群众满意度是检验我们工作质量的重要标准。”

王伟刚向记者展示近期收到的来电群众在诉求得到解决后发来的称赞留言，称赞相关工作人员工作热心、处理及时、办事细心、服务态度好等。

“截至 2016 年 9 月底，12345 服务热线累计受理来电 571735 宗，累计办结 570517 宗，累计办结率 99.78%。”王伟刚自豪满满地对记者表示。此刻，部队出身的王伟刚尽管身着便装，依然英姿矫健。

（辛挺／文　袁笙／摄）

档案

王伟刚，1974 年 3 月生，江苏溧阳人，1999 年 9 月加入中国共产党，现任汕头市行政服务中心管理办公室 12345 热线管理科副科长。

陈伟明：引航员是船长的船长

美国《读者》杂志通过调查表示：引航员一职的危险系数仅次于矿工与试飞员，是世界高危职业之一。船舶的靠泊与驶离是驾船过程难度最大的两个环节，引航员的职责便是登上驾驶室，代替船长完成这两个环节。汕头港作为我国南境的重要海港之一，其引航站现有引航员 8 名，陈伟明便是其中一名引航员。经过多年的学习与实践，陈伟明于 2010 年顺利考取一级引航员行业资质。陈伟明不仅专业突出、爱岗敬业，而且为人谦逊、富有爱心，获得所有同事与领导的认可与赞赏。被引航站推荐参评“最美基层党员”的陈伟明，却对记者提出不报道的请求，理由是：“我只是一名普通的引航员。”

十载学龄与终身导师

引航员作为特殊技能型人才，其培养周期极长。陈伟明告诉记者：“将一名大学生培养成一名能独立开展引航工作的三级引航员，至少需要 10 年。三级引航员要晋升为一级引航员，至少需要 5 年。”

鉴于培养周期长、人员数量少的情况，相关学院与机构希望所有培养出来的引航员，能够将整个职业生涯奉献给引航事业。但陈伟明告诉记者，由于种种原因，有部分引航员在任职一段时间后选择离开。或许是因为365天全年无休的工作，或许是因为每一次执行任务伴随着巨大的风险和压力，或许是因为家人的反对……而陈伟明之所以能一直坚守在引航员职位上，是因为自己对航海事业的热爱，也是因为他的老师。

每一名助理引航员需要跟随一位经验丰富的老引航员进行2—3年的贴身学习，才能晋升为三级引航员，开始独立执行引航任务。陈伟明告诉记者，当年教导他的老师姓钟，两年从师学习，陈伟明获益良多。

“钟老师正直、认真、严谨、热心，他不仅教导我专业知识，而且在为人处事上也传授我许多宝贵经验。”陈伟明在描述恩师时眼泛感激。他打开公文包，取出一大沓A4纸，上面密密麻麻遍布文字和图形符号。原来，这些A4纸是钟老师退休后写给陈伟明的航海笔记。钟老师从引航员岗位退休已有数年时间，但老人家时隔两三天便会来引航站“做客”，了解引航站的近况，为一群在岗的徒弟解答各种疑问。陈伟明告诉记者，“因为引航员的圈子很小，而每一次引航任务都承载巨大的风险和隐患，所以引航员间的师生关系经常是终身制。”

一道伤疤与一声感谢

“登、离轮船爬软梯时，是执行引航工作时最危险的时刻。尤其在风雨天气，每一级软梯都潜藏着巨大的危险。”陈伟明告诉记者，大多数引航员发生人身事故，都是在登轮爬梯这个环节。一艘巨轮的软梯长达三四米，爬梯期间一旦出现梯绳断裂或者风雨大作，引航员不幸落海，则生死存亡难以预料。

陈伟明卷起衣袖，向记者展示一道强烈摩擦留下的终身伤疤，讲述他职业生涯中的一次惊魂经历：2001年，为一艘外国巨轮执行引航，在登爬软梯时突然整条软梯断裂！软梯“咧”的一声掉落海里，而陈伟明在经历短暂的自由落体后，用双手紧紧抓取铁杆扶手，整个人僵在巨轮半空。巨轮船员马上抛下救生绳，陈伟明一手紧握扶手，一手将救生绳往身上套，随后他被船员拉上船。

回忆起这次经历，陈伟明仍然心有余悸。当时正值风浪天气，如果他反应不及时没能抓取扶手，不仅可能掉落海里，还有可能在摔落过程被两艘摇晃的轮船夹裂致死。

陈伟明告诉记者，汕头港在冬季风浪很大，所以每一次引航都是一次严峻挑战。当记者询问陈伟明，职业生涯除了惊险时刻，有没有其他难忘经历，陈伟明谈起发生于几个月前的一件事：

一艘外国轮船在汕头广澳靠港，由陈伟明执行引航。当他登上驾驶室与船长照面时，船长以惊人的热情与陈伟明展开畅谈，谈自己以前到过汕头、喜欢汕头这座城市、喜欢汕头人……多年的引航生涯，陈伟明遇到无数热情的外国友人，但该船长的热情程度前所未有。陈伟明最终按捺不住好奇，询问船长为何如此热情，船长才告知陈伟明原委。原来在 16 年前，船长曾经到过汕头，以一名舵工的身份。当时船在汕头靠港，也是由陈伟明执行引航。完成引航后，陈伟明向轮船驾驶室所有成员一一握手道谢："Good job，thank you.（干得好，谢谢）"在和陈伟明握手后，舵工久久不能平静，因为舵工是船上地位最低的成员，而引航员在航海界是和船长具有同等地位的人士。舵工当时对人生感到迷茫，认为自己没出息，但因为得到陈伟明的一句认可与感谢，他得以重新振作。经过 16 年的努力，舵工成长为船长。与陈伟明重遇，他用热情传达对陈伟明的感激。

每一次执行引航任务，时间短则数小时，长则达十小时以上，而且每一次顺利引航都是引航员同所有船员通力合作的结果，所以陈伟明养成在工作结束后向全体船员握手道谢的习惯。记者询问陈伟明，是否汕头港所有引航员都有致谢船员的习惯，陈伟明显得有些腼腆，笑着回答："其实其他引航员并没有这种习惯。"

一个遗憾与一份理想

引航员这份职业带给陈伟明热情、快乐和自豪，也带给陈伟明遗憾和愧疚。因为工作的原因，没能带家人到外旅行，这是陈伟明的一个遗憾。"引航员都讨厌节假日，因为不能陪伴家人度过。"陈伟明对记者表示，受伤需要隐瞒，没有时间陪伴，都是他对家人愧疚的原因。

工余时间，陈伟明热心公益，自 2009 年以来，多次参与助学活动，直接或间接捐助贫困学生完成学业。身边的同事、亲友如遇疾病等困难，他总会极力相助。但面对记者，陈伟明表示只是力所能及的小忙而已。

记者询问陈伟明，为何想成为一名引航员。他称，读高中时就对航海业充满向往，那时他的理想是成为一名船长。后来如愿考取集美航海学院，在大学里了解到引航员一职，“几乎所有航海专业的学生都梦想成为一名引航员，执行引航任务时，船长需要听从引航员的指示，所以引航员被称为‘船长的船长’”。陈伟明语调激昂，眼神带着闪亮与自豪。

（辛挺/文　图片由受访者提供）

档案

陈伟明，1974年12月出生，广东汕头人，1999年加入中国共产党，现为汕头市汕头港引航站一级引航员。

福利一园：幼儿快乐成长的摇篮

幼儿园是每一个孩子开始接触社会的第一步，这个崭新的人生起点，对每一个孩子都至关重要。幼儿园老师作为孩子对社会和自身价值形成认知的第一任启蒙老师，她们往往要付出更多的努力，让孩子迈出人生健康快乐的第一步。在汕头市儿童福利会第一幼儿园（下称“福利一园”），就有这样一群老师，她们以党员的标准严格要求自己，兢兢业业，在平凡的岗位上诠释了“孜孜不倦为师路，矢志不渝教书人”的师者精神。

一切为了幼儿

“一切为了幼儿”，这是党支部书记、园长陈珊珊对每一位老师提出的要求。她自己也总是率先垂范，带领大家迎难而上，攻克一个个难题，解决家长的后顾之忧，保障孩子健康快乐地成长。即使病魔缠身，她依然坚守岗位，带领着党支部的党员们加班加点，积极发挥“传帮带”作用，甘当人梯，用责任和付出，撒播下爱的种子，浇灌着稚嫩的幼苗。

如今，福利一园在潮汕地区首创的“心灵氧吧”，以家长沙龙的形式创新了家园共育新模式，作为交流教育方法、共享教育资源的互动平台，对家长们树立科学育儿观、用适当的方式育儿起到了很大的促进作用。学生杨益鸣妈妈在体验完“心灵氧吧”后，对该园竖起大拇指点赞：“一个优秀的幼儿园，不是靠门口贴出多少该学的古诗、儿歌，不是靠老师发的多少活动图，而在于在孩子成长的初期就慢慢培养了他们主动学古诗、儿歌的好习惯、好能力，这才是陪伴孩子一生无可替代的宝贝！”在传染病高发季节，“心灵氧吧”还专门为家长举办了“传染病预防讲座”，由福利一园的保健医生结合实际经验，向家长提供切实有用的经验和帮助，深受家长的喜爱和赞赏，也得到领导、专家和同行的称赞。

想家长所想，急家长所急

对于福利一园的老师们来说，每天早晨从家长手中接过孩子，就是接过家长对她们最大的信任。只有全力以赴，才能不辜负家长的信任，孩子的依赖。在了解到不少家长上班时间与接送孩子出现冲突的问题后，福利一园在早接和晚接两个时间段增加值班人员，由党员干部提前到园和推迟离园，方便家长利用时间接送孩子，帮助家长解决困难。在保教工作中，本着“一切为了幼儿”的原则，从幼儿实际出发，积极创设适合幼儿游戏、生活的教育环境。了解到幼儿活动量大，易出汗易感冒的情况，马上为每位幼儿购置了吸汗巾，关注幼儿生活的各个细节，促进幼儿身心健康成长。老师蔡瑞芳说：“我们深知从家长手里接过孩子，就是接过他们的信任，所以我们从不敢有丝毫懈怠。”

此外，在园长陈珊珊的带领下，大家凝心聚力，率先开创一园微信公众号，以新媒体形式宣传幼儿园的办学方向，与家长建立更加密切的联系，将“想家长所想，急家长所急”的工作理念真正落到实处。

让爱传递，无私支援乡村幼教

在全面深入开展党联系群众路线之际，福利一园在市妇联和濠江区妇联的支持下，积极组织并策划了“情系濠江区岗背社区培儿幼儿园——助教帮扶系列活动”关爱农村留守儿童。活动前期，在党支部书记陈珊珊的带领下，党员干部和骨干教师到岗背社区培儿幼儿园进行实地考察，为该幼儿园重新规划、设计环境，回来利用休息时间加班加点进行设计制作；并向全园师生发出倡议，共募集图书近千本捐献给培儿幼儿园。同时，党支部宣传委员许小真、团支部书记杨晓玲给培儿幼儿园的孩子们上了生动的示范课，与培儿幼儿园的老师交流，分享教学经验。在“六一”节，还与岗背社区培儿幼儿园师生欢聚一堂，并向该园的孩子们赠送了玩具和书籍，受到当地群众的称赞。

副园长张燕娥说：“福利一园作为市公办示范园、区教学片长园，将优秀的师资、先进的教育理念带到培儿幼儿园，帮助这个乡村幼儿园美化环境、提升教学质量，用自己的行动将服务群众落到实处，是我们每一个党员干部应该承担的社会责任。我们乐于并将长期做下去。”

（张琪 / 文　袁笙 / 摄）

档案

汕头市儿童福利会第一幼儿园，共有干部职工 51 人，党员 15 人，先后获广东省“巾帼文明示范岗”、汕头市“三八红旗集体”等多项荣誉。

吴丹："最美党员"既是精神更是传承

80后的她，是领导眼中的好帮手，同事眼中的好伙伴，群众眼中的好干部。从事政法工作十几年来，她多次被汕头市委政法委评为优秀党员，2012年至2015年连续4年年度考核被评为"优秀"等次，2015年更是被市委政法委记"个人三等功"。她就是汕头市委政法委员会政治处主任吴丹。

勤勉好学，创新党建方式方法

"学习是增长才干、提高素质的重要途径，是岗位履职的基础，每一名干部都要成为学习型干部。"吴丹是这么说的，也是这么做的。她孜孜不倦地研究党的最新理论成果，反复领会中央、省市出台的重要文件，不断提升自己的政治素养，理论功底也更加厚实。她学以致用，将所研所思放到具体工作去实践去检验，在党的群众路线教育实践活动、"三严三实"、"两学一做"等学习教育活动中，思考的是怎样激发干部学习兴趣、谋划的是如何提升学习实效，创新性地提出了"八个一"和"走出去、请进来"的学习模式。

在一些人看来，政治理论枯燥、乏味，政治工作没有多少干头。吴丹却始终胸怀对党的事业的坚定信仰，保持蓬勃的朝气和澎湃的激情，沉潜其中并甘之如饴。比如，在筹划教培工作时，不是单纯为了完成培训课时任务，而是积极向领导建言献策，精心设计培训方案，先后组织政法委机关干部和市直政法机关干警到中国政法大学开展业务培训，到中国国家博物馆和潮南红场革命老区开展理想信念和革命传统教育，到汕头市检察院警示教育基地进行廉洁从政教育，到汕头市公安局、市中院参观警史馆及文化走廊进行忠诚履职教育。还邀请市委党校、汕头大学、市纪委等知名专家学者为我市政法干警授课。这一系列教育培训模式，避免纯理论的空泛，变理论教研为情景实训、互动交流、现场体验，借助鲜活事例、先进典型现身说法、新媒体工具等干警喜闻乐见的形式，受到干警们欢迎，也有力推动了队伍建设。

甘于吃苦，全身心投入文字工作

从事文字工作的人都知道，写材料是一件苦差事，耗精神、压力大。参加工作之初，吴丹就进入市委政法委维稳部门，面对维稳任务日益繁重、工作量逐年增加的情况，在科室其他同事到一线开展应急处突工作时，她主动承担起材料起草报送和对外联络工作，使情报信息能够及时上传下达。调任到政治处工作时，由于政治处职能多、工作杂，每天都要花费大量时间协调沟通、处理纷繁复杂的事务性工作，办公电话不断、基层前来办事的人进进出出，材料既没有时间写、也无法静心起草，常常只能带回家利用晚上休息时间加班完成。

记者走进吴丹的办公室时，她正在修改一份市委政法委机关工作文件，这已是她修改的第二遍了。她对文字的要求，严谨到了苛刻的程度，力求做到不错一个观点、不错一个字、不错一个标点符号。对引用一个数据、一个事例，不搞准确、不弄透彻决不放过。她这种抓铁有痕的钻劲和韧劲受到领导、同事们的点赞。

平时多积累，关键时刻就能从量变到质变，打开新的视野，形成新的思路。吴丹在繁忙的工作中，一有时间空档，就把各种文件、材料、报刊拿起来研读，将一些新思想、新精神、新要求摘抄到笔记本或者便条贴上。靠着这种爱积累、善琢磨的习惯，她磨炼出了缜密的逻辑思维、准确的归纳提炼、过硬的文字表达能力，成为政治处公认的“笔杆子”，她撰写的调研论文有3篇在《汕头社科》杂志发表，2篇分别被广东省委政法委评为优秀调研成果一等奖和三等奖。

严于律己，工作实绩力求“最美”

吴丹常提醒自己，政治人事工作的对象是人，政工人事干部是公道正派形象的代言人，人格修养至关重要，只有严于律己、以身作则，言行一致、一身正气，开展工作才有说服力。“讲学习、研业务、锤作风、求质效、勤服务、守纪律”，这是她常常对身边同事说起的政工人事干部要起到的“六个带头”作用。

吴丹所负责的政治处，肩负人事、党务、教培、工青妇、老干和协管市直政法机关干部等十几项职能。在负责人事工作中，她严格按照“好干部”标准和上级规定及程序经办干部选拔任免工作；在工资福利工作中，研习落实工资套改制度，近年来在工资调整和养老金改革中，对全委近百名人员的上千个数据不厌其烦地反复审核，力求涉及干部切身利益的每项工作都经得起制度的审查和时间的考验；在协助委领导协管市直政法机关干部中，她牢固树立服务意识，对各单位咨询上报的事项，及时答疑回复和请示反馈；在扶贫工作中，她心系群众，践行精准扶贫的理念，建立了委机关干部一对一挂钩贫困户帮扶制度，近年来，组织机关干部到挂钩扶贫点走访慰问10余次，送上慰问金和慰问物资。同时，提醒驻村干部及时关注贫困户的困难和需求，做好登记后送政治处研究，与驻村干部、村居干部合力解决群众反映的问题，为群众办实事好事。2016年，市委政法委被评为市扶贫开发“双到”工作优秀单位。

采访中，吴丹说：“最美党员之‘最美’是神圣、崇高、美好的，这让我想起了‘最可爱的人’人民志愿军战士等先辈先烈，想到了‘最美妈妈’吴菊萍等一批新时代先进、善良、有大爱的人，却从未想到自己能与这样的荣誉结缘。”她表示，“最美党员”的荣誉是属于广大辛勤奋战在政法战线的政法干警的，推荐她参评，是领导同事们教导支持的结果，更是对她的鞭策鼓励，让她有机会向其他最美党员学习看齐，向着“最美党员”的先进性和高标准去努力。她认为，这既是一种精神，更是一种传承；实现“最美”，没有完成时，永远在路上。

（姚之瀚 / 文　袁笙 / 摄）

档案

吴丹，广东汕头人，1981 年生，2002 年加入中国共产党，现为汕头市委政法委员会政治处主任。

陈晓鹏：当好平安汕头的看护者

“我们今年申报的全国‘青年文明号’称号，刚刚已经确定入围广东省推荐名额，这也是汕头唯一一个入围的单位，如果能成功入选，就将离申报成功更近一步。”刚走进市政府应急管理办公室，陈晓鹏就迫不及待地跟记者分享这一好消息。这是汕头市人民政府总值班室继取得“广东省青年文明号”之后又一荣誉。

作为汕头市人民政府应急管理办公室应急指挥协调科（市政府总值班室）科员，陈晓鹏以坚定的政治信念、对工作高度负责的责任感，在应急办这个没有硝烟的战场上冲锋陷阵抢占信息发布新阵地。

34 小时轮值紧盯城市动态

值班，是很多工作在一线的劳动者的常态。可是，一次值班需要连续坚守 34 个小时，这样漫长的工作时间，却不常见。34 小时，就是陈晓鹏他们轮值的时间。陈晓鹏说，应急办的工作特性，决定了他们必须24 小时在线，才能及时了解、收集情况，协调处理各种突发情况。在人手不足、工作任务繁重的情况下，他们只能采取 34 小时的轮值。

在值班期间，他要时刻关注、收集全市发生的各种情况、网络信息等，根据情况的大小轻重缓急及时汇报，督促有关单位尽快办理。对于一些市民关心的问题，及时通过官方微博、微信发布消息。

刚刚过去的台风“海马”给汕头带来了一定程度的影响。台风登陆当天，汕头市区风雨交加。当时，网络上出现了“全市下午1点将停水停电”的消息。陈晓鹏发现这一情况后，立即将信息转交公安局进行追查，同时与自来水公司、供电局等相关部门核实情况，随后第一时间在官方微信、微博上公布核实情况，做到及时辟谣，避免群众因此出现恐慌。

2016年，山东省非法疫苗事件经媒体报道后，引起汕头市民的高度关注，许多人担忧问题疫苗会不会流入汕头，网络众说纷纭。陈晓鹏跟踪关注到网络舆论快速发酵异常，经紧急报告和请示市政府领导后，立即要求相关部门对该事件进行核实。经核实，我市市面上的疫苗安全可靠。陈晓鹏迅速采用网友所熟悉的网络语言，将其归纳整合为1条将近3000字的微信图文消息，经配图、美工排版和校对等环节，通过市政府应急办官方微博和微信公众号向粉丝进行了推送，受到网友的称赞。

多方协调，有条不紊处理突发事件

在陈晓鹏他们的日常工作中，突发事件的发生，也十分考验他们的应急处理能力。他们是展示政府形象的窗口，在发生突发事件时，能否及时准确地协调事件的处理，将直接影响到政府的形象和百姓对政府的信任。

2015年夏季某日凌晨，公安消防部门报告，金平区一处喷漆工厂突发火灾，工厂内可能存储二甲苯、油漆等危险化学品。若这些危化品被点燃，甚至发生爆炸，将造成恶劣的社会影响。救援一线官兵不敢贸然使用消防水源进行扑救，请求市政府应急办协调有关危化品、气象和环保等方面的应急管理专家到场指导救援。当晚在市政府总值班室值班的陈晓鹏接到电话后，立即上报市政府领导，按照指示，迅速联系到相关应急管理专家。专家带领有关人员立即赶赴现场，提出相应处置建议，经过4个小时的扑救，大火被扑灭，险情得到控制，最大程度消除了此次事故的影响。

2014年的清明假期，对陈晓鹏来说又是一段难忘的值班经历。

假期前夕的一天，网上就频传汕头本地两帮飙车党相约斗殴的消息，发现这一情况后，他及时汇报情况，并将信息转交公安等相关部门，逐一核对各部门上报的情况，进行整合校对，一直忙到凌晨，才最终将准确信息对外发布。忙碌了一天之后，翌日，由于天气干燥加之少数祭扫的市民违规焚烧纸钱，导致微型的山火不断，协调各部门及时处理灾情，成了首要任务。第三天，上山扫墓时，金灶镇一家7口由于不识水性加之救人不当，相继溺水身亡。惨痛的事故，引发了网上议论。为了正面引导舆论，陈晓鹏及时向有关部门了解情况，并经核实协调后，争分夺秒地发布了通稿，让群众知悉了事故的情况，有效扼杀了有关不实言论的滋生空间。

当好平安汕头的看守人

作为一名共产党员，陈晓鹏不仅出色地完成了各项任务，更是以高度的自觉性，秉着为民办实事的出发点，将许多本不属于他们的工作都主动完成。

有一次，汕头大学的学生向他们反映情况，说学校宿舍楼有一巨大的马蜂窝，随时可能危及学生人身安全。得知这一情况后，陈晓鹏及时向消防部门反映情况，并请他们到场摘除马蜂窝。可是学生宿舍楼的场地有限，消防车一开始进不去，是陈晓鹏及时与金平区相关部门协调，现场设立支架，让消防车可以进入，顺利摘除马蜂窝。

像这类事情，原本不是他们日常需要处理的任务，可是对陈晓鹏来说，只要是关系百姓安全、关于百姓利益的事情，就没有小事。因为，他们是平安汕头的看守人。

（周晓云／文　袁笙／摄）

档案

陈晓鹏，广东潮州人，1984年10月出生，2006年加入中国共产党，现为汕头市人民政府应急管理办公室应急指挥协调科科员。

李和明：甘当航运安全的“守护者”

汕头港，是中国华南地区对外贸易的重要口岸，每天进出航行、泊停装卸的船舶络绎不绝，而承担着维护国家海上主权、保障船舶航行安全、水域环境清洁、船员合法权益职责的海事行政执法就发挥着重要作用。李和明是工作在这个重要岗位上的一名基层共产党员，他始终践行“有信念、有纪律、有品行、有奉献”的“四有”标准，甘当一名航运安全的“守护者”。

老船长年过半百从头越

1988年，在舰艇部队服役的李和明调入汕头海监局船队，1993年，担任海巡船船长职务，1995年，所负责的“海监巡01”船就被评为海监系统标兵船。作为一名有20年资历的老船长，李和明驾驶过海巡船、摩托艇，经历过无数次的海上抢险救助，感受到海上交通安全工作的重要性和艰巨性。

2013年，因单位核编转制的需要，李和明从一名船长转岗成为龙湖海事局通航处一名普通执法人员，这对于干了几十年船舶技术活的李和明来说是一个很大的挑战。李和明坦言："年过半百，一下子要面对全新的岗位，适应和学习新的专业知识，可说是有不小的难度。刚进通航处时，对着电脑，我连打字都不会，面对着一堆电子设备也感到很茫然。但既然来到这个新岗位，我就要从头学习并能胜任。"

为了尽快适应从一名船长到一名海事行政执法人员的身份转变，李和明在做好繁重的日常工作之余，刻苦钻研，认真研读1972年国际海上避碰规则公约、海上交通安全法等海事国际公约、海事管理有关法律法规，学习海事办公软件操作；主动向年轻同事请教电脑办公知识，向资深海事执法人员请教通航管理等问题。通过不懈努力，他将20年的船长经验与海事管理充分结合，技术指导更为专业，海事调查和安全建议更加准确，迅速由一名资深海巡船船长转变为一名合格的海事行政执法人员，并且成为海事调查、船舶现场检查、巡航搜救应急等方面的业务骨干。

急重险任务抢在前

在走上新岗位短短的半年时间里，李和明参加登轮检查40艘次，现场巡航100多航次，巡航里程接近2000公里。2014年，"辉弘"号货轮在汕头港外防波堤外搁浅，通航处接到求救信号后，李和明和同事迅速乘海巡船赶赴现场，在风急浪高的情况下开展救助，成功救起多名船员。之后，在遇到多起急、重、险任务时，李和明总是发挥着共产党员冲锋在前的作用。身边的同事说，李和明真正把岗位当成了家，把工作视为自己的责任。对此，李和明表示："作为一名基层的共产党员，在急、重、险任务面前，不主动挑担子说得过去吗？"

的确，部队的经历让李和明比别人更懂得严于律己的重要性，并以此贯穿他的职业生涯，而党性的修养让他抵挡了一次又一次的糖衣炮弹。2015年，在汕头港内一次登船进行现场检查中，李和明发现该船部分通用报警设备失灵，想马虎应付的船长见状悄悄地塞过来一个红包，意图让李和明"睁一只眼闭一只眼"，对此，李和明严正地拒绝了，并告诉对方，"我也是当船长过来的，深知一个小小的安全隐患有时都会导致船舶陷入危难中，我今天拿了你的红包放你过关，但这个隐患却留了下来，说不定哪天就会祸及船上全部人的性命。如果真的是这样，岂不让我愧疚一生？”该船长表示马上着手纠正设备缺陷。十分巧合的是，随后不久该船在一次航行中出现险情，正是这个更换的报警设备及时挽救了全船船员的性命。事后，该船长发来短信，对李和明当时严格的把关和高度的责任心表示感谢。

埋头苦干的“老黄牛”

龙湖海事局通航处是最艰苦的基层部门之一，转岗前，本可以做较为轻松的行政工作，但李和明却主动要求到通航处。他认为：“最艰苦的地方，最能锻炼人和提高人。我刚从船上转编到岸上工作，一切需要从头开始、从头学习。通航处工作任务繁重，需要轮流参加节假日值班、夜间巡航和应急抢险等，最能够让我得到学习锻炼，也能够发挥我多年从事船上工作的特长。”

作为海事执法的老“新兵”，李和明无论刮风下雨、白天黑夜和节假日，对工作从不耽搁，是单位出勤率最高的员工之一。虽然2016年55岁了，但他在海上巡航、登轮检查、应对突发事件应急出动，丝毫不逊于年轻人。2014年，李和明身患重病进行手术治疗，单位安排了一个月的假期，结果他在术后才半个多月就抱着未完全康复的身体提前上班。同事们都劝告他要注意休息，不用急着来上班。可李和明笑笑说：“我身体已恢复好，在家待着也没事干，现在部门人手紧，我能帮上手就是多一份力量。”正是他一贯以来这种甘于奉献的举动与精神，体现了一个共产党员的先锋模范作用，由此得到领导和同事的一致赞称。

（张春华/文　图片由受访者提供）

档案

李和明，1962年生，广东汕头人，1979年参军入伍，1984年7月加入中国共产党，现为龙湖海事局通航处副主任科员。

吴俊波：仁守风浪中的航道人

船舶行驶于茫茫江面上，如果缺少航标灯的指引、导向，可能会驶离航道，导致搁浅、触礁等意外事故。负责航标灯的日常养护，保障航标灯正常运作，继而保障江道的通航安全，这便是吴俊波所在广东省粤东航道局汕头航标与测绘所的职责。因在工作职岗上敬业奉献、表现优异，吴俊波于2012年9月升任汕头航标与测绘所所长，作为75后的他成为粤东航道局最年轻的基层主要负责人。在升任所长的第二年，吴俊波便遇到考验。

仁守风浪中的航道人

2013年中秋刚过，航标与测绘所便进入警备状态，因为预测超强台风“天兔”可能会正面登陆汕头，汕头各港口、码头各项基础设施将面临强力冲击与考验，吴俊波带领同事提前做好各项防御工作。而厦岭工作码头防洪闸口的防洪工作，也由航标与测绘所负责。

“现在回想起来，当时也就是因为不怕死，才把事给办成。”

吴俊波对记者说道。2013年9月22日，受超强台风“天兔”的严重影响，汕头市最大风力达到阵风14级，台风导致全市大面积停电，多条路段交通瘫痪，沿岸部分地区甚至出现海水倒灌、漫堤等险情。

“农历8月18日，是一年中潮水水位最高的一天。”吴俊波告诉记者，台风天恰逢天文大潮，所以当天水位高度惊人，险情严峻。自早上8点潮水水位开始上涨，吴俊波便联同所里所有同事为防洪闸口增竖闸板，并在两面闸板中间填充沙包，以抵抗潮水冲击。

潮水以惊人速度上涨，原先备好的20块闸板、30个沙包到到11点时竟发现不够用！所里一名5档多岁的同事称，当天潮水水位甚至比当年“7·28”台风时更高。所里尚剩10块备用闸板，但空有闸板没有沙包，根本无法抵挡潮水风浪冲击。危急关头，有同事提到，百米外有居民正在修筑楼房，那里应该有大量水泥沙可借用。吴俊波迅速组织同事兵分两路，一路人前往组装沙包，并利用手推车运到闸口，一路人继续坚守闸口加筑闸板。

狂风呼啸，暴雨倾泻，吴俊波与数十名同事身着简单的雨具坚守在防洪闸口旁，不停地加高闸板、填充沙包……不经意间，吴俊波脚下的积水已经漫过肚脐。

正午2点半左右，厦岭片区榕江水位高达4.15米，创30年来最高。所幸，10块备用闸板以及借来的60袋沙包，成功抵挡汹涌的潮水，没有出现溢洪或渗漏现象，保障了光华、厦岭片区人民群众的生命财产安全。此时，吴俊波与同事已在齐腰的水中坚守、奋战了6个多小时，他们全身湿透。两三名随身携带手机的同事，手机因长时间淹浸在水中，均出现故障或损坏。更多同事则是因为长时间浸泡水中，接触大量细菌后出现皮肤癣的情况，严重者还可能留下隐形病根。

吴俊波告诉记者，一旦潮水水位漫堤，渗入光华、厦岭片区，后果难以想象。因为是老市区，排水不便、地势低洼，将对相关片区的居民造成严重影响甚至是安全隐患。然而台风天坚守在防洪闸口附近，一旦水位激涨越过闸口，而作业人员来不及疏散，将危及生命。权衡之际，吴俊波想起老一辈航道人常说的航标灯精神——“燃烧自己，照亮别人，奉献社会”，他还是决定带领同事坚守闸口、抵抗洪水。

燃烧自己照亮别人

“航道，就是过往船舶的生命线，”吴俊波对记者说道，“守护好它，就是守护好生命线。”

记不起多少次航标灯出现事故，吴俊波与同事抢时间对其进行紧急修复，只为确保航道的通行安全；记不起多少个节假日、多少个台风天，吴俊波在所里、在海上坚守职岗，只为保障人民群众的生命财产安全不受影响；记不起多少个危机险境，吴俊波身先士卒，带领同事抗险救灾，只为将责任感和奉献精神传递给更多人……

吴俊波只记得刚入职那会儿，老前辈对他说道：“当一名航道人是份苦差事，得有奉献精神才能当好。得将‘燃烧自己，照亮别人，奉献社会’的航标灯精神铭记在心。”吴俊波记住了，也做到了。

奉献精神是家风

台风“天兔”登陆时，在所里进行两天一夜的加班后，吴俊波回到家却陷入了愧疚。家中满地积水，从妻子口中得知，台风天气风雨大作，窗户被吹得呼隆作响，雨水不断透过墙窗间的胶缝渗入，形成积水。5岁的儿子还不懂事，觉得窗户摇晃、雨水渗入很有趣，妻子则一直担心玻璃窗户一旦被强风击裂击碎，暴雨倾灌，家中所有电器受损不说，母子的人身安全都受到威胁。回家的吴俊波陪妻子一起拖干地面，几天后便联系装修工人前来为窗户玻璃加固，吴俊波告诉工人：“玻璃必须牢固，因为台风天我都不在家，不能让台风吓坏老婆儿子。”

妻子并不知道台风“天兔”时，丈夫顶着风雨潮浪抗险的事，因为吴俊波从不对家人提起工作中危险的一面。“让家人担心，增加他们的心理负担，没有意义。”吴俊波对记者说道。

身居潮阳的老母亲在台风天来电关心儿子，说了一句：“台风天别人都是跑回家，你们却是跑出去，两代人都一样。”“两代人”指的是吴俊波和他的父亲。吴俊波的父亲曾在县政府任生产站站长，台风天常常骑单车外出对村民进行通告或救助。吴俊波的父亲已离世，而他兢兢业业的奉献精神，是留给吴俊波的宝贵遗产。

（辛挺　文/摄）

档案

吴俊波，1976年6月出生，广东汕头人，1999年12月加入中国共产党，现任广东省粤东航道局汕头航标与测绘所所长。

你若安好，便是晴天
——记汕头市气象局预报科

走进汕头市气象局预报科，墙面上挂设着接连成片的巨屏显示器，上面滚动展播气象雷达、卫星云图等图像资料，那便是气象预报员进行天气监测、天气预报的信息基础。“气象预报员自上班起便全神贯注紧盯电视或者电脑屏幕，了解气象雷达、卫星云图的最新动态，掌握高空和地面等气象资料，综合各项气象数据进行分析，并就多位气象预报员商讨的结果进行天气预报。”汤强对记者说道。因出色完成职能岗位上各项任务和指标，气象局预报科受荐参评“共产党员先锋岗”，预报科科长汤强作为代表接受记者采访。“尽管工作较为枯燥、辛苦，但科里每一位同事都非常热爱自己的职业，本着高度的责任心和使命感进行每一次气象预报。”汤强平和的语气中带着自豪。

坚守职岗，日夜无休

气象预报员的主要职责便是为汕头广大市民群众、汕头各政府部门提供陆地及海面的天气监测、预警和预报服务。担任一名气象预报员，需要掌握扎实的基础理论知识与专业技术知识，综合使用卫星云图、雷达资料及其他气象信息，清楚所在地区的自然地理环境和天气气候特征，结合自己的工作经验和严谨分析，最终做出气象预报。汤强告诉记者，因对专业知识有着严格要求，预报科6名职工干部在高校均主修气象相关专业，其中3名拥有本科学历，3名拥有研究生学历。

"因为每时每刻的气象情况关系到千家万户的生命财产安全，所以要求气象预报员岗位实行全年24小时无休在岗值班制度。"汤强告诉记者，为追求时效性与准确度，预报科每天及时滚动更新气象预报，所以每天都有一到两名同事需要通宵在岗值班。一旦遇上台风等极端天气，同事都会主动参与加班值岗，实现气象预报的及时更新。在4—5天的加班过程，预报员将难以进行正常的睡眠、休息。

汕头地处亚热带，受季风气候影响，天气复杂多变。每年4月到9月，便是汛期，其间对流性天气频繁发生，加上地形的作用，使降水分布极不均匀，出现"东边日出西边雨"的情况，天气状况复杂多变预报难度增大。但气象预报员通过不断完善自身知识、丰富自身经验，研发出更科学合理的气象分析、预报方法。同时随着国家的雷达探测、卫星探测技术的不断提高，近年来实现了24小时晴雨预报准确率维持在90%左右，灾害性天气预报也实现了80%左右的综合准确率。

如履薄冰，以求精准

因为每一次天气预报都对百姓生活影响重大，甚至可能关乎人民群众的生命财产安全，所以有时大家都称自己的工作是在"积德"，汤强告诉记者。而这个"德"字，既给预报科的同事带来职业荣誉，也带来工作压力。

一旦气象预报不准，轻则影响市民的生活起居和出行活动，情况严重还可能威胁到市民的生命安全。如果在台风、雷雨天气，气象预报没有正确、及时发布相应预警信息，渔民照常出海作业，则存在巨大的隐患和风险。"所以我们每一次做出气象预报，心里都承受巨大的压力，尤其是在突发灾害天气时，每名预报员都如履薄冰，精神高度集中，避免一切人为的谬误，确保人民群众的生命财产安全。"汤强说，"虽然我们无法保证每一次预报100%准确，但我们可以保证每一次预报都是100%的专注和努力。”

记者询问汤强，当一名优秀的气象预报员需要具备哪些品质。汤强回答道：“热爱自己的工作岗位，具备扎实的气象知识，细心严谨，责任心强，不怕吃苦。”

汤强向记者提及一件预报员都经历过的“趣事”：不少预报员在做出气象预报后，都会在心里祈祷预报结果准确无误。例如某次值完班，预报员预报明天会下雨，结果当晚睡觉就做了一个“果真下雨”的梦，还在梦里笑醒了……

你若安好，便是晴天

气象预报不仅与市民群众的生活关系密切，政府部门的许多决策也都将气象预报作为重要的依据。不仅在台风、暴雨等灾害天气时，气象预报科给予政府部门及时、准确的气象信息情报，便于政府部门迅速做出防灾、救灾等应急响应和措施。而且在重大活动气象服务保障中，准确的气象预报也彰显其价值，如“北京奥运火炬接力汕头传递活动”、“侨博会”、“万人跑”、“海湾龙舟赛”等大型活动项目，气象预报科对天气、风力、风向等做出准确预测，对活动的顺利举行起到重要作用与积极意义。

预报科科室内，一面墙体安有两行浮雕字，内容为：你的冷暖，在我心中；你若安好，便是晴天。经了解，该标语是气象部门的服务理念和服务口号。汤强对记者阐释该口号的寓意：“做出及时、准确的气象预报，确保群众的生命财产安全；即使是狂风暴雨的天气，只要群众安全、社会没有蒙受损失，在预报员的心里便相当于‘晴天’。”

（辛挺　文／摄）

档案

汕头市气象局气象预报科，现有干部职工6人，其中党员3人，均为45岁以下。

蔡向辉：竭诚服务让企业“如遇贵人”

采访蔡向辉的过程中，经常有其同事前来咨询工作相关事宜，她接听的电话也不少，蔡向辉向记者表示歉意，说在办公室工作繁杂零碎的事务较多。记者留意到，无论是手机通话或者当面对话，无论是面对领导、下属或者客户，蔡向辉保持相同的温和语气与诚恳态度。蔡向辉自 1992 年起参加外经贸工作，20 多年来在外资科、机电办、人事科、贸管科等科室任职，担任过办事员、科员、副科长等职务。在流动的岗位中，蔡向辉交出一贯的高标准的工作表现，曾获得 1996 年度、2005 年度、2007 年度优秀公务员，2012 年度汕头市商务局先进共产党员，2015 年度汕头市行政服务先进个人等荣誉称号。2016 年 8 月，蔡向辉升任汕头市商务局办公室主任，同年受相关单位推荐参评“最美基层党员”。

三步骤打造服务型队伍

蔡向辉长期在外经贸一线工作，直面企业并为其提供服务。在担任贸管科副科长的同时，还兼任商务局派驻市行政服务中心窗口的组长，任组长期间，她带领窗口全体工作人员打造出一支竭诚、高效、便民的行政服务队伍。

热情友善的服务态度，是蔡向辉对团队成员的首要要求。“工作人员服务态度好了，群众办事的满意度高了，相关工作也会推进得更顺利。”蔡向辉对记者说道。让窗口工作人员认识到自己每一次服务都代表着党和政府的形象，让窗口工作人员热情、细心、耐心为客户解答业务咨询的场景成为常态，是她打造服务队伍的第一步。

要求队伍成员不断深化学习，优化自身业务能力与服务品质，是蔡向辉打造服务队伍的第二步。因外经贸相关的法律与规章时有变化，需要与时俱进不断学习，才能实现高效便民、不出差错。同时又希望窗口人员尽可能熟悉客户经营资质的审核、办理的全流程，而不仅局限于自身所在部门的服务流程，这样可以给予客户准确的建议与指导，让客户实现高效率的跨部门办理手续。

树立优良的工作作风与端正的工作思想，是蔡向辉打造服务队伍的第三步也是最终目标。窗口人员需认识到依法行政、廉洁守纪是不可逾越的警线，同时还要做到“想群众之所想、急群众之所急”。蔡向辉向记者表示，在上级有关部门的支持下，服务窗口不断简化办理手续及流程，尽可能实现一次性办理，如果办理过程缺失部分次要资料，可实现先办理后补齐，极大程度方便了办事群众。

完成队伍打造后，蔡向辉及窗口全体工作人员收获褒奖无数，得到企业与群众的高度认可，甚至有群众在服务结束后直呼“自己遇到贵人！”任职窗口组长的数年时间，蔡向辉与窗口工作人员多次分获优秀公务员、市行政服务先进个人、服务之星等个人或集体荣誉称号。

竭力筹办一场招商推介会

2014 年 10 月底，蔡向辉及其所在部门，接到一项紧急任务，广东华能燃料有限公司将在汕头落户，市政府要求商务局及其他相关部门在一个月的时间内完成华能公司的落地相关流程报批手续。这是前所未有的“极速挑战”，因为完成企业报批工作，需要跨越数个行政服务部门，参照以往的情况需要耗时数月的时间。

蔡向辉及局里其他同事，上下一心、铆足全力，应对挑战。迅速完成本局承办的手续和流程后，积极协调海关、工商局、税务局等相关职能部门，共同提速完成华能燃料公司的落地报批手续。最终仅需 15 个工作日便完成任务，创造了企业落地报批前所未有的“极速纪录”。

2015 年年初，“华侨经济文化合作试验区推介活动”确定在港举办，这是汕头近年来最为大型的招商宣传活动，市委、市政府高度重视，而蔡向辉便是该活动筹办工作的重要成员。她回忆当时忙碌的筹办过程，足有一个月的时间一直加班加点完成相应工作，每天几乎都是凌晨 2 点入睡，其间还有不少夜晚通宵工作。她及其他筹办人员的辛勤付出最终获得回报，“华侨经济文化合作试验区推介活动”在港顺利举办并圆满落幕，广受好评，不少华侨评价其为有史以来汕头办得最好的一场招商推荐活动。

当记者问到，作为一名从事行政服务类型的工作人员最重要的品质是什么。蔡向辉思考一番后回答：“应该是树立全心全意为群众服务的奉献精神。”

乐于助人留下无数佳话

生活中的蔡向辉，富有爱心与责任感，竭心尽力地助人行善，留下无数佳话。

任商务局人事科副科长期间，蔡向辉主动关心、帮助局离退休的老同志。除节日的常规慰问外，一旦得知老同志生病住院的消息，她都会前往慰问，了解老同志的情况并给予关怀与帮助。单位某位女同事 3 岁半的女儿不幸身患白血病，蔡向辉协同一帮同事在局里紧急发起募捐活动，为女同事送去援助与关怀，住院治疗期间蔡向辉还经常前往探望，面对女同事的感激，蔡向辉回复：“因为把你当成自己姐妹照顾，所以不需要言谢。”2013 年 8 月潮阳片区发生特大洪雨灾害，数百村庄被淹，百万乡亲受困，灾情十分严峻。蔡向辉与同事经过商讨合议后，一场募捐救灾活动便在局里火速开展，不仅有局里同事，还有身边的亲朋好友与社会热心人士一同积极响应捐款。募得善款后立即采购食物、药品、衣物等一批生活物资，迅速送往灾区……

谈及工作事迹与工余善举的相关细节时，蔡向辉竟无从记起。“那些都是工作、生活中的日常小事，并没有什么特别之处，经历过也就给忘了。”蔡向辉面带微笑对记者说道，午后斜阳折射在蔡向辉佩戴的眼镜镜片上，闪闪发亮。

（辛挺　文／摄）

档案

蔡向辉，1971年7月出生，广东澄海人，1998年12月加入中国共产党，现为汕头市商务局办公室主任。

当好政府决策的智囊团

——记汕头市政府研究室

汕头市政府研究室作为市政府办公室的一个重要组成科室，承担着起草重要文稿、开展调查研究、服务领导决策、当好参谋助手的重要职责。近年来，在任务重、人手少的情况下，研究室党支部全体成员以饱满的工作热情和强烈的责任担当，团结协作，任劳任怨，用实际行动谱写出党支部战斗堡垒和党员先锋模范的生动事迹。

可以说，一份份讲话文稿、一篇篇调研报告、一个个政府文件，背后所凝聚的是研究室全体成员常年加班加点的辛苦付出，所展现的是舍小家顾大家、轻伤不下火线的爱岗敬业。

高标准严要求完成文稿起草作用

负责起草《政府工作报告》和以市政府的名义上报国务院、广东省委、省政府的重大事项的有关请示、报告；负责起草市政府主要领导的讲话稿和市政府重要任务工作的综合性文稿，以文辅政，是研究室日常的一项基本工作。

这样的工作，在外行人看来或许体会不到其中的辛苦。而资料工作，本身就是一项劳心又清苦的工作，何况起草市政府重要文稿，就更是高标准、严要求。

研究室副主任刘建生向记者介绍，他们的文稿在思想上要紧跟形势、理论上要紧贴前沿，具有较强的针对性和指导性。力求既紧跟领导的工作思路，做到重点突出，意见具体，具备可行性，又保持文风朴实接地气，做到“短、实、新”。

虽然只有短短一段话，但要达到这样的高要求，就不得不花费一番心力。常年的高强度脑力运转，最直观的表现就是，这个平均年龄只有 35 岁的年轻队伍，已经有同志两鬓染白了。

劳心，已很是辛苦。而研究室的资料工作，还有一个特点，就是任务急。临时的紧急任务对他们来说都成了家常便饭。年假、双休日对他们而言是一种奢望，就连晚上的下班时间，他们的办公室里也常常是灯火通明。2016 年 3 月 6 日晚 9 时左右，研究室接到临时任务，为市长准备 7 日在十二届全国人大四次会议广东代表团分组讨论上的发言。接到任务后，全体同志第一时间赶到办公室，研究提纲、讨论酝酿、八易其稿，通宵达旦，于翌日早上 7 时高质量完成任务。

诸如此类的情况数不胜数。研究室的高雪雷说，单是最近半个月左右的时间里，他和同事们由于临时任务加班到凌晨三四点的情况就出现了好几次。因此，即使祖籍河南，有探亲假可以休，可是来到研究室工作的几年间，他根本就没有机会请假。此外，像他们部门的林玩雄，家里刚添了二孩，本来正是忙碌的时候，可是为了完成工作，也常常舍弃了陪伴小孩的时间。

开展调研分析，发挥智囊团作用

庞大的文稿资料，只是研究室日常工作的任务之一。他们还有一项职责，就是围绕市委市政府的重要工作组织开展调查研究。编发《汕府信息》《参阅件》等，为领导科学决策提供参考。

于是，在完成文稿任务之余，他们还要见缝插针开展各项调研和分析工作。主要包括专题调研，编写参阅材料，周期性调研和协助上级部门开展调研工作。

每一次的调研，都需要通过书面研究、实地调查、召集相关人员召开座谈会等方式，收集情况，研究对策，从而最终形成操作性强的调研报告或参阅文章。

比如针对我市学校周边“家教园”等校外托管机构资质良莠不齐的情况，研究室通过实地调研后，最后形成了《关于规范管理我市校外学生托管机构的对策建议》，其中提到，可以在条件成熟的区县试点学校托管政府买单模式。学校是提供托管服务的最优主体。政府给学校托管以资金、政策等扶持，可以有效减少学校托管的难度，规范管理。

此外，还有包括《关于加强我市城镇贫困人口帮扶工作的调研报告》《关于汕头湾南岸码头的调研报告》等，这些调研关系民生福祉，得到市政府领导的批示，其中许多意见建议都转化为市政府的决策。

做好政府新闻工作，发挥政府宣传作用

做好政务信息和政务新闻管理工作，是研究室的又一重任。近年来，研究室认真做好政务信息报送工作，向省政府办公厅上报信息，其中多条信息获国家、省领导批示，或在《粤府信息》刊登。同时，认真做好重要政务新闻发布工作，及时报道市政府常务会、经济分析会等重要会议精神，组织协调在国家、省级主流媒体开展专题宣传报道活动，在宣传汕头、推介汕头方面取得了良好成效。

近年来，他们策划了交通大会战、城市商业综合体、打造阳光法治服务政府、振兴发展、固定资产投资、公共交通、商事改革等专题，在《人民日报》《南方日报》《羊城晚报》等主流媒体宣传报道，不断提升汕头的形象。

而要写好每一次的政务新闻，刘建生他们都需要参加每一次领导的政务活动，才能掌握第一手资料，及时整理成文。每次台风来临，或是出现其他自然气象灾害时，他们都跟随领导，到防台风指挥现场、到三防指挥中心去，及时了解情况，以便事后汇成文。

此外，刘建生还说，要写好文稿，需要自己时刻做个有心人，平时多留意、多收集信息，对会议上提出的新精神、新提法，也要及时

学习了解领会，才能将最新鲜的提法融入在每一篇文章中。

对于刘建生他们来说，清苦、劳心，都无法阻挡他们的工作热情，一流的人品、一流的作风、一流的精神、一流的业绩，是他们一以贯之并始终坚持的标准。

（周晓云／文　袁笙／摄）

档案

汕头市政府研究室，现有干部职工 6 人，全部都是共产党员，45 岁以下党员 6 人。

胸怀“粮心”的守望者
——汕头市储备粮有限公司纪事

“民以食为天，食以粮为源”，建立适当的粮食储备是一件关系国计民生的大事。储备粮相当于一个“蓄水池”，在丰收的年份蓄积粮食，以备歉年的不足，均衡和稳定粮食的供给，平抑粮食价格波动。在汕头，承担起这份重任的就是汕头市储备粮有限公司。

作为市直储备粮骨干企业，汕头市储备粮有限公司围绕国务院总理李克强“做好‘广积粮、积好粮、好积粮’三篇文章”的讲话精神，以党的群众路线教育实践活动为载体，在如何更好地完成市直储备粮保管和轮换工作上花心思、动脑筋、下力气。

广积粮，着眼增长储备粮规模

近年来，汕头市储备粮有限公司积极响应地方储备粮增储要求，接受金平区、龙湖区粮食局粮食承储的委托，不断增强地方政府对粮食市场的调控能力。

火车跑得快，全靠车头带。面对增储工作时间紧、人手少、仓容不足等各种困难，为确保增储任务保质保量完成，汕头市储备粮有限公司总经理李新多次召开会议，统一员工思想认识，把储备粮增储工作作为今年工作的重中之重，做了充分的安排和部署，早计划、早安排、早行动，积极开展市场调查，拓宽地方储备渠道，及早落实增储粮源。为了应对本地仓容不足的情况，汕头市储备粮有限公司采用异地动态储备的方式来落实。通过与江苏、安徽等省外粮食产区的粮食企业签订储备粮异地代储合同，并将储备粮每吨每月 2.5 元的管理费用让利给对方，确保了储备粮数量足额到位，在今年 11 月底前成功完成增储任务，现有储备粮规模同比增加 107%。

积好粮，想方设法推进科学保粮

“保管好每一粒粮食是我们的职责，决不能流失一粒粮食。”这是李新经常挂在嘴边的一句话。如果你知道“谁知盘中餐，粒粒皆辛苦”的种粮不易，那你更应该懂得“宁流千滴汗，不坏一粒粮”的储粮之难。在西港粮库，汕头市储备粮有限公司副总经理、仓储部部长陈镇南带领科学保粮小组攻克了一个又一个技术难关，将改革创新和创先争优的理念融入工作中，实现储备粮保质、保量、保安全。

从事过储粮工作的人都知道，密闭熏蒸杀虫作业是保管粮食过程中必有的一项工作，也是困难最多的一项内容。针对西港粮库在密闭熏蒸杀虫作业时，均不同程度存在气密性不够的现象，造成熏蒸杀虫效果不理想，增加了用药量的问题，陈镇南将这一问题列入科学保粮小组重点解决的研究课题，经调查研究，他们通过改善仓房气密性，对西港粮库东、西两面的窗户和仓门进行隔热密闭改造，加强防晒和密闭效果的解决办法，结合储粮防护剂的使用，减少了化学熏蒸剂的使用，尽量把同一批次的粮食熏蒸药剂使用量控制在每年 10 克 / 立方米以内，减少了粮食药物残留量，提高了杀虫防治效果。2015 年，保粮小组通过对西港粮库 8 号仓和 310 号仓进行试验，效果显著，不但减少了粮食熏蒸药剂使用量，还能有效降低粮温约 2 摄氏度，提高了在库储备粮的质量。

气温升高时，堆放在仓房内的粮食容易生虫、变质，需要机械通风来降温。仓储部副部长陈树钰通过让保管员更加科学合理放置鼓风机及地上笼风道，使风力、气体均匀分布，从而使通风途径比之前更符合有效通风的要求，解决了二楼散装仓的机械通风和散装粮堆高的问题，减轻了保管员的劳动强度，节约了电费，降低了储粮成本。

随着市级储备粮规模的扩大，储粮点多面广，管理难度增大。为确保在库粮食安全，加强对代储企业日常管理的技术指导，也是公司科学保粮小组的一项重要工作。通过不定期派人到现场检查，从粮食出入库流程、粮堆堆位管理、粮情检测、熏蒸作业、浓度检测及粮质检查等方面给予技术指导，让各代储企业定期报送粮情检测数据并对之进行有效分析，切实帮助他们提高储粮管理水平和管理效益。

好积粮，高效益推动企业持续发展

每到一定时间，仓库里的储备粮就要按计划进行一次轮换，将陈粮储备拿到市场上销售，再购置一批新的储备粮。2016 年上半年，原本是汕头市储备粮有限公司需要进行储备粮轮换的时候，可这时汕头市周边地区粮企也在做着相同的工作，导致市场供过于求，储备粮在 2050 元 / 吨的价位遭到了流拍，情况很不理想。李新凭借着自己多年的储粮经验，当机立断，将轮换工作推迟到下半年再进行！结果到了下半年，由于和其他粮企错开了时间，市场需求回升，汕头市储备粮有限公司成功地以 2550 元 / 吨的价格将陈粮拍卖，为市财政节省了 500 多万元的费用。

加速储备粮散装储存步伐，是破解汕头储备粮保管仓容不足、装卸手段落后，包装费用过大难题的有效途径。近年来，汕头市储备粮有限公司加速储粮散装化的步伐，将西港粮仓 16 个包装储粮仓改造为散装仓，此举共增加仓容 8000 吨，节约包装袋费用近 200 万元，有效降低采购成本，同时也提高了储备粮进出仓效率，降低了装卸作业的劳动强度，破解了以往楼房式粮仓粮食上楼装卸效率过低的难题。而新增仓容也为企业创造新的经济效益，进一步提高了企业持续发展能力。

（姚之瀚 / 文　袁笙 / 摄）

档案

汕头市储备粮有限公司现有干部职工 51 人，共产党员 22 人，其中 45 岁以下党员 6 人。

高效率零差错　他们的值班不一般

——访中共汕头市委值班室

“说起值班室，一般人也许会认为就是做一些简单的传达工作，但在我们这里，绝不是这样，因为我们完成的每一项工作，几乎都与汕头的大局工作息息相关。”说这话的是汕头市委值班室主任蔡睿。

作为市委总览全局协调各方的中心枢纽、协助市委领导处理事务的前线指挥部，市委值班室就是市委的应急指挥中心、协调联络平台、文明服务窗口。“不怕吃苦、敢于吃苦、主动吃苦、享受吃苦、苦中作乐”就是这里每一位值班员对待工作的态度，正因为如此，他们将自己打造成了一支“高效率、零差错”的铁军。

护航党代会，常人难以想象的工作量他们却言“轻松”

党代会筹备工作的最后一个月，市委值班室共接打电话8532个，发出短信6371条，发出通知94个，整理名单51份，起草方案30份，制定工作表14个，办理来文请示31份，发出温馨提示465条，协助筹备办其他工作组发出通知56次——记者到访汕头市委值班室时，他们刚好统计出了一份属于他们的中共汕头市第十一次代表大会的

"成绩单"。

蔡睿说："党代会工作紧张繁忙，但感觉比上一次党代会的筹备工作轻松很多。"用"轻松"来形容，难免让人觉得不可思议，这也让记者从另一个角度来理解他口中的这种"轻松"。

蔡睿说："因为自知这份工作的重要性，每一个值班员都需具备高度的政治敏感性和责任感，并以铁的纪律要求自己。早在党代会召开前三个月，一场属于我们的'战役'便已经开始。认识党代会的重要意义、学习党代会的知识、理清党代会的流程，接着制订工作计划，合理分工、责任到人。大会期间，将新型通信手段融合进来，会务值班小组各工作人员建立微信群及时共享工作进度，分享工作经验；将各代表团联络人通过微信群紧密联系起来，在网上及时回复联络员碰到的问题，回答一位联络员提出的问题就是解决所有联络员碰到的问题，这不仅仅节约了接打电话的时间还大大提升了效率；以人为本，想代表们之所想，结合过往经验，将他们在大会期间可能不清楚的问题尽可能在有关会议通知中说明清楚；及时反馈核实，做到信息对称，确保信息上传下达的准确性……"说到这里，记者终于明白，蔡睿口中的"轻松"，就是打一场准备充足的仗，打一场利用"互联网+"全面提升战斗力的仗，每一项工作交付到值班室这里来，必定妥善且高效地完成。至于工作量，值班员们没时间去考量，更没心思去计较，领导不批评就是表扬，所以即使交出的"成绩单"再亮眼，在他们眼中，只是最基本的要求。

一份绝对权威的荣耀，一份责无旁贷的使命

完成党代会的护航任务，能言轻松，源于市委值班室每一名值班员过硬专业能力的那份自信。市委值班室是市委对外联络的窗口，代表着市委的形象，这是一份荣耀，更是一份使命。对每一名值班员的高要求，也从他们进入值班室的那一刻便开始。

蔡睿说："现在这里工作的每位值班员，都有丰富的基层工作和信访窗口接访经验，是通过严格的遴选才能到值班室工作的。可以说，进入市委值班室之前，他们已经是基层工作人员中的佼佼者，但是，此时他们却还远不是一名合格的值班员。每一个新来的值班员，都会由老值班员带领，第一个月，他们就必须熟悉汕头的基本情况，熟记各位市领

导的分工，市直各单位的职能，各单位主要负责同志的姓名和特征，日常主要联系的电话号码和会务值班工作必须掌握的流程等大量的信息，而这只是对一名值班员最基础的要求。"蔡睿形容，其实值班室的工作，形象点说就是处理信息，信息包括电话、短信、邮件、来文来信来访，做好值班工作就是快速、高效、完整处理信息，做好信息快速分流，不在手头堆积耽误；其次，还要做好上传下达和落实反馈工作，确保件件有落实，事事有回音。而大量信息记忆的积累，正是确保信息分流及时准确的唯一途径。接下来，便是打、接电话。可别以为这是最基本的能力，市委值班室打出去的每一个电话，即代表着市委的形象，所以无论从说话的口吻、说话的方式都要按章办事，说一不二，不容半点错误。接听电话则更要求值班员们根据掌握的各类型信息做出准确的判断和处理，而此时，距离值班员到市委值班室报到，仅仅只是3个月的时间。

现在，市委值班室共有5名干部，每位同志都有很强的政治敏感性和大局意识，高度忠诚党的事业。这支80后朝气蓬勃的青年队伍，虽然年轻，但都迸发出了比一般年轻人更多的成熟老练。

蔡睿说："作为市委值班室的一员，必须以党员的标准严格要求自己，'零失误'完成每一项任务。不仅如此，我们在工作中还树立一荣俱荣、一损俱损的集体观念，市委值班室取得的成绩是各位同志共同努力的成果，如果因为一位同志工作有差错，那么整个值班室都会受批评，所以我们在工作中要做到搭台补台不拆台，目标一致、步伐一致、标准一致地完成应急值守工作，以实际行动擦亮市委值班室的金字招牌。工作虽然累，但心不累，我们收获的是高强度工作后的那份满足和自豪，还有就是在工作中潜移默化形成的积极、乐观、自信、担当，以及不忘初心和高度负责的心态。"

无私奉献，由个人延及家庭

值班员的一个工作周期为3天，前两天必须连续在岗33小时，第三天才能休息。特殊的工作性质，决定了市委值班室的同志时刻保持着高度的警觉性，不敢怠慢。蔡睿说："我们的手机都是24小时开机的，不论当班还是休息都全天候待命，接到任务时第一时间到位工作。有时候边工作边吃饭，就连洗澡时来电话都必须立即处置。由于三位值班员三班倒，我们从不轻易请假，因为这意味着其他两位同志将放弃休息全天候值班。”

不仅值班员如此，他们的爱岗敬业也带动了家人，蔡睿说：“我们最感谢的是值班员的家人，感谢他们对我们工作的理解和支持，他们对我们的支持就是对党的事业的支持，他们是我们值班室的坚强后盾。在值班室工作，我们需要经常放弃陪伴爸妈吃饭，带小孩看病打针，就连妻子住院都没办法陪护。遇到春节、中秋节等团圆的节假日，值班员更是认真负责做好值班备勤工作，丝毫不敢大意马虎。”

蔡睿在交谈中还引述了一个感人的事例：中国第一代攻击型核潜艇和战略导弹核潜艇总设计师、潮籍院士黄旭华，为了确保国家机密不被泄露，隐姓埋名 30 年，30 年来他没有回过一次老家，兄弟姐妹们责备他不孝，家人的关系逐渐淡化。最终母亲还是从一篇报告文学上间接了解到，他们眼中的这个“不孝子”实际上是中国核潜艇事业的幕后英雄。有人问起他对“忠孝不能双全”的理解时，黄老噙着泪说：“对国家的忠，就是对父母最大的孝。”市委值班室的每位值班员就是在平凡的岗位上以对党对国家对人民群众高度负责的态度站岗放哨，无怨无悔，舍小家为大家，他们心里清楚，竭力做好本职工作就是对国家最大的忠对父母最大的孝。这种无私奉献的精神早就感染了每一位家人，用一家的团圆时光去换汕头的万家团圆，值！

作为获得“广东省青年文明号”和“汕头市青年文明号”的集体，中共汕头市委值班室的每一位同志，正用实际行动践行党的宗旨，做合格的共产党员，为汕头的全面振兴发展贡献自己的一份力量。

（蔡维驹 / 文　图片由受访者提供）

档案

汕头市委值班室，5 名干部均为共产党员，年龄均在 45 岁以下。

陆晖斐：报道社会百态　尽抒百姓情怀

“了解世情，关注民生”，伴随着这句开场白，《今日视线》已陪同汕头市民走过了11年历程。作为本土一档家喻户晓的新闻栏目，其以平民化的视角、简洁易懂的地方方言特色深受市民的好评。而作为《今日视线》栏目组中的一员，她总是奔跑在新闻前线，用文笔记录社会百态，抒发百姓情怀。她就是汕头市广播电视台记者——陆晖斐。

热心公益事业，传递正能量

“新闻不能只图吸引眼球，我是一名记者，更是一名党员，要关注民生，关注弱势群体，要多为普通老百姓说话。”陆晖斐是这样说的，也是这样做的。2010年，云南发生严重的秋冬春连旱。饮水告急、粮食绝收，西南大旱牵动汕头市民的心。为此，《今日视线》栏目联合汕头市红十字会、蓝天义工协会发起“春泉行动”，陆晖斐也随队赴云南旱灾重灾区南华县采访。由于空气非常干燥，到达南华县后，陆晖斐和义工一行都出现不同程度的鼻粘膜出血。但她稍作休息，马上投入工作，在当地连续发回6篇报道，及时报道物资运送发放、善款使用和当地受灾自救情况，获得良好的社会评价。陆晖斐还在洒披武小学找到当时在网上流传甚广、三名孩子手捧脏水照片的主人公，了解到相片背后的故事，欣慰地记录下了孩子拿到牛奶面包时的笑容。采访结束后，她仍一直与南华县人民保持联系，至今，她还坚持每年和其他热心人为南华县六所小学的学生送去衣服、书包、被子、生活用品等物资。

2011年，陆晖斐前往青海省玉树县地震灾区，采访报道汕头人民对口援助的“怀德福利院”建设情况，通过积极联系、多方努力，顺利地让汕头市民捐赠的148万多元善款成为怀德福利院重建的启动资金，当年，她也被中国红十字总会评为“青海玉树抗震救灾优秀志愿者”。

深入报道创文，永远在路上

“心中有爱、笔下有情。”潮汕大地孕育了绚丽多彩而又独具魅力的潮汕文化，对家乡的热爱促使陆晖斐更多地关注城市的发展，也关注这座城市的文脉。从2013年开始，她就注意到桂园的破落，采访报道市民和专家对保护旧址的呼吁。2档16年创文以来，汕头在拆违建、建公园，美化市容环境、整治交通秩序的同时，也对全市重点历史文物相继进行保护和修缮，让百载商埠的历史文化、革命遗址重新焕发光彩，传承下去。秉承创建文明城市"永远在路上"的理念，陆晖斐多次深入历史文物保育修复现场，为大家报道西堤路老建筑修复试点、中山纪念亭、同文学堂、老妈宫、腾辉塔等的修复现状。陆晖斐说：“历史文化资源是一座城市的灵魂，保护历史文物，保护城市文脉，让承载着老一辈潮汕人美好记忆的历史文化重新走进了千家万户，让不少对本土文化知之甚少的新生代对潮汕文化产生兴趣，是我们的责任和义务。这些共同的记忆将成为推动城市发展的积极力量，也是留住海内外潮人的美丽乡愁。”

联接会场内外，发出好声音

在2档16年举行的中国共产党汕头市第十一次代表大会上，有不少党代表来自基层一线，陆晖斐就是其中一位。她说，自己当了1档多年的记者，采访过许许多多人和事，而作为代表参加党代会还是头一次，既感到兴奋又感到责任重大，胸前的党徽时刻提醒她积极思考、认真履职，多提建设性意见和建议。由于职业关系，陆晖斐尤其关注党代会报告中提到的民生内容，她表示，市委书记陈良贤所做的报告用一连串的事实、数据说话，对困难问题不回避，提出的目标切合汕头实际，更有实打实的方法路径，让她看到自己生活的城市巨大的发展潜力。

党代会期间，通过在"汕头新闻"和"今日视线"微信公众号开设《小陆手记》栏目，陆晖斐给市民带来最新的大会消息，并把广大网友的意见建议带给相关行业的党代表，让党代表能够及时做出反馈，为他们架起了沟通互动的桥梁。有不少网友在公众号上面留言，就加大环境保护力度、深化创文强管等内容提出了意见建议。市民关注支持环保工作，党代表、市环境保护局党组书记曾彦就通过这个栏目向网友转达他的感谢，并告诉大家，环保部门接下来将加大与公安部门联合执法，用重典铁拳，严厉打击环境违法行为。

陆晖斐说，她发现关于生态环境保护，在党代会报告中有较大篇幅得到体现，可见市委对这项工作的重视。从一名记录者到成为参与者，场内场外共同发力，认真思考，积极献策，陆晖斐与众多党员见证清风、展望蓝图，这份责任也将鞭策她继续发出好声音，讲好汕头故事。

（姚之瀚 / 文　图片由受访者提供）

档案

陆晖斐，广东汕头人，1979年出生，2001年加入中国共产党，现为汕头市广播电视台记者。

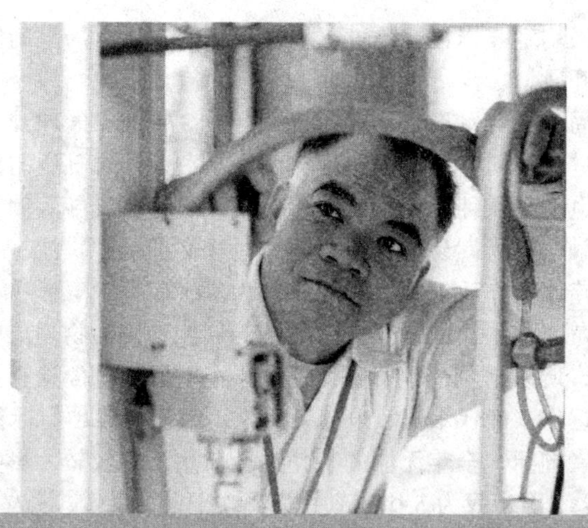

黄容绍：拿好扳手也是一名好战士

“经过低温处理，能让氧气中的水分掉落，留下氢气”“每个储氢罐的容量为10平方米但我只存8平方米够用就好，危险气体预存过量有安全隐患”“在台风天，需要为探空气球注入更多氢气，才能顺利升空开展气象探测工作”“‘长征5号’使用零下250℃的液氢和零下180℃的液氧作为助燃剂，是为减小火箭的体积”……这位耐心为记者授课的物理老师是汕头市气象局观象台制氢员黄容绍。年过半百的他，本着高度的责任感和工作热情，积极、严谨地完成制氢岗位上的各项任务。尽管双鬓已然露出华发，但谈起物理、谈起工作，身为一名老共产党员的他仍然兴致高涨、热情洋溢，如同当年部队里的年轻小伙子。

局里只有一名制氢员

如果你听到亲戚朋友发出抱怨：在公司加班加点成为常态、规定的节假日被一再占用，那么你可以用黄容绍的事例给予他激励和安慰。气象局里仅有一名制氢员，而制氢工作又必须每日执行，所以黄容绍一年 365 天均坚守岗位，牺牲了自己的休假，确保局里制氢、探空工作的顺利开展。

气象局观象台每天在不同时段共释放 3 颗气象气球升空，对空中气象环境进行探测，气球中所填充的便是黄荣绍每日所制的氢气。黄容绍利用电解闸从纯净水中炼制出氢气，再将氢气导入储氢罐中。因为氢气接触空气易燃易爆，所以工作过程必须全神贯注、一丝不苟，一旦出现错误操作后果不堪设想；因为氢气属危险气体，不宜过度储存，所以黄容绍制作的氢气都只供当天使用；因为物理反应存在各种突发状况，所以制氢过程黄容绍每隔半小时必须全面检查各生产设备是否正常运作，确保水流、电流、水位、气压等各项指标正常。

当记者询问，全年无休的工作是否对生活造成较大影响，黄容绍回答记者："因为我为人比较勤快，喜欢干活，家人、朋友都说我'闲不下来'，所以工作上我不觉累和苦。但因为制氢岗位只有我一个人，有时候家里临时有事无法请假，的确造成某些不便。"据了解，黄容绍的岳母 2 档 15 年摔倒导致瘫痪，入院治疗期间，黄容绍每天下班后便到医院照顾岳母，有时照顾完岳母深夜还要回局里加班制氢。"那段时间真的感觉到累，人不服老不行"，话虽这么说，但他却依旧在那段时间做到工作生活两不误。

黄容绍认为，当好一名制氢员需要做到"三强"——责任心强、业务技术强、安全意识强。其中以安全意识强最为重要，各项规章制度必须严格遵守，确保不漏气、避免火种。"走进机房，安全第一"，黄容绍告诉记者。

不拿枪拿扳手的军人

1982 年，黄容绍从江苏如皋机场调往济南军区学习制氧技术，学成后回如皋机场任制氧员；1992 年，黄容绍又从江苏如皋机场调往汕头外砂机场，继续担任制氧员；1993 年，黄容绍调往汕头市实验小学任辅导员，监督管理 60 多名小学生的学习和生活；1998 年他调往气象局观象台任制氢员。每一次职岗安排，黄容绍均无条件服从，而且在每一个岗位上都尽忠职守、敬业奉献，留给所有历任领导、同事好印象和好评价。

“既然部队不要我拿枪，要我拿扳手，我就得把扳手拿好，拿好扳手也是一名好战士。" 黄容绍骄傲地说道。

职业生涯至今，黄容绍屡获荣誉，先后获得1991年度、1999年度、2009年度、2016年度优秀共产党员，其间还两次获得年度优秀工作人员。

专注干好一份工作

从事制氢工作至今近20载，黄荣绍希望用他的感想告诉时下爱跳槽的年轻人们，他说：“年轻人在对待工作的时候切记戒骄戒躁。其实找到一份稳定的工作，成为一个对社会、对单位、对家庭有用的人，就可以了。”

因为需要时刻监控各种制氢仪器的正常运作，所以采访选在机房进行。机房没有座椅，黄容绍与记者席地而坐，伴随着机器运作的声音和正午和睦的阳光，完成本次采访。

（辛挺　文／摄）